EDGARDO CASTRO

Introdução
a Giorgio Agamben
Uma arqueologia da potência

OUTROS LIVROS DA **FILÔ**

FILÔ

A alma e as formas
Ensaios
Georg Lukács

A aventura da filosofia francesa no século XX
Alain Badiou

A ideologia e a utopia
Paul Ricœur

O primado da percepção e suas consequências filosóficas
Maurice Merleau-Ponty

A teoria dos incorporais no estoicismo antigo
Émile Bréhier

A sabedoria trágica
Sobre o bom uso de Nietzsche
Michel Onfray

Se Parmênides
O tratado anônimo De Melisso Xenophane Gorgia
Bárbara Cassin

FILÔAGAMBEN

Bartleby, ou da contingência
Giorgio Agamben
seguido de *Bartleby, o escrevente*
Herman Melville

A comunidade que vem
Giorgio Agamben

O homem sem conteúdo
Giorgio Agamben

Ideia da prosa
Giorgio Agamben

Meios sem fim
Notas sobre a política
Giorgio Agamben

Nudez
Giorgio Agamben

A potência do pensamento
Ensaios e conferências
Giorgio Agamben

O tempo que resta
Um comentário à Carta aos Romanos
Giorgio Agamben

FILÔBATAILLE

O erotismo
Georges Bataille

A literatura e o mal
Georges Bataille

A parte maldita
Precedida de "A noção de dispêndio"
Georges Bataille

Teoria da religião
Seguida de *Esquema de uma história das religiões*
Georges Bataille

FILÔBENJAMIN

O anjo da história
Walter Benjamin

Baudelaire e a modernidade
Walter Benjamin

Imagens de pensamento
Sobre o haxixe e outras drogas
Walter Benjamin

Origem do drama trágico alemão
Walter Benjamin

Rua de mão única
Infância berlinense: 1900
Walter Benjamin

FILÔESPINOSA

Breve tratado de Deus, do homem e do seu bem-estar
Espinosa

Princípios da filosofia cartesiana e Pensamentos metafísicos
Espinosa

A unidade do corpo e da mente
Afetos, ações e paixões em Espinosa
Chantal Jaquet

FILÔESTÉTICA

O belo autônomo
Textos clássicos de estética
Rodrigo Duarte (org.)

O descredenciamento filosófico da arte
Arthur C. Danto

Do sublime ao trágico
Friedrich Schiller

Íon
Platão

Pensar a imagem
Emmanuel Alloa (Org.)

FILÔMARGENS

O amor impiedoso
(ou: Sobre a crença)
Slavoj Žižek

Estilo e verdade em Jacques Lacan
Gilson Iannini

Introdução a Foucault
Edgardo Castro

Kafka
Por uma literatura menor
Gilles Deleuze
Félix Guattari

Lacan, o escrito, a imagem
Jacques Aubert, François Cheng, Jean-Claude Milner, François Regnault, Gérard Wajcman

O sofrimento de Deus
Inversões do Apocalipse
Boris Gunjevic
Slavoj Žižek

ANTIFILÔ

A Razão
Pascal Quignard

FILÔAGAMBEN   **autêntica**

EDGARDO CASTRO

Introdução a Giorgio Agamben
Uma arqueologia da potência

3ª reimpressão

TRADUÇÃO Beatriz de Almeida Magalhães

Copyright © 2008 Edgardo Castro
Copyright desta edição © 2012 Autêntica Editora

Título original: *Giorgio Agamben: Una arqueología de la potencia*

Todos os direitos reservados pela Autêntica Editora. Nenhuma parte desta publicação poderá ser reproduzida, seja por meios mecânicos, eletrônicos, seja via cópia xerográfica, sem a autorização prévia da Editora.

EDITORA RESPONSÁVEL
Rejane Dias

EDITORA ASSISTENTE
Cecília Martins

COORDENADOR DA COLEÇÃO FILÔ
Gilson Iannini

COORDENADOR DA SÉRIE FILÔ/AGAMBEN
Cláudio Oliveira

CONSELHO EDITORIAL
Gilson Iannini (UFOP); Barbara Cassin (Paris); Carla Rodrigues (UFRJ); Cláudio Oliveira (UFF); Danilo Marcondes (PUC-Rio); Ernani Chaves (UFPA); Guilherme Castelo Branco (UFRJ); João Carlos Salles (UFBA); Monique David-Ménard (Paris); Olímpio Pimenta (UFOP); Pedro Süssekind (UFF); Rogério Lopes (UFMG); Rodrigo Duarte (UFMG); Romero Alves Freitas (UFOP); Slavoj Žižek (Liubliana); Vladimir Safatle (USP)

REVISÃO TÉCNICA
Sabrina Sedlmayer

REVISÃO
Lílian de Oliveira

CAPA
Alberto Bittencourt

PROJETO GRÁFICO DE CAPA E MIOLO
Diogo Droschi

DIAGRAMAÇÃO
Conrado Esteves

**Dados Internacionais de Catalogação na Publicação (CIP)
(Câmara Brasileira do Livro, SP, Brasil)**

Castro, Edgardo
  Introdução a Giorgio Agamben : uma arqueologia da potência / Edgardo Castro ; tradução Beatriz de Almeida Magalhães. – 1. ed.; 3. reimp. -- Belo Horizonte : Autêntica Editora, 2019. -- (FILÔ/Agamben; 1)

  Título original: Giorgio Agamben: Una arqueología de la potencia
  Bibliografia.
  ISBN 978-85-65381-31-4

  1. Agamben, Giorgio, 1942 - 2. Filósofos italianos - Século 20 3. Estética moderna - Século 20 I. Título. II. Série.

12-04285   CDD-195

Índices para catálogo sistemático:
1. Agamben : Filósofos italianos : Século 20 195

GRUPO **AUTÊNTICA**

Belo Horizonte
Rua Carlos Turner, 420
Silveira . 31140-520
Belo Horizonte . MG
Tel.: (55 31) 3465-4500

São Paulo
Av. Paulista, 2.073, Conjunto Nacional, Horsa I
23º andar . Conj. 2301 .
Cerqueira César . 01311-940 São Paulo . SP
Tel.: (55 11) 3034 4468

www.grupoautentica.com.br

Para Mercedes.

9. **Introdução**

13. **Capítulo 1 – Da *poíesis* à *pólis***
16. A crise da *poíesis*
17. *A época da estética*
20. *Tudo é práxis*
26. *Melancolia e história*
28. A apropriação do inapropriável
30. *Fetichismo e uso*
35. *A linguagem poética*
41. Infância e voz
43. *Para além do círculo e da linha: messianismo e evento*
46. *O lugar da negatividade*
53. Le Thor

55. **Capítulo 2 – Soberania e exceção**
58. A biologização da política e a politização da vida
60. *A soberania como bando*
64. *A vida nua, a sacralidade da vida*
68. *O campo*
74. *Polícia soberana*
75. Estado de exceção
76. *A exceção, paradigma da política contemporânea*
80. *Iustitium, auctoritas, potestas*
86. *Estado de exceção e escatologia*
90. O significado de Auschwitz
91. *O muçulmano*
93. *O testemunho*

101.	**Capítulo 3 – A máquina governamental e a máquina antropológica**
103.	Máquinas
106.	Uma genealogia teológica da política
109.	*A bipolaridade do poder: reino e governo*
120.	*Uma ontologia dos atos de governo*
127.	*Da glória ao consenso*
136.	A produção política do humano
143.	**Capítulo 4 – Uma arqueologia da potência**
147.	Arqueologia
153.	Paradigma, exemplo
157.	Assinatura
163.	Dispositivo
165.	Potência, inoperosidade
172.	Messianismo, resto
183.	Profanação
185.	**Posfácio –** *Homo sacer*, **a continuação (2008-2012): linguagem, regra, ofício**
188.	1. A performatividade da linguagem e antropogênese
193.	2. *Forma-de-vida*
205.	3. *Officium* e *efetuabilidade*: uma genealogia da noção de dever
213.	4. Ao modo de balanço
215.	**Referências**
219.	**Coleção FILÔ**
221.	**Série FILÔ Agamben**

Introdução

Nos últimos anos, a figura de Giorgio Agamben ocupa um lugar cada vez mais destacado no panorama do pensamento contemporâneo. Isso se deve em grande medida à publicação de *Homo sacer* em 1995, no qual retoma a herança de Hannah Arendt e Michel Foucault acerca da politização moderna da vida biológica, a saber, sobre a problemática que Foucault denominou biopolítica. Em relação a ela, Agamben interroga-se a respeito dos dispositivos jurídicos por meio dos quais a política captura a vida. Essa pergunta leva-o a vincular os trabalhos de Arendt e Foucault à teoria da soberania de Carl Schmitt. Nessa perspectiva, Agamben não só dá novo impulso às investigações iniciadas por Arendt e Foucault, como também reformula o problema central da biopolítica e introduz novos conceitos, como o de *vida nua*. Esse livro foi o primeiro de uma série que, no momento, inclui três trabalhos mais, nos quais se confrontam a questão do estado de exceção, o significado ético de Auschwitz e a genealogia da máquina governamental moderna.

Ainda que não seja exato afirmar que a problemática filosófica da política esteja ausente nos livros anteriores de Agamben (o primeiro, *O homem sem conteúdo,* é de 1970), eles giram em torno de outros temas, a arte, a melancolia, a linguagem, a negatividade; e de outros autores, Walter Benjamin, Martin Heidegger, Aby Warburg.

Apesar disso, ao menos a nosso modo de ver, é possível traçar uma linha que vai desde *O homem sem conteúdo* até seu trabalho sobre o método, *Signatura rerum*. Essa linha está ocupada pela questão da potência ou, para sermos mais precisos, pela problemática aristotélica da potência. De fato, retomando algumas observações de Aristóteles e das interpretações medievais sobre o tema, Agamben se centrará na noção da impotência, entendida não como incapacidade, mas como a capacidade para a potência de não passar ao ato, a saber, como potência-de-não. Essa mesma questão conduzirá Agamben, a partir da obra de Enzo Melandri, também a uma reformulação da arqueologia foucaultiana, para fazer dela seu método de trabalho. Portanto, quisemos intitular este trabalho "uma arqueologia da potência".

Os quatro capítulos que o compõem buscam mostrar como vai tomando forma a problemática da potência, da questão da arte à da política e, ao mesmo tempo, trazer à luz os conceitos que estruturam o pensamento de Agamben.

O primeiro capítulo é dedicado a seus primeiros quatro livros, desde *O homem sem conteúdo* até *A linguagem e a morte.* Os dois capítulos seguintes abordam a dupla problemática agambeniana da biopolítica, a saber, a que articula esse conceito com o de soberania e a que o articula com o de governo. Ambos os eixos, o da soberania e o do governo, constituem, de fato, os mecanismos fundantes do que Agamben chama a máquina política do Ocidente. No centro dessa máquina, um centro *vazio* segundo o autor, situa-se o *arcanum imperii*, a herança teológica da glória da qual derivam as democracias contemporâneas. O último capítulo de nosso trabalho, o quarto, explora sete conceitos nos quais, a nosso juízo, o pensamento de Agamben encontra sua expressão mais genuína.

Várias pessoas tornaram possível a escritura e a publicação deste trabalho. Muito dele lhes pertence e é mais que um dever reconhecê-lo e agradecer-lhes publicamente. A Giorgio Agamben, por sua amizade e generosidade. Coisa pouco frequente no âmbito acadêmico, repetidas vezes ele me facilitou seus escritos antes de publicados.

Para finalizar, algumas indicações úteis: 1) Utilizamos sempre as obras de Agamben em sua língua original. Apesar disso, para facilitar a leitura, os títulos de seus trabalhos estão traduzidos no corpo do livro. Nas referências, ao contrário, mantemos o título italiano. 2) Para os outros autores, colocamos o título na língua original no corpo do livro, seguido, entre parênteses, da tradução. 3) Nos textos citados, o uso das cursivas é original do autor da citação, exceto quando indicado.

Capítulo 1
Da *poíesis* à *pólis*

Entre 1970 e 1982, Agamben publica quatro livros: *O homem sem conteúdo* (1970), *Estâncias* (1977), *Infância e história* (1978) e *A linguagem e a morte* (1982). Neles, ele se ocupa da obra de arte, da melancolia, da poesia estilonovista e da relação da linguagem com a história e com a morte. Esses trabalhos constituem um ciclo. O estilo dos dois livros imediatamente sucessivos, *Ideia da prosa* (1985) e *A comunidade que vem* (1990), assinala com toda clareza um deslocamento.

Seus primeiros quatro livros podem ser vistos como uma leitura da modernidade, que começa com a questão da arte e conduz até a ética e a política, das quais se ocupará nas obras posteriores. Esses trabalhos, no entanto, não devem ser considerados simplesmente como uma etapa cujos temas serão deixados de lado. Antes o contrário. Neles, Agamben busca orientar-se no pensamento: elege seus temas e seus autores de referência, formula suas hipóteses, forja seu vocabulário e vislumbra os problemas que deverá enfrentar. A compreensão dos trabalhos sucessivos depende, em grande medida, de haver seguido esse percurso.

Como veremos mais adiante, seguindo as indicações de Agamben, para além da multiplicidade dos temas abordados, um eixo domina esse percurso, a questão da Voz ou, melhor, a problemática que se enuncia na célebre definição aristotélica do homem como animal que possui a linguagem. A Voz situa-se, precisamente, entre a animalidade e a linguagem, entre a natureza e a história. A questão da ética e da política, que só ao final e nem sequer extensamente é abordada nesses primeiros escritos, ocupará logo o lugar da Voz.

A crise da *poíesis*

O homem sem conteúdo parte de uma reflexão da *Genealogia da moral*, em que Nietzsche opõe a experiência de uma arte para artistas à concepção kantiana que define a beleza, na perspectiva do espectador, como o que procura um prazer desinteressado (cf. AGAMBEN, 1994, p. 9-10).

Segundo assinala Agamben, a essa experiência de uma arte para artistas, interessada e perigosa, referem-se também Artaud, quando fala de uma arte mágica e violentamente egoísta; Escipião Násica, quando decreta demolir os teatros romanos; Santo Agostinho, quando argumenta contra os jogos cênicos; e Platão, quando na *República* propicia proscrever os poetas. Agamben (1994, p. 16) sustenta: "Tudo faz pensar que caso se confiasse hoje aos artistas a tarefa de julgar se a arte deve ser admitida na cidade, eles, julgando segundo sua experiência, estariam de acordo com Platão acerca da necessidade de excluí-la".

Na reflexão de Nietzsche, esboça-se a necessidade de uma destruição da estética, de abandonar o ponto de vista kantiano, o do espectador, e de pensar uma arte para artistas. A intenção de Agamben, no entanto, não é precisamente a de encarregar-se dessa tarefa; mas, antes, a de mostrar como o destino da arte na cultura ocidental e, mais precisamente, o estatuto da obra de arte na época da estética assinalam ao homem seu lugar na história. Pois na estética, de fato, não se trata só de uma troca de perspectiva a respeito da obra de arte, substituindo o artista pelo espectador, mas fundamentalmente de uma modificação do estatuto mesmo da obra de arte e de todo o fazer do homem (cf. AGAMBEN, 1994, p. 24).

Nessa perspectiva, o percurso de *O homem sem conteúdo* pode ser dividido em duas partes. A primeira ocupa-se, precisamente, de descrever o estatuto estético da obra de arte. A oposição entre as figuras do retórico e do terrorista, a formação do personagem do homem de bom gosto, a aparição do espaço do museu, os movimentos contemporâneos do *ready-made* e do *pop-art* vão escandindo os momentos-chave da análise. Na segunda parte, já não se trata só da arte, mas do fazer do homem em geral. Aqui, os eixos da exposição são os conceitos de *poíesis* e *práxis*, de potência e ato, de melancolia e de história. À luz desses temas, considerando-o retrospectivamente, do primeiro livro de Agamben pode-se dizer o mesmo que do *Nascimento da tragédia* de Nietzsche: nele tudo é presságio.

A época da estética

O enfrentamento entre retóricos e terroristas, que Agamben retoma de Jean Paulhan, desdobra a oposição entre espectadores e artistas. Enquanto os retóricos dissolvem todo o significado na forma, os terroristas, ao contrário, buscam uma linguagem que não seja mais que sentido (cf. AGAMBEN, 1994, p. 19). Para o retórico, como para o espectador, a obra de arte é um conjunto de elementos sem vida; para o terrorista, como para o artista, ao contrário, ela deve ser uma realidade vivente.

Em *A obra prima desconhecida* de Balzac, o pintor Frenhofer representa o ideal do terrorista. Durante dez anos Frenhofer, o artista, buscou plasmar na tela uma obra que fosse a realidade mesma de seu pensamento, e não simplesmente sua expressão. Quando essa tela cai sob seu olhar, Poussin, o espectador, só descobre nela uma confusão de cores desprovidas de sentido, das quais apenas se destaca a ponta de um pé. Então, pergunta-se Agamben (1994, p. 21):

> [...] a obra prima desconhecida [a tela de Frenhofer] não é, antes, a obra prima da Retórica? Foi o sentido o que cancelou o signo ou o signo que aboliu o sentido? Eis aqui o Terrorista confrontado com o paradoxo do Terror. Para escapar do mundo evanescente das formas, não dispõe de outro meio que a própria forma [...].

Desse modo, o artista Frenhofer desdobra-se: de terrorista converte-se em retórico.

Não menos problemática resulta a figura do homem de bom gosto. Ela surge na cultura ocidental em meados do século XVII. Sua aparição, sustenta Agamben (1994, p. 25-26), não está ligada a uma maior receptividade a respeito da arte, mas à modificação de seu estatuto, ao ingresso da obra de arte no espaço da estética. O homem de bom gosto é o que está dotado de uma particular sensibilidade para captar o ponto de perfeição da obra; porém, ao mesmo tempo, o que é incapaz de produzi-la. Ele é, em suma, quem melhor conhece aquilo do que não é capaz. Em sua figura, o gosto está cindido do gênio (p. 38-40).[1]

Do mesmo modo que a aparição da figura do homem de bom gosto marca o ingresso da obra de arte no terreno da estética, também o faz a passagem da *câmara das maravilhas* da época medieval aos museus modernos. Na *Wunderkammer* (câmara das maravilhas) parece reinar a desordem. Os objetos amontoam-se uns junto a outros: lagartos, ossos, flechas, armas, peles de serpente e de leopardo, etc. Porém não se trata, segundo Agamben, de um caos, "para a mentalidade medieval [a *Wunderkammer*] era uma espécie de microcosmo animal, vegetal e mineral" (p. 47). Nos museus e galerias, ao contrário, as obras de arte repousam, encerradas entre paredes, em "um mundo

---

[1] Nesses mesmos termos descreve Diderot seu personagem Rameau, e expressa-se também Hegel quando, inspirando-se neste na *Fenomenologia do espírito*, fala da *pura cultura*, do espírito que se torna estranho a si mesmo.

perfeitamente autossuficiente, onde as telas assemelham-se à princesa adormecida" (p. 49).

Dois espaços diferentes para duas experiências diferentes da arte. O espaço do museu, de fato, assinala o momento no qual a arte começa a constituir-se como uma esfera autônoma, com uma identidade específica, e as obras de arte convertem-se em objetos de coleção que, afastando-se, distanciam-se das outras coisas e retiram-se do espaço comum a todos os homens. Antes, nesse espaço comum, artistas e não artistas encontravam-se imersos em uma mesma unidade vivente.

Para Agamben, Hegel alcança, nas *Lições de estética*, a formulação conceitual dessas trocas quando se ocupa da arte romântica. Antes, sustenta o filósofo alemão, o artista encontrava-se ligado a uma concepção e a uma religião determinadas, a esse espaço comum a todos os homens do qual devia oferecer a expressão mais alta. Agora, esse lugar está ocupado pela razão e pela crítica. A arte torna-se, então, um instrumento do qual o artista pode dispor livremente, e o princípio criador situa-se por sobre todo conteúdo, podendo evocá-lo ou rechaçá-lo (cf. p. 54-56).

> A original unidade da obra de arte fragmentou-se, deixando de um lado o juízo estético e, do outro, a subjetividade artística sem conteúdo, o puro princípio criativo. Ambos buscam em vão o próprio fundamento, e, nessa busca, dissolvem incessantemente o concreto da obra. [...] Como o espectador, ante a alienação do princípio criativo, busca de fato fixar no Museu seu próprio ponto de consistência [...] assim o artista, que fez na criação a experiência demiúrgica da absoluta liberdade, trata agora de objetivar o próprio mundo e de possuir a si mesmo (p. 58).

Não podendo identificar-se com nenhum conteúdo, o artista é um "homem sem conteúdo" (p. 83) incapaz de alcançar a dimensão concreta da obra. Essa incapacidade, que recebeu o nome de "morte da arte", revela na realidade uma crise do fazer do homem em sua totalidade, uma crise do que os gregos chamaram *poíesis*.[2]

Em *Profanações*, publicado trinta e cinco anos mais tarde, Agamben volta sobre a ideia de museu, em perfeita consonância com as observações de *O homem sem conteúdo*, mas estendendo e aprofundando seu sentido. "Museu não designa aqui um lugar, mas a dimensão separada à qual se transfere o que em um tempo era sentido como verdadeiro e decisivo, e agora já não é." Portanto, os museus são os lugares tópicos da "impossibilidade de usar, de habitar, de fazer experiência". Ademais das obras de arte, nesses espaços de não uso terminam retirando-se *docilmente*, segundo a expressão de Agamben, a filosofia, a religião e a política. Também a natureza e a própria vida humana podem converter-se em objeto de museu. Um parque natural e uma tribo protegida são exemplos disso. Por um lado, observa Agamben (2005b, p. 96-97), "a museificação do mundo é hoje um fato consumado". Por outro, os museus terminam ocupando, no capitalismo, o lugar dos templos na religião.

Tudo é práxis

Com as considerações sobre a morte da arte, Agamben passa da descrição da situação da arte na época da estética à do homem na modernidade. Trata-se, em ambos os casos, de uma crise da *poíesis*, cujo sentido só pode ser compreendido remontando-se aos gregos, "a quem devemos quase todas as categorias com as quais nos pensamos a nós mesmos e à realidade que nos circunda" (AGAMBEN, 1994, p. 103) ou, segundo uma

---

[2] "A pergunta pelo destino da arte alcança aqui uma zona na qual toda a esfera da *poíesis* humana, o fazer pro-dutivo em sua integridade, é posto em questão de maneira original" (p. 89). No mesmo sentido expressa-se também na página 103: "O problema do destino da arte em nosso tempo nos conduziu a considerar como inseparável dele o problema do sentido da atividade produtiva, do 'fazer' do homem em seu conjunto".

expressão contida no livro imediatamente posterior, retomando "a linguagem auroral do pensamento grego" (AGAMBEN, 1977, p. 188). Disso se ocupa, em parte, o capítulo sétimo e, sobretudo, o oitavo do *Homem sem conteúdo*, cujos temas desempenham um papel de primeira ordem nesse trabalho e terão todavia maior relevância nos que se seguem.³

Segundo uma definição que se encontra no *Banquete* de Platão (2005b) e da qual se serve precisamente Agamben, pode-se dizer que os gregos entendiam por *poíesis* o que faz que algo passe do não ser ao ser, a produção da presença. A respeito da concepção grega, a modernidade introduziu duas grandes modificações: em primeiro lugar, a separação entre arte e técnica e, em segundo lugar, a redução de toda a atividade do homem à práxis. Desse modo, como veremos em seguida, a modernidade introduz uma distinção ali onde os gregos não a estabeleciam e deixa de lado outra que para eles era constitutiva de seu pensamento.

Os gregos diferenciavam, a respeito da *poíesis*, entre as coisas que se produzem por natureza (*fýsei*), as que têm em si mesmas o princípio de sua produção, e as que chegam à presença mediante a técnica (*apò téchnes*), as que não têm esse princípio em si mesmas, mas no homem. Porém, à diferença de como modernamente fazemos, os gregos incluíam dentro da técnica tanto a atividade artística quanto a artesanal. O desenvolvimento da técnica moderna, sustenta Agamben, fragmentou o modo no qual as coisas produzidas pelo homem entram em presença:

---

[3] A oposição entre os gêneros da *poíesis* e da *práxis* será frequentemente retomada. Por exemplo, em *Infância e história*, a propósito da linguagem (cf. AGAMBEN, 2001, p. XII), ou em *Meios sem fim*, para abordar a noção de gesto (cf. AGAMBEN, 1996, p. 51). Mas muito mais relevante que essas referências é, no pensamento de Agamben, a discussão sobre a noção de potência que o conduzirá a retomar a categoria de impotência, de potência-de-não (cf., por exemplo, AGAMBEN, 1995, p. 52-53; 2005a, p. 280-281). Como veremos mais adiante, essa categoria terminará convertendo-se em uma das chaves do pensamento de Agamben.

de um lado encontramos as coisas que possuem um estatuto estético, as obras de arte, e, do outro, os produtos propriamente ditos, aos que chamamos "técnicos" em um sentido moderno (AGAMBEN, 1994, p. 90-92).

A oposição entre originalidade e reprodutibilidade é a marca dessa diferença. Por originalidade, segundo Agamben, há que se entender aquela proximidade entre a obra e sua origem que a faz irreprodutível; ao menos na medida em que o ato de criação é irrepetível. Os produtos técnicos, ao contrário, não mantêm essa relação com seu princípio, eles ingressam na presença na medida em que repetem uma forma que lhes serve de modelo (*týpos*). Portanto, pode-se afirmar que o modo da presença dos produtos técnicos define-se por sua disponibilidade para serem repetidos; enquanto as obras de arte, pelo contrário, chegam à presença só na medida em que sua forma alcança, de uma vez, sua plenitude e sua existência efetiva. Nessa perspectiva, a moderna distinção entre obra de arte e produtos técnicos pode ser remetida à oposição que estabelece Aristóteles entre *enérgeia* (ato) e *dýnamis* (potência, disponibilidade) (p. 97-98).

Para Agamben, o *ready-made* e a *pop-art* contemporâneos apresentam-se como o questionamento da separação-oposição entre originalidade e reprodutibilidade. No primeiro, vai-se da técnica à arte e, no segundo, da arte à técnica: um mictório tornado escultura, um Rembrandt utilizado como tábua de mesa. *Ready-made* e *pop-art*, no entanto, são a forma mais alienada da *poíesis*, na medida em que neles, finalmente, nada vem à presença, só se modifica o uso dos objetos já existentes (p. 99-100).

No entanto, a fragmentação da atividade poética do homem, a separação entre arte e técnica, inscreve-se em um movimento mais geral e determinante: a redução da *poíesis* à *práxis*, que fez que pensemos como práxis toda a atividade do homem. Aqui, nossa modernidade deixou de lado uma distinção solidamente enraizada na cultura clássica.

De novo, a referência aos textos clássicos é o ponto de partida da reflexão de Agamben. Dessa vez, trata-se de um texto da *Ética a Nicômaco* (1140b 3-6), em que Aristóteles distingue a *poíesis* da *práxis* como dois gêneros diferentes: a finalidade da *poíesis* é produzir algo diferente da produção mesma; o fim da *práxis*, o do fazer, ao contrário, não é diferente do fazer mesmo, do fazer bem (AGAMBEN, 1994, p. 109-113). A essa diferença agrega Agamben, remetendo-se também aos gregos, a que concerne à relação da *poíesis* com a verdade e da *práxis* com a vida. A *poíesis*, a produção da presença, é "um modo da verdade, entendida como des-velamento, *a-léteia*".[4] A *práxis*, por sua parte, enraíza-se no homem como animal, como ser vivente (p. 104). Agamben não desenvolve aqui o nexo da *poíesis* com a verdade (exceto quando assinala que nesse nexo se abre para o homem o espaço de sua liberdade), porém dedica várias páginas à relação da *práxis* com a vida: "[...] o pressuposto do trabalho [da *práxis*] é, ao contrário, a existência biológica nua, o processo cíclico do corpo humano, cujo metabolismo e cujas energias dependem dos produtos elementares do trabalho" (p. 105). Nesse sentido, à diferença da *poíesis*, que era um

---

[4] O termo "produção" pode induzir a erro, pois também a propósito da *práxis* pode-se falar, de fato, de produção de um efeito. No entanto, neste último caso trata-se de um processo voluntário que persegue, precisamente, a produção de um determinado efeito (AGAMBEN, 1994, p. 104). No caso da *poíesis*, ao contrário, Agamben fala de produção em outro sentido, como desvelamento de uma presença, como abertura, em termos heideggerianos. Por isso, como esclarece o autor, escreve "pro-dução" e "pro-duto", com o hífen, para referir-se à *poíesis* e "produção" e "produto" no caso da *práxis* (p. 102, nota 2). Na tradução latina de *enérgeia* por "*actus*" e por "*actualitas*", já está presente, assinala Agamben, a confusão entre "pro-dução" e "produção". Nessa, de fato, traduz-se a *poíesis* nos termos próprios do fazer, da produção voluntária de um efeito (p. 105). Acerca da noção de abertura, serão encontrados desenvolvimentos esclarecedores na obra intitulada, precisamente, *O aberto*, em que Agamben retomará os conceitos heideggerianos para distinguir o homem do animal (AGAMBEN, 2002b, p. 52 e ss).

espaço de liberdade para o homem, a *práxis* é a expressão de uma necessidade vital, cujo princípio se encontra na vontade (*hórexis*), "entendida em seu sentido mais amplo, ou seja, incluindo a *epithymía*, o apetite, o *thýmos*, o desejo, e a *boúlesis*, a volição" (p. 113). Portanto, a primazia da práxis, e dentro dessa a do trabalho, é uma primazia das necessidades biológicas do homem.

Essa interpretação aristotélica, da práxis como vontade, cruza o pensamento ocidental, segundo Agamben, de um extremo ao outro: por meio da tradução ao latim de *enérgeia* por *actualitas*, realidade efetiva; por meio de Leibniz, que pensa o ser da mônada como *vis primitiva activa* (força primitiva ativa); por meio de Kant e Fichte, que pensam a Razão como liberdade e a liberdade como vontade; por meio de Schelling, que sustenta que não há outro ser que a vontade (p. 114-116). Mais adiante, em *O reino e a glória* (2007a, p. 72), como veremos no capítulo terceiro, a primazia da vontade será apresentada como uma herança da teologia cristã.

O ingresso da obra de arte na dimensão da estética tem lugar, precisamente, na medida em que a arte abandona a esfera da *poíesis* e entra na da práxis.

> Vemos que os museus e as galerias conservam e acumulam obras de arte de modo que estejam sempre disponíveis para a fruição estética do espectador, de maneira quase idêntica a quanto acontece com as matérias-primas e as mercadorias acumuladas nos depósitos. Hoje, onde uma obra de arte é pro-duzida e exposta, seu aspecto *energético*, a saber, o ser-na-obra da obra, é cancelado [...]. O caráter dinâmico da disponibilidade para a fruição estética obscurece, na obra de arte, o caráter *energético* [...] (AGAMBEN, 1994, p. 98-99).

Com esse ingresso na dimensão da práxis, também a arte, como todo o fazer do homem, termina submetendo-se à primazia da vida biológica. Em Novalis e Nietzsche, segundo Agamben (1994, p. 114), encontra sua expressão mais extrema a supremacia da vida biológica a respeito da arte. Novalis, de fato, define a arte poética como o uso "voluntário, ativo e produtivo de nossos órgãos". Nessa perspectiva, a arte poética, tornando voluntário tudo o que é involuntário, é concebida como uma práxis superior, na qual o homem, mediante o uso ativo de seus órgãos, torna-se onipotente e, assim, um "messias da natureza" (p. 117-118). No que concerne a Nietzsche, assinala Agamben, "arte é o nome que se dá à vontade de potência" (p. 138).

Entre as considerações dedicadas à ideia de arte em Novalis e Nietzsche, Agamben consagra várias páginas a Marx, mais precisamente, à interpretação do termo "*Gattungswesen*" (ser que pertence a um gênero), com o objetivo de sublinhar até que ponto a práxis é, na Modernidade, a essência do homem. No entanto, uma ambiguidade essencial domina a posição de Marx a respeito. Por um lado, Marx afirma que o homem é um ser que pertence a um gênero porque, à diferença do animal que é imediatamente uma coisa com sua atividade vital, o homem produz de maneira universal. O homem pertence a um gênero, então, na medida em que é produtor. Porém, por outro lado, também sustenta que sua vida é para ele um objeto porque é um ser que pertence a um gênero. E, desse ponto de vista, é produtor porque pertence a um gênero. Afirma Agamben:

> Encontramo-nos ante um verdadeiro e próprio círculo hermenêutico: a produção, sua atividade vital consciente, constitui o homem como ser capaz de um gênero, porém, por outra parte, só sua capacidade de ter um gênero faz que o homem seja um produtor. Que esse círculo não seja nem uma contradição nem um defeito de rigor, mas que, ao contrário, esconda um momento essencial da reflexão de Marx está provado pelo modo no qual mesmo Marx mostra ter consciência da recíproca pertinência de práxis e "vida de gênero" […]. Práxis e vida de gênero pertencem-se reciprocamente em um círculo dentro do qual uma é origem e fundamento da outra (p. 119-120).

Nas obras posteriores, Agamben voltará sobre o conceito marxista de *attungswesen* a propósito de algumas questões centrais de seu pensamento, em relação com a concepção da história e da política ocidental. Segundo Agamben (2001a, p. 105), porque o homem é, para Marx, um ser capaz de um gênero, "que se produz originalmente não como mero indivíduo nem como generalidade abstrata, mas como indivíduo universal", a história é sua dimensão original; não simplesmente cai nela, como em Hegel. Por outro lado, sustenta, a consequente concepção marxista da política, entendida como assunção coletiva de uma tarefa histórica, pode ser vista como uma recuperação e uma radicalização do projeto aristotélico.[5]

Melancolia e história

Assim como a expressão "existência biológica nua" (*nuda esistenza biologica*) antecipa a noção de vida nua (*nuda vita*) que será o eixo de *Homo sacer I* (intitulado, precisamente, "O poder soberano e a vida nua"), nos dois últimos capítulos de *O homem sem conteúdo*, em relação ao destino da arte na cultura ocidental e a crise da *poíesis*, Agamben assinala algumas questões que

---

[5] "Na Idade Moderna, a política ocidental foi pensada consequentemente como assunção coletiva de uma tarefa histórica (de uma 'obra') por parte de um povo ou de uma nação. Essa tarefa política coincidia com uma tarefa metafísica, ou seja, com a realização do homem enquanto ser vivente racional. A problemática ínsita na determinação dessa tarefa 'política' com respeito às figuras concretas do trabalho, da ação e em último termo da vida humana, foi crescendo progressivamente. O pensamento de Marx, que se propõe a realização do homem enquanto ser genérico (*Gattungswesen*), representa nessa perspectiva uma continuação e uma radicalização do projeto aristotélico. Daqui as duas aporias implícitas nessa continuação: 1) o sujeito da obra do homem deve ser necessariamente uma classe indeterminada, que se destrói a si mesma enquanto representa uma atividade particular (por exemplo, a classe operária); 2) a atividade do homem na sociedade sem classes é impossível ou, em todo caso, extremadamente difícil de definir (daqui as indecisões de Marx sobre o destino do trabalho nas sociedades sem classes e a reivindicação da preguiça em Lafargue e em Malevich)" (AGAMBEN, 2005a, p. 371).

serão os temas centrais de seus livros posteriores: a melancolia, o tempo da história, o Dia do Juízo, o Estado de exceção.[6] Esses surgem a partir de uma citação de Hölderlin ("tudo é ritmo, todo o destino do homem é um único ritmo celeste, como toda obra de arte é um ritmo único, e tudo oscila nos lábios poetantes do deus...") e, mais concretamente, da noção de ritmo (AGAMBEN, 1994, p. 143). O ritmo é o que introduz, no fluxo do tempo, uma laceração, um deter-se que nos lança em um tempo mais original. Na medida em que a obra de arte é ritmo, "na obra de arte, rompe-se o *continuum* do tempo linear e o homem reencontra, entre passado e futuro, o próprio espaço presente" (p. 154). Nesse sentido, a frase de Hölderlin situa a obra de arte em uma dimensão na qual está em jogo a relação do homem com a história:

> [...] a obra de arte não é nem um "valor" cultural nem um objeto privilegiado para a *aísthesis* dos espectadores, e tampouco a absoluta potência do princípio formal, mas que se situa, ao contrário, em uma dimensão mais essencial, porque sempre faz acessar ao homem a sua estrutura original na história e no tempo (p. 153).

No entanto, qual é, na época da estética, da crise da *poíesis*, a relação do homem com a história? O uso das citações, tal como o explica Walter Benjamin, a figura do colecionador e a obra de arte como *choc*, como epifania inaferrável, são as figuras que utiliza Agamben para enfrentar a questão (p. 157-161). Nelas, delineia-se uma relação do homem com a história, mais especificamente com seu passado, que não é da ordem

---

[6] À melancolia estará dedicada grande parte da obra imediatamente posterior, *Estâncias*. A questão do tempo da história será extensamente retomada em *Infância e história* e, mais tarde, em *O tempo que resta*. À noção de estado de exceção, sobre a qual tornará em várias de suas obras, consagrou um trabalho inteiro, intitulado precisamente *Estado de exceção*. Quanto ao conceito de *Dia do Juízo*, voltou a ele em *Profanações* e em *A potência do pensamento*.

da transmissão, mas só da acumulação (de citações, de objetos, etc.). O homem perdeu a tradição, para dizê-lo de outro modo, o passado tornou-se intransmissível enquanto cultura vivente. Pode-se armazená-lo, inclusive em sua integralidade, porém o passado deixou de ser o critério da ação.

Duas imagens descrevem essa situação: o *Angelus Novus* de Klee, que representa para Benjamin o anjo da história, e o anjo melancólico da gravura de Dürer. Enquanto o anjo da história representa o progresso; o melancólico, por sua parte, a alienação do próprio mundo e a nostalgia.

> O anjo da história [do tempo linear] com as asas presas pela tempestade do progresso e o anjo da estética [o melancólico], que mantém no intemporal as ruínas do passado, são inseparáveis. E até que o homem não encontre outro modo de compor individual e coletivamente o conflito entre o velho e o novo, apropriando-se assim da própria historicidade, parece pouco provável uma superação da estética que não se limite a levar ao extremo a laceração (p. 168).

Nas páginas finais do livro, uma nota de Kafka abre a possibilidade de outra leitura da situação da arte na época da estética e do homem na modernidade. Essa nota refere-se a um grupo de passageiros que se encontram encalhados no meio de um túnel, sem poder ver nem o princípio nem o final. Kafka, segundo Agamben, inverteu aqui a imagem benjaminiana do anjo da história. Para Kafka o anjo já chegou ao paraíso. Na realidade, encontra-se ali desde o princípio. Por isso, o *Dia do Juízo* não é algo que deve chegar, ao final da história e do tempo, mas que, antes, é a situação normal do homem. O Dia do Juízo é, nesse sentido, um *Standrecht* (um estado de exceção) (p. 168-169).

A apropriação do inapropriável

Em *O homem sem conteúdo*, quando Agamben busca esclarecer a noção de ritmo, dedica uns poucos parágrafos críticos à questão do método das ciências humanas, mais precisamente, ao estruturalismo. Se "nos interrogamos [sustenta] sobre a ambiguidade do termo 'estrutura' nas ciências humanas, vemos que elas cometem, em certo sentido, o mesmo erro do qual Aristóteles acusava os Pitagóricos" (p. 147). Elas partem da ideia de estrutura entendida como um todo que é mais que a soma de suas partes e, quando, distanciando-se da filosofia, querem constituir-se como ciências, terminam pensando-a como a soma daqueles elementos primeiros aos quais se pode aplicar o método matemático. Sem que o tema da ambiguidade da estrutura seja explicitamente retomado, é possível pensar o segundo livro de Agamben, *Estâncias: a palavra e o fantasma na cultura ocidental* (1977), como uma resposta à problemática do conhecimento do homem. A respeito, o autor afirma:

> [...] se, nas ciências do homem, sujeito e objeto necessariamente se identificam, então a ideia de uma ciência sem objeto não é um paradoxo divertido, mas a tarefa mais séria que nosso tempo confia ao pensamento (p. XII).

Para explicar o sentido dessa *seriedade*, como nas primeiras páginas de *O homem sem conteúdo* – ainda que em outra perspectiva e com outras intenções –, Agamben retoma a oposição entre a filosofia, que conhece seu objeto sem possuí-lo, e a poesia, que possui seu objeto sem conhecê-lo. A tarefa mais séria confiada a nosso pensamento é a de "reencontrar a unidade da própria palavra cindida" (p. XIV), a unidade entre filosofia e poesia, entre o conhecimento do objeto e o *gaudium* (gozo), quer dizer, sua possessão.

Porém, como reencontrar essa unidade quando o homem é *sem conteúdo*, quando a ciência em questão é uma ciência sem objeto? Como apropriar-se de um objeto que não existe, que é inapropriável? Agamben intentará buscar uma resposta em "aquelas operações como o desespero do melancólico ou a *Verleugnung* (negação) do fetichista, nas quais o desejo nega e ao mesmo tempo afirma seu objeto, e, assim, logra entrar em relação com algo que de outra maneira não teria podido ser nem apropriado nem gozado" (p. XIV).

A isso responde o título do livro: *Stanze* [estâncias]. Os poetas do *duecento* italiano, assinala Agamben, os estilonovistas, chamavam *stanza* ao núcleo essencial de sua poesia. Trata-se de um uso dessa palavra derivado do árabe *bayt*, que significa tanto o lugar onde alguém mora quanto a estrofe de uma poesia (p. 152). Os ensaios que compõem o livro são, precisamente, como as estâncias "por meio das quais o espírito humano responde à tarefa impossível de apropriar-se do que, de todos os modos, segue sendo inapropriável" (p. XV). *Estâncias* é, nesse sentido, uma topologia do irreal. Porém nesse espaço do irreal, para Agamben, devem situar-se os produtos da cultura humana.[7]

Nas páginas finais de *Estâncias*, a figura do homem que encontra sua expressão na conhecida definição da *Política* de Aristóteles, animal que possui *lógos*, aparece em primeiro plano. Pensar uma ciência sem objeto, reencontrar a palavra cindida exigem outra concepção do significar, diferente da que dominou a cultura ocidental. Será a tarefa dos trabalhos sucessivos. Essa topologia do irreal, de fato, nos conduzirá até algo que Agamben deseja que permaneça, no momento, a distância (p. 189).

Fetichismo e uso

Na literatura patrística, as listas dos pecados capitais não incluem sete, mas oito. Com o nome de "acédia" ou "demônio meridiano", faz-se referência a um particular mal que afeta especialmente os homens religiosos e lhes provoca uma relação de

---

[7] "[...] é nesse intermediário lugar epifânico, situado entre a terra de ninguém do amor narcisista de si mesmo e a eleição de um objeto externo, que poderão colocar-se um dia as criações da cultura humana, o *entrebescar* [entrelaçar-se] das formas simbólicas e das práticas textuais por meio das quais o homem entra em contato com um mundo que é, para ele, mais próximo que qualquer outro e do qual dependem, mais diretamente que da natureza física, sua felicidade e sua desventura" (p. 33).

amor e, ao mesmo tempo, de ódio aos bens espirituais: rancor a quem os exorta a eles, pusilanimidade, desespero, frequentes evasões pela imaginação, charlatanismo, curiosidade, instabilidade a respeito do lugar e daquilo a que se propõem, etc. (p. 7-9).[8] Não se trata, no entanto, como poderia parecer à primeira vista, de um aplacamento do desejo, mas da "perversão de uma vontade que quer o objeto, porém não a via que conduz a ele" (p. 11). Portanto, a acédia não se opõe à *sollicitudo* (solicitude), mas ao *gaudium* (gozo): o "desejo segue estando dirigido ao que se tornou inacessível, a acédia não é só uma *fuga de*..., mas também uma *fuga para*..., que comunica com seu objeto sob a forma da negação e da carência" (p. 13).

Em determinado momento, na cultura ocidental, a figura do acedioso entrelaça-se com a da bílis negra, a melancolia, e, ainda que não seja possível estabelecer com precisão quando, "na tenaz vocação contemplativa do temperamento saturnino revive o Eros perverso do acedioso que mantém no inacessível o próprio desejo" (p. 19). Para Agamben – crítico nesse ponto à interpretação oferecida por Panofsky –, o segredo custodiado na figura do melancólico só pode desvelar-se na medida em que se compreenda como o desejo de contemplação do acedioso, com seu objeto inacessível, encontra-se atravessado agora por um desejo de concupiscência (p. 22-23).[9] É aqui onde se tornará manifesto, de fato, o nexo entre eros e fantasma.

---

[8] Agamben sublinha aqui, ademais, o paralelismo com as categorias das quais se serve Heidegger para descrever a banalidade cotidiana do *das Man* (do "se").

[9] Nessas páginas, assim como nas imediatamente anteriores, podem-se encontrar várias observações críticas a respeito de duas obras clássicas sobre o tema, *Dürers "Melencolia I". Eine quellen – und typengeschichtliche Untersuchung* (Leipzig-Berlin, 1926), de Panofsky e Saxl, e *Saturn and Melancholy* (London, 1964), de Klibansky, Panofsky e Saxl. Ademais da observação crítica que já mencionamos, Agamben (1977, p. 18) também assinala o haver-se concedido muito pouco espaço à literatura patrística e medieval.

Um ensaio de Freud, "Luto e melancolia" de 1917, serve a Agamben como ponto de partida para abordar a questão. A melancolia, para Freud, oferece algumas das características do luto e outras do narcisismo. Na melancolia, como sucede no luto, a libido reage ante a perda real de um objeto (a morte da pessoa amada, por exemplo) fixando-se sobre outro objeto que, como sucede no narcisismo, será o próprio eu, e não as lembranças ou objetos da pessoa desaparecida. No entanto, assinala Agamben, o curioso é que, no caso da melancolia, na realidade, nenhum objeto se perdeu, e tampouco está claro se se pode falar de perda. É aqui onde outra figura, da qual também se ocupou a psicanálise, resulta particularmente esclarecedora: a do fetichista. "Na *Verleugnung* do fetichista, no conflito entre a percepção da realidade, que a obriga a renunciar a seu fantasma, e seu desejo, que a impulsiona a negar a percepção, a criança não faz nem uma coisa nem outra, mas antes faz simultaneamente as duas coisas: por uma parte, desmente a evidência de sua percepção e, por outra, reconhece a realidade mediante a assunção de um sintoma perverso. Do mesmo modo, na melancolia, o objeto não é nem apropriado nem perdido, mas ambas as coisas ao mesmo tempo" (p. 26-27). Portanto, a *Verleugnung* do fetichista e, consequentemente, o objeto fetiche estão atravessados por uma ambiguidade essencial. Enquanto objeto, o fetiche é algo concreto e tangível, porém, enquanto fetiche, ou seja, enquanto substituto de um objeto ausente ao que remete continuamente, é imaterial e intangível (p. 41).[10] O fetiche é, para dizê-lo com outros termos, a presença de uma ausência.

Se, de fato, o mundo externo é narcisisticamente negado pelo melancólico como objeto de amor, o fantasma recebe

---

[10] Agamben assinala aqui tema que será retomado mais adiante na obra, a relação entre o fetiche e as figuras retóricas da sinédoque, em que se toma a parte pelo todo, e da metonímia, em que se substitui um objeto por outro contíguo (p. 40).

mediante essa negação um princípio de realidade e sai de sua cripta interior para entrar em uma nova e fundamental dimensão. Não é mais fantasma, todavia não é signo, o objeto irreal da introjeção melancólica abre um espaço que não é nem a cena onírica alucinada dos fantasmas nem o mundo indiferente dos objetos naturais [...] (p. 32).

No entanto, Agamben serve-se do mecanismo fetichista não só para compreender o objeto do desejo melancólico, mas também a nova dimensão que adquirem as coisas na época da Revolução Industrial, as obras de arte tornadas mercadorias e os brinquedos. O caráter fetichista desses objetos traz à luz uma noção que mais adiante, quando a atenção do autor focaliza-se na problemática da política, terá cada vez mais relevância: a noção de uso.

Marx intitula, observa Agamben, a quarta parte do livro primeiro de *O capital*, "O caráter fetiche da mercadoria e seu segredo". Segundo Marx, os objetos tornam-se mercadorias quando a relação de uso que mantemos com eles converte-se no suporte material do valor de troca. Dessa maneira, nossa relação com os objetos desdobra-se, são objetos de uso e de troca. Como sucede com os fetiches, o uso *normal* de um objeto suporta outro uso.[11]

As exposições universais do século XIX, de Londres em 1851 e de Paris em 1855, foram os lugares por antonomásia nos quais os objetos eram exibidos em seu caráter de mercadorias. Benjamin, observa Agamben, definiu-os "lugares de peregrinação ao fetiche-mercadoria" (p. 46). E Baudelaire, que foi um dos visitantes ilustres da exposição de Paris, assinalou seu vínculo com a obra de arte. De fato, como nas obras de arte,

---

[11] Agamben criticará o preconceito utilitarista de Marx, para o qual o valor de troca supõe necessariamente um valor de uso. A etnografia moderna, sustenta, demonstrou que a atividade humana não é redutível à produção, conservação e consumo de coisas, que o "presente e não a troca é a forma original do intercâmbio" (p. 57).

os objetos tornados mercadorias liberam-se de seu valor de uso. Nesse sentido, Baudelaire pode conceber a obra de arte como uma mercadoria absoluta, ou seja, como um objeto no qual se destruiu completamente seu valor de uso. E é por isso, também, que pode pôr o *choc* no centro da experiência artística. "O *choc* é o potencial de alienação do qual se carregam os objetos quando perdem a autoridade que deriva de seu valor de uso e que garantia sua inteligibilidade tradicional, para assumir a máscara enigmática das mercadorias" (p. 51). A grandeza de Baudelaire foi, segundo Agamben, a de converter as obras de arte "em mercadorias e em fetiches" (p. 50).

Essa nova relação com os objetos, que se instaura desde o momento em que começam a converter-se em mercadorias, quando se passa do objeto artesanal ao artigo de massa, encontra sua expressão no texto de Grandville, *Petites misères de la vie humaine* (*Pequenas misérias da vida humana*), de 1943, na qual uma série de ilustrações mostra como os objetos buscam libertar-se de seu uso: a ponta de um saco que se prende em uma porta, uma bota que não se pode terminar nem de calçar nem de descalçar; em Rilke, nos *Cadernos de Malte Laurids Brigge*; e sobretudo na figura baudelaireana do *dandy* (protótipo do homem que, fazendo da elegância e do supérfluo a razão de sua vida, busca instaurar uma relação com as coisas que não é nem da ordem da acumulação, própria do capitalismo, nem do valor de uso, pressuposto dos marxistas, mas da apropriação de sua irrealidade). O mesmo projeto anima a criação artística moderna. Ainda que já não se trate só de converter as coisas em mercadorias, absolutas segundo Baudelaire – quer dizer, de liberá-las de todo uso até o extremo de destruí-las –, mas do converter-se em mercadoria do próprio artista. Ou, segundo a expressão de Apollinaire, do devir desumano dos artistas.

Como os objetos-mercadorias e as obras de arte, também os brinquedos são fetiches, constituem-se como tais desde o momento em que se transgridem as regras que atribuem a cada coisa um uso apropriado. E, como os fetiches, os brinquedos não se localizam nem no homem nem fora dele, mas em uma zona que não é nem objetiva nem subjetiva: "fetichistas e crianças, 'selvagens' e poetas a conhecem desde sempre; e é nessa 'terceira área' onde deveria situar sua busca uma ciência do homem que se tivesse verdadeiramente livrado de todo preconceito do século XIX" (p. 69).

Como dissemos, no pensamento de Agamben, a noção de uso e sua problemática, que começam a esboçar-se nessas páginas, adquirirão cada vez mais importância. Ela estará no centro do último volume da série *Homo sacer*, o quarto;[12] porém dela já se ocupou extensamente em várias oportunidades, sobretudo em *O tempo que resta* e em *Profanações*. O ensaio que dá nome a essa última obra, "Elogio da profanação", está dedicado precisamente à questão do uso (AGAMBEN 2005b, p. 83-106). "Profanar", de fato, significa restituir ao uso comum dos homens o que era sagrado ou religioso (p. 83). Nesse contexto, ademais, retomará também a questão do jogo e dos brinquedos (p. 86). Em *O tempo que resta* (2000, p. 31), um comentário filosófico à *Epístola aos romanos*, a *klésis* (chamada) messiânica é definida em termos de uso.

A linguagem poética

Como observamos, Agamben serve-se da descrição freudiana do fetichismo para compreender a relação que se estabelece, na melancolia, entre o desejo e seu objeto ou, melhor, entre o desejo e a afirmação da realidade de um objeto inexistente. Porém, assinala Agamben (1977, p. 29), Freud não "elaborou uma verdadeira e própria teoria orgânica do fantasma" e sem ela resulta impossível compreender o objeto do desejo do acedioso e

---
[12] "E só quando seja completada a quarta parte da investigação, dedicada à forma-de-vida e ao uso, o sentido decisivo da inoperosidade como práxis propriamente humana e política poderá aparecer sob sua luz própria" (AGAMBEN, 2007, p. 11).

do melancólico. Mais que a construir, reconstruí-la será a tarefa da terceira parte de *Estâncias*, "A palavra e o fantasma", em que, como pressuposto para interpretar os versos dos poetas da *joi d'amor*, Agamben descreverá a formação e articulação da teoria medieval da fantasia. Pois, para Agamben, a herança que a lírica amorosa deixou para a cultura moderna europeia não é tanto uma concepção do amor, mas a do entrelaçamento do desejo com o fantasma e a linguagem (p. 154).

A cena, que se encontra na versão do *Roman de la Rose* atribuída a Clement Marot, em que Pigmalião enamora-se de uma estátua, é tomada por Agamben como ponto de partida. Como na cena do trovador Bertran de Born, em que se compõe uma mulher com as partes reunidas de diferentes mulheres, o objeto do desejo já não é uma pessoa, mas uma imagem. Ambas remetem a uma teoria da sensação, e do conhecimento em geral, segundo a qual o que penetra nos olhos não são as coisas, mas suas formas.

Para Agamben, duas metáforas, solidárias entre si, dominam a história dessa teoria: a do pintor interior, o artista que desenha as imagens na nossa alma, e a da cera, que compara nossa alma com esse material maleável e receptivo (p. 86-87). Ambas as metáforas, que já haviam sido utilizadas por Platão, encontram-se em "o mais importante dos filósofos medievais" (p. 85), Aristóteles, para quem a faculdade que denomina fantasia é a que, no processo cognoscitivo, desempenha a função do "pintor" e da "cera": até ela conduzem as sensações; por meio dela chega-se ao entendimento; seus produtos devem acompanhar os sons articulados que pronunciam os mamíferos, para que se convertam em voz e em linguagem; está em estreita relação com a memória e intervém inclusive nos processos do sonho e da adivinhação (p. 88-89). Os comentaristas árabes de Aristóteles, Avicena e Averróis, desenvolveram amplamente essa teoria. Neste último, os olhos e a fantasia, como todas as faculdades cognoscitivas, são concebidos como espelhos nos quais se refletem as formas das coisas e formam-se as imagens. No caso da fantasia, essas imagens produzem-se inclusive na ausência dos objetos. Por isso, nessa cultura, todo o conhecimento é, no sentido literal do termo, especulação, porém também o é o amor cujo objeto, finalmente, só pode ser uma imagem. "O descobrimento medieval do amor, sobre o qual – não sempre de maneira apropriada – se discutiu frequentemente, é o descobrimento da irrealidade do amor, ou seja, de seu caráter fantasmático. [...] Só na cultura medieval o fantasma emerge em primeiro plano como origem e objeto de amor, e a localização própria do eros desloca-se da visão para a fantasia" (p. 96-97). É nessa perspectiva que a cultura medieval associou as histórias de Pigmalião e Narciso.

Com essa teoria da fantasia, de origem aristotélica e de reformulação árabe, entrelaçam-se a teoria do *pneûma* [espírito], de origem platônica e estoica, e a fisiologia dos médicos medievais. Surgirá, assim, a ideia de um *spiritus phantasticus* (espírito fantástico), intermediário entre o racional e o irracional, entre o corpóreo e o incorpóreo, do qual se serve a divindade para comunicar-se com o que está afastado dela (p. 110). Esse entrelaçamento alcançará seu ponto máximo com os poetas do *estilonovismo*, na figura do amor *hereos*, do amor heroico,[13] em que o desejo empurra a imaginação e a memória a dirigirem-se obsessivamente até uma imagem, *fantasma*, assumindo as características da patologia melancólica (p. 134).

Trata-se, no entanto, de uma figura marcada pela polaridade: é figura do amor e da enfermidade, do herôoco e do

---

[13] "Porém só nos estilonovistas a teoria do *pneuma* terminará unindo-se com a do amor na intuição de uma polaridade na qual, como sucederá logo com a revalorização humanista da melancolia, a acentuação obsessiva de uma experiência patológica, bem conhecida pelos diagnósticos médicos, vai de acordo com sua nobilização soteriológica, em que enfermidade mortal e salvação, ofuscamento e iluminação, privação e plenitude aparecem problemática e inextricavelmente unidas" (p. 129).

demoníaco. Os poetas do estilonovismo buscaram na linguagem a maneira de curar-se dessa enfermidade, de apropriar-se do objeto do amor, do fantasma, sem cair nem na sorte de Narciso, que morre por amar uma imagem, nem na de Pigmalião, que amou uma imagem sem vida (p. 145). "A inclusão do fantasma do desejo na linguagem é a condição essencial para que a poesia possa ser concebida como *joi d'amor*. A poesia é, no sentido próprio, *joi d'amor*, porque ela mesma é a *stantia* na qual se celebra a beatitude do amor" (p. 152).

Agamben individualiza, em uma passagem do *Purgatório* de Dante, a inclusão da linguagem na teoria do fantasma. De fato, enquanto a leitura escolástica (Alberto Magno é a referência) do *De interpretatione* identificava as paixões da alma (que, segundo o filósofo, convertem os meros sons em voz, a acompanhá-los) com as espécies inteligíveis (os conceitos, as ideias) e excluía os *motus spiritum* (movimentos do espírito: ira, desejo, alegria), Dante, ao contrário, concebe a poesia como um "ditado do amor espirante" (p. 148-150).

Como visto, Agamben serviu-se do mecanismo fetichista para descrever o desejo do acedioso e do melancólico; as coisas, as obras de arte e os artistas tornados mercadorias; e, finalmente, esses objetos que denominamos brinquedos. Mediante essas descrições, foi tomando forma uma topologia do irreal, do que não pode ser nem apropriado nem perdido. A poesia do *duecento*, lida à luz da teoria medieval da fantasia, faz da linguagem, mais precisamente da linguagem poética, o lugar da apropriação do inapropriável. Nessa linguagem poética, em que os signos, pela atividade do *pneuma*, estão imediatamente ligados aos *movimentos do espírito* – "*amor mi spira*" segundo o verso de Dante –, a distinção entre o significante e o significado como duas ordens distintas torna-se inadequada e resulta necessária outra concepção da linguagem (p. 151). Até ela encaminha-se Agamben a partir da contraposição entre a Esfinge e Édipo. Aqui, o dispositivo fetichista reaparecerá novamente como modelo interpretativo.

Sobre o simbólico, sustenta, uma coisa é estar sob a insígnia da Esfinge e outra, sob a de Édipo. A contraposição remonta ao conhecido episódio no qual Édipo deve resolver o enigma levantado pela Esfinge. A interpretação agambeniana, que se opõe aqui à leitura psicanalítica, consiste em sustentar que a verdadeira culpa de Édipo "não é tanto o incesto, mas a *hýbris* até a potência do simbólico em geral" (p. 164). A falta desmedida, a *hýbris*, cometida por Édipo seria a de haver atribuído uma solução para o enigma que se lhe propunha. Para Agamben, ao contrário, no enigma da Esfinge nos enfrentamos com uma linguagem apotropaica, com o "paradoxo de uma palavra que se acerca do seu objeto mantendo-o indefinidamente a distância" (p. 164), e que, em sua ambiguidade constitutiva, remete à experiência ocidental do ser, onde todo manifestar-se é também um ocultar-se.[14]

No episódio de Édipo e a esfinge, enfrentam-se, assim, duas concepções do símbolo e da linguagem em geral. O modelo edípico, que domina em grande parte nossa cultura, concebe a linguagem como a relação entre um significante e um significado. Na perspectiva da Esfinge, ao contrário, a atenção está posta na linha que, segundo uma representação já clássica, separa e, ao mesmo tempo, vincula um significante a um significado. Ali se situa o problema original de todo significar, a saber, o de significar "a mesma vinculação (*synápsis*) insignificável entre a presença e a ausência, o significante e o significado" (p. 165).

Na perspectiva de Édipo, concebeu-se o procedimento metafórico como a substituição de um nome próprio por um impróprio. No entanto, na perspectiva da Esfinge, observa

---

[14] "O fundamento dessa ambiguidade do significar está naquela fratura original da presença que é inseparável da experiência ocidental do ser e pela qual tudo o que vem à presença vem à presença como o lugar de um atraso e de uma exclusão. Seu manifestar-se é, ao mesmo tempo, um ocultar-se, seu estar presente, uma carência" (p. 160-161).

Agamben, a semelhança ou, segundo uma linguagem mais moderna, a interseção sêmica que autorizaria essa substituição, em realidade, não precede a metáfora, mas que é um efeito seu, como o mostram os emblemas e as metáforas originais (p. 176-177).[15]

A partir desse ponto, Agamben volta sobre a questão da *Verleugnung* do fetichista e de seu nexo com as figuras da retórica, em particular, com a metáfora. Essa relação já havia sido assinalada, porém a retoma agora não só para aprofundá-la, mas para converter o procedimento fetichista em uma indicação que remete a outra concepção da linguagem. "Pode-se dizer [sustenta] que a *Verleugnung* oferece à interpretação da metáfora um modelo que escapa à tradicional redução do problema, à luz do qual *a metáfora converte-se no reino da linguagem no que é o fetiche no reino das coisas*" (p. 178). Como no fetiche não se substitui um objeto próprio por um impróprio, pois o primeiro, em realidade, nunca existiu; tampouco na metáfora substitui-se um nome próprio por um impróprio. Em ambos os casos, trata-se, antes, da "recíproca exclusão do significante e do significado na qual emerge à luz a diferença original sobre a qual se funda todo significar" (p. 179). No fetiche, como na metáfora, a barreira que separa o significante do significado torna-se problemática.

As últimas páginas de *Estâncias* enfrentam essa problemática remetendo a questão da *barreira* à questão da *dobra*, isto é, remetendo a representação de um modelo linguístico à questão metafísica da presença. Essa será a ocasião para introduzir algumas observações críticas a respeito do projeto que Derrida denomina *gramatologia*.

---

[15] Agamben dedica as primeiras páginas do capítulo de *Estâncias* intitulado, precisamente, "O próprio e o impróprio" à descrição dos emblemas. Neles, distinguem-se normalmente duas partes, a alma (o lema) e o corpo (a imagem). A relação entre ambas, no entanto, não se funda "sobre a convergência e a unidade da aparência e a essência, mas sobre sua incongruência e deslocamento" (p. 168).

Para este, que também apoia sua reflexão no paralelismo entre concepção da linguagem e do ser, toda a metafísica ocidental funda-se no privilégio concedido à voz, à *phoné*. Só ela, sendo o mais imaterial de todos os significantes, pode expressar de maneira transparente um significado concebido como plenitude da presença. O privilégio da voz é, nesse sentido, solidário de uma metafísica que pensa o ser como presença. Ou, em outros termos, o privilégio concedido à voz é o modo no qual se submete o significante ao significado, ao ser como presença. A substituição da voz pela escritura, *grámma*, e com ela a afirmação da primazia do significante que definem a empresa derridariana são, por isso, um projeto de desconstrução da metafísica da presença. Para Agamben, ao contrário, essa substituição não representa de nenhum modo uma superação da metafísica. Privilégio da voz ou da escritura, do significado ou do significante, são duas modalidades diferentes de permanecer dentro da metafísica ocidental, desde o momento em que, em ambos os casos, segue sem se problematizar a *barreira* que estabelece seu nexo:

> O núcleo original do significar não está nem no significante nem no significado, nem na escritura nem na voz, mas na dobra da presença sobre a qual eles se fundam: o *lógos*, que caracteriza o homem como *zóom lógon échon*, essa dobra é o que reúne e divide todas as coisas na "comissura" da presença. E o humano é precisamente essa fratura da presença [...] (p. 188).

Infância e voz

A questão da história fecha o primeiro livro de Agamben. Como se viu, a contraposição entre o *anjo da história*, segundo a interpretação benjaminiana da obra de Klee, e o *anjo melancólico* de Dürer levantava a necessidade de recompor individual e socialmente o conflito entre o novo e o velho, entre o homem e seu passado. O livro seguinte, *Estâncias*, nos conduziu até a problemática da linguagem, até a necessidade de outra concepção da linguagem, diferente da que dominou a cultura ocidental. Em *Infância e história: destruição da experiência e origem da história* (1978), Agamben enfrenta ambos os desafios explorando a ideia de um estado do homem, nem cronológico nem psicossomático, a partir do qual ele se apropria da linguagem e ingressa na história, a infância (literalmente: que não fala). A mesma problemática domina o livro de 1982, *A linguagem e a morte*, só que aqui não é a ideia de infância a que está em questão, mas a Voz.

A respeito de *Infância e história* (2001a, p. VIII), precisa o autor:

> A in-fância da qual trata o livro não é simplesmente um fato do qual seria possível isolar seu lugar cronológico e tampouco uma idade ou um estado psicossomático que uma psicologia ou uma paleoantropologia poderiam talvez construir como um fato humano independente da linguagem. Se o intervalo próprio de todo pensamento se mede segundo o modo no qual se articula o problema dos limites da linguagem, o conceito de infância é, então, um intento para pensar esses limites em uma direção que não é aquela trivial do inefável.

Seguindo uma observação de Walter Benjamin (p. 5), a primeira parte da obra está dedicada à perda ou expropriação moderna da experiência. Não se trata, obviamente, da experiência tal como a entendem a ciência e a filosofia modernas, à qual frequentemente remetem concebendo-a como condição de possibilidade do conhecimento. Essa experiência está sempre antecipada pelas regras do método e pode ser repetida em condições idênticas ou quase idênticas. A experiência da qual foi expropriada a Modernidade é, ao contrário, a experiência singular, o acontecimento nem antecipável nem repetível que transforma uma vida.

As primeiras cinquenta páginas de *Infância e história* são uma leitura da filosofia moderna nessa perspectiva. De Montaigne, o último autor em que é todavia possível encontrar rastros dessa experiência (p. 12-13), até a filosofia da primeira parte do século XX, Agamben expõe uma interpretação do pensamento moderno em termos de expropriação da experiência. Ao final desse percurso, encontramo-nos com Husserl, com a ideia de uma experiência originalmente muda, que só em um segundo momento torna-se linguisticamente expressável.

No entanto, para Agamben, uma experiência muda que seja ao mesmo tempo experiência do sujeito, como supõe Husserl, é impossível:

> Uma experiência original, longe de ser algo subjetivo, não poderia ser mais que o que é, no homem, antes do sujeito, quer dizer, antes da linguagem: uma experiência "muda" no sentido literal do termo, uma *in-fância* do homem [...] Uma teoria da experiência poderia ser só, nesse sentido, uma teoria da in-fância e seu problema central deveria ser formulado deste modo: *existe algo assim como uma in-fância do homem? Como é possível a in-fância como fato humano? E, se é possível, qual é seu lugar?* (p. 45)

Como mencionado, a infância que aqui nos interessa não é uma idade e tampouco um estado psicossomático. Que exista uma infância do homem significa, antes, que o homem não se identifica nem com o sujeito nem com a linguagem, que deve constituir-se como sujeito e apropriar-se da linguagem. Ao fazê-lo, abre-se para ele a possibilidade da história.

Para além do círculo e da linha: messianismo e evento

No entanto, seguindo Agamben, o grande déficit filosófico e político da cultura moderna não foi só sua incapacidade de ter experiência, mas também o carecer de uma concepção do tempo acorde a sua ideia da história, quer dizer, um tempo que seja próprio do homem, e não da natureza, da divindade ou da humanidade (p. 95). Isso se deve ao suposto que dominou nossa representação do tempo, desde a Antiguidade até o século XIX: conceber o instante como um ponto e o tempo como um contínuo homogêneo de pontos.

Os gregos, de fato, representavam espacialmente sua experiência do tempo servindo-se da figura geométrica da esfera ou de um círculo: a correspondência entre instante e ponto assegurava a equivalência entre continuidade temporal e espacial (o instante como o ponto, de fato, são entidades sem extensão e homogêneas, incapazes de interromper ou alterar a uniformidade da linha), a circularidade assegurava a relação entre tempo (a esfera móvel) e eternidade (a esfera imóvel), e, finalmente, o caráter cíclico do movimento temporal fazia impossível distinguir entre avanço e retrocesso (o tempo dos antigos é, de fato, repetição). Em todo caso, esse não é o tempo dos homens, mas o da natureza, na qual esses estão inseridos. Segundo a célebre afirmação aristotélica, o tempo não é mais que o número ou a medida do movimento que define a natureza e a contrapõe ao divino.

Santo Agostinho opunha, observa Agamben, a *linha* dos cristãos ao *círculo* dos antigos (p. 99). A experiência cristã do tempo expressa-se, de fato, com uma linha reta, de onde já não há nem retorno nem repetição e, por isso, é possível distinguir direção e sentido. Essa linha, ademais, é finita, tem um começo (a criação) e um fim (o juízo final).

Apesar disso, segue tratando-se de uma linha composta por pontos que representam os instantes em uma sucessão homogênea. De novo, pela inaferrabilidade do presente instantâneo, a experiência cristã do tempo tampouco pode ser considerada a pleno direito como uma temporalidade humana. Nela se expressa, antes, o desenho divino que dirige o curso da história.

Sobre a experiência da temporalidade da idade moderna, ainda sem que o mencione explicitamente, Agamben sustenta a mesma tese de Karl Löwith, "trata-se de uma laicização do tempo cristão retilíneo e irreversível" (p. 101). Instante e contínuo seguem sendo os supostos inquestionados. Certamente, na experiência do tempo que domina o historicismo do século XIX, o sentido da história não provém dos desígnios divinos, mas da totalidade de um processo concebido como progresso contínuo (segundo o modelo das ciências naturais). Por isso, a temporalidade do humano, que já não está subordinada nem à natureza nem a Deus, resta presa na cronologia.

Ainda que Hegel tenha afirmado a identidade, ao menos formal, entre o tempo e o homem (espírito), o sentido da história só aparece ao final de seu desenvolvimento (negação) como resultado. Por essa razão, o sujeito da história não é o indivíduo, mas só o Estado (p. 104). O homem, em todo caso, segundo a expressão de Hegel, só cai no tempo.

Marx, observa Agamben, marca uma ruptura a respeito de Hegel:

> A história não é para ele algo no qual o homem cai, ela não expressa simplesmente o ser-no-tempo do espírito humano, mas a dimensão original do homem enquanto *Gattungswesen*, enquanto ser capaz de um gênero, ou seja, de produzir-se originalmente não como mero indivíduo nem como generalidade abstrata, mas como indivíduo universal. Por isso, a história não está determinada, como em Hegel e no historicismo que descende dele, a partir da experiência do tempo linear enquanto negação da negação, mas a partir da *práxis*, da atividade concreta como essência e origem (*Gattung*) do homem (p. 104).[16]

Apesar disso, como já dissemos, tampouco Marx alcançou uma concepção da temporalidade à altura de sua concepção da história. Para Agamben, uma concepção mais autêntica da historicidade pode ser encontrada na Antiguidade, na gnose e

---

[16] Por isso, como assinala mais adiante Agamben, não deve nos surpreender que, em *Carta sobre o humanismo*, Heidegger se refira à superioridade da concepção marxista da história por sobre qualquer outra concepção historiográfica (p. 109).

no estoicismo. De fato, para representar o tempo, a gnose não se serve nem do círculo nem da linha reta e contínua, mas da linha fragmentada. E o estoicismo, por sua parte, põe a noção de *kairós*, o tempo que surge da ação e da decisão do homem, no centro de sua experiência da temporalidade. Porém é em Benjamin e em Heidegger ou, melhor, na "coincidência entre esses dois pensadores tão distanciados", que a noção do tempo dominada pelo instante e o contínuo chegou a seu ocaso. Em Benjamin, quando este, a partir da cultura hebraica, "ao instante vazio e quantificado opõe um 'tempo-agora' (*Jetz-Zeit*), entendido como detenção messiânica do acontecer". No Heidegger de *Ser e tempo*, em que o momento da decisão substitui o instante, e no Heidegger posterior à *Kehre*, no conceito de acontecimento (*Ereignis*) (p. 106-109).

O lugar da negatividade

A referência a Heidegger assinala o nexo entre *Infância e história* e *A linguagem e a morte*. Se, como dissemos, o homem converte-se em humano quando ingressa na linguagem e inaugura assim a temporalidade da história; *A linguagem e a morte: um seminário sobre o lugar da negatividade* (1982) pode ser visto como uma reflexão acerca do lugar desse ingresso e dessa inauguração. Esse lugar, entre a infância e a história, é a Voz, na medida em que está atravessada pela negatividade.

> A Voz abre, de fato, o lugar da linguagem, porém o abre de modo que esteja sempre apreendido em uma negatividade e, sobretudo, que esteja sempre remetido a uma temporalidade. Enquanto tem lugar na Voz (*no não lugar da voz, em seu haver-sido*), *a linguagem tem lugar no tempo. Mostrando a instância do discurso, a Voz abre, conjuntamente, o ser e o tempo. Ela é cronotética* (AGAMBEN, 1982, p. 49).

Antes de retomar algumas de suas análises, assinalemos os momentos centrais do percurso de Agamben nessa obra.

A linguagem e a morte parte de uma hipótese interpretativa acerca da localização do pensamento heideggeriano. Agamben pergunta-se, de fato, se o *Dasein*, com o qual Heidegger se situa para além da *haecceitas* (heceidade) medieval e do eu do subjetivismo moderno, coloca-o também para além do sujeito hegeliano, do *Geist* (espírito) (p. 12). Em um primeiro momento, tomando como ponto de apoio o pronome alemão "*da*" (aí), com o qual se compõe o termo "*Da-sein*", Agamben retoma o primeiro capítulo da *Fenomenologia do espírito* de Hegel, em que a questão dos pronomes ocupa um lugar central. Em um segundo momento, Agamben aborda a relação entre a problemática dos pronomes e a *ousía* (substância) primeira de Aristóteles. Logo, em um terceiro momento, ocupa-se também dos desenvolvimentos da linguística contemporânea acerca das formas pronominais. Nesse contexto, os pronomes aparecem como os operadores pelos quais se passa da *língua* à *palavra*. Por meio de Santo Agostinho e Aristóteles, Agamben vincula a questão dos pronomes à problemática da Voz. Finalmente, em um quarto momento, confronta as posições de Heidegger e de Hegel acerca da Voz.

O capítulo inicial da *Fenomenologia do espírito* intitula-se "Die sinnliche Gewissheit oder das Diese und das Meinen" ("A certeza sensível ou o isto e o querer-dizer").[17] Nessa figura da Fenomenologia, a consciência faz a "experiência da impossibilidade de dizer o que queremos dizer" (p. 18-19). De fato, aqui a consciência supõe que possui uma certeza imediata do que tem diante de si. No entanto, quando, para referir-se a seu objeto com a linguagem, a consciência serve-se de pronomes, supondo que eles expressam o mais concreto (quando diz, por exemplo, "agora", "aqui", "isto"), ela faz a experiência da negatividade que a atravessa, do não poder dizer o que quer dizer. O que ela supunha

---

[17] Agamben, de fato, traduz o "*Meinen*" alemão pelo italiano "*voler-dire*" (p. 17).

como o mais concreto ("agora", "aqui", "isto") mostra-se como o mais abstrato e universal. Nessa situação, sublinha Agamben, o que se diz é a impossibilidade de dizer da linguagem, o inefável do querer-dizer.

Assim, como o "*Da*" heideggeriano revela ao *Dasein* uma negatividade constitutiva na experiência de *ser-para-a-morte*, assim, a experiência do "*das Diese nehmen*" [tomar o isto] revela à consciência a negatividade que constitui o Espírito (p. 23).

O problema da indicação, que a figura hegeliana da certeza sensível traz à luz, é, para Agamben, "o tema original da filosofia" (p. 24), o problema aristotélico da *próte ousía* (a *ousía* primeira). Ele faz notar, de fato, que, enquanto as *ousíai* segundas são exemplificadas mediante nomes comuns ("homem", "cavalo"), as *ousíai* primeiras, ao contrário, o são antepondo-se um artigo demonstrativo ao nome comum: "*este* homem", "*este* cavalo". Por isso pode afirmar que "*a próte ousía, enquanto significa um* tóde ti (*conjuntamente, o 'isto' e o 'que'*) *é* [...] *o ponto no qual se leva a cabo a passagem da indicação à significação, do mostrar ao dizer*" (p. 25).

Ao estudar a questão do pronome, a linguística contemporânea, assinala Agamben, deu um passo decisivo na elucidação da passagem do mostrar ao significar, do indicar ao dizer. Na perspectiva de Benveniste, os pronomes "apresentam-se como 'signos vazios', que se 'enchem' apenas o locutor os assume em uma instância do discurso. Sua finalidade é levar a cabo a 'conversão da linguagem em discurso' e de permitir a passagem da *língua à palavra*" (p. 34). Jakobson, por sua parte, chama *shifters* a essas unidades do código da língua que não podem ser definidas independentemente da mensagem:

> O significado próprio dos pronomes, enquanto *shifters* e indicadores da enunciação, é inseparável da referência à instância do discurso. A articulação que eles levam a cabo não é do não linguístico (a indicação sensível) ao linguístico,

mas da *língua* à *palavra*. A *deíxis*, a indicação – que desde a Antiguidade tem servido para individuar seu peculiar caráter – não mostra simplesmente um objeto inominado, mas sobretudo a instância mesma do discurso, seu ter-lugar [*aver-luogo*]. O lugar, indicado pela *demonstratio* e só a partir do qual toda outra indicação é possível, é o lugar da linguagem, e a indicação, categoria com a qual a linguagem refere-se a seu próprio ter-lugar (p. 35).

No entanto, "a enunciação e a instância de discurso só são identificáveis como tais por meio da voz que as profere" (p. 44). Sem ela, não há passagem da língua à palavra e, portanto, tampouco um *ter-lugar* da linguagem que possa ser indicado. Agamben serve-se de uma passagem do livro X do *De Trinitate* (*Sobre a Trindade*) de Santo Agostinho para determinar de que voz se trata. Aqui, Agostinho toma como exemplo a palavra latina "*temetum*", um termo em desuso que significava vinho; porém o experimento vale, entre outros, para qualquer termo de uma língua morta. Quando o escutamos, não sabemos que significa, todavia não tem para nós um significado, porém tampouco é um mero som; encontramo-nos, antes, com a *pura intenção de significar*. Nessa Voz que já não é mero som ou só voz animal *tem-lugar a linguagem*. "Porém, enquanto essa Voz (que escrevemos de agora em diante com maiúscula para distingui-la da voz como mero som) tem o estatuto de um não-*mais* (voz) e de um *todavia-não* (significado), ela constitui necessariamente uma dimensão negativa" (48-49).

Avançando um passo mais na determinação da Voz, ainda que retrocedendo na história, Agamben retoma a célebre passagem do *De interpretatione* (16a, 3-7) em que Aristóteles se ocupa das relações entre a linguagem, o pensamento e a realidade. Aristóteles, para ser preciso, não fala de "linguagem", mas de "o que está na voz" (*tà en tê phonê*). O que está na voz, seguindo o texto aristotélico, é, em suma, o *grámma*, a escritura, na medida em que ela é, ao mesmo tempo, signo e elemento da voz, e, por isso, capaz de articulá-la distinguindo os sons vocálicos dos consonânticos (p. 51-54).[18]

Nessa perspectiva, Agamben volta sobre os dois autores dos quais havia partido, Hegel e Heidegger, para mostrar neles a questão da Voz. Com respeito a Hegel, sua atenção dirige-se a *Jenenser Realphilosophie I* e *II* da época de Jena, a saber, dos textos pertencentes ao chamado jovem Hegel e escritos entre 1803 e 1806, justo antes da *Fenomenologia*. O tema da voz aparece neles explicitamente e, sobretudo, o que interessa particularmente a Agamben, aparece também a questão da passagem da voz animal à voz humana ou, com o vocabulário hegeliano, à voz da consciência. Para Hegel, todo animal tem na morte violenta uma voz. A voz animal é, em realidade, a voz da morte. A linguagem humana, articulando essa voz, intercalando as consoantes entre as vogais, a converte em voz da consciência: "Só porque a voz animal não está verdadeiramente 'vazia' [...], mas que contém a morte do animal, a linguagem humana, que articula e detém o puro som dessa voz (a vogal) – que articula e, assim, detém essa voz da morte – pode converter-se em voz *da consciência*, em linguagem significante" (p. 59).

A questão da Voz apresenta-se de maneira muito diferente em Heidegger. Por um lado, o *Dasein* não é um vivente, um animal. E, por conseguinte, não se levanta o problema da passagem da voz animal à linguagem, da articulação de uma voz animal para que o homem possa apreender o *ter-lugar*, o evento da linguagem. Por outro, a linguagem é anterior ao *Dasein*. Por isso, sustenta Agamben, "*a linguagem não é a voz do vivente homem* [...] *Sendo o* Da, *o homem está no lugar da linguagem sem ter uma voz*" (p. 69). Pode-se dizer, então, que não existe em

---

[18] Agamben aproveita aqui para retomar suas reservas sobre o projeto da gramatologia de Derrida.

Heidegger um problema da *Stimme* [voz]. De fato, o homem em Heidegger não é conduzido à linguagem por uma *Stimme*, mas por uma *Stimmung* [tonalidade afetiva] que revela seu estar jogado na linguagem.

Nesse sentido, Heidegger traz à luz uma negatividade mais original que a negatividade hegeliana, entre a linguagem e a voz não há nenhuma relação, nem sequer negativa. No entanto, uma vez que Heidegger enfrentou o tema da *Stimmung*, em *Ser e tempo*, reaparece o problema de uma Voz da consciência, de uma chamada [*Anruf*] que não profere palavra, mas que está constantemente em silêncio:

> Mais original que o estar jogados sem voz na linguagem é a possibilidade de compreender a chamada da Voz da consciência. Mais original que a experiência da *Stimmung* é a da *Stimme*. E é só em relação com o chamado da Voz que se revela a abertura mais própria do *Dasein* que o parágrafo 60 [de *Ser e tempo*] apresenta como um "autoprojetar-se, tácito e capaz de angústia, no mais próprio ser-culpado" (p. 74-75).[19]

Em resumo, uma dupla negatividade determina constitutivamente a questão da Voz: o haver-sido da voz animal (Hegel) e o silêncio de uma voz que não diz nada (Heidegger). Sobre esse modelo de uma articulação duplamente negativa a cultura ocidental, segundo Agamben, pensou um de seus problemas supremos: a articulação entre natureza e cultura, entre *fýsis* e *lógos*.

Apesar da dupla negatividade da Voz e da relação dessa negatividade com o sacrifício, segundo as próprias palavras de Agamben (1982, p. 3-4), sua interpretação "trata de manter-se livre no caso que nem a morte nem a linguagem pertençam

---

[19] Essa recuperação da Voz, como reclamo original da morte, encontra sua formulação mais plena em *Que é metafísica?* e no *Nachwort* (p. 76). Acerca de *Stimme* e *Stimmung*, cf. "Vocazione e Voce" (AGAMBEN, 2005a, p. 77-89).

originalmente ao que o homem reivindica". De fato, que o homem careça de fundamento, que não possua nenhum destino biológico nem nenhuma vocação histórica, sustentará mais tarde em *A comunidade que vem*, não significa que esteja consignado ao nada. Pensar o homem sem remetê-lo a sua biologia ou a sua história e sem, por isso, consigná-lo ao nada será a tarefa da *filosofia* e da *política que vem*.

As páginas finais de *A linguagem e a morte* retornam sobre a questão da negatividade tal como se apresenta ao início da *Fenomenologia do espírito*, a saber, sobre o "mistério de comer o pão e beber o vinho", sobre o mistério do sacrifício. Aqui, a experiência da Voz, do homem como animal que possui a linguagem é posta em relação, precisamente, com a ideia de sacrifício. Em ambos os casos expressa-se uma mesma verdade: o homem carece de fundamento ou, melhor, seu fazer não está fundado senão em seu próprio fazer. Nesse contexto, do qual é excluído para que se torne fundamento, aparece, pela primeira vez nos escritos de Agamben, a figura do *homo sacer* (p. 132).

Em *"Experimentum linguae"* [experimento da língua], o prefácio que se acrescenta à edição francesa de *Infância e história*,[20] Agamben nos oferece um olhar retrospectivo acerca de seus trabalhos até 1982, sobretudo de *Infância e história* e *A linguagem e a morte*. Sustenta que esses podem ser considerados os prolegômenos ou os paralipômenos de uma obra inexistente, jamais escrita, cujos rastros podem ser lidos nas numerosas notas que dão testemunho do projeto e cujo título tivesse sido: *A voz humana* ou *Ética, da voz* (2001a, p.VI). A hipótese do livro era de que a cisão entre voz e linguagem

> [...] abre o espaço da ética e da pólis precisamente porque não há um *árthos*, uma articulação, entre *phoné* [voz] e *lógos* [linguagem]. Só porque o homem encontra-se jogado na

---
[20] Atualmente também incluído na reedição italiana de 2001.

linguagem sem ser conduzido por uma voz, só porque, no *experimentum linguae*, arrisca-se, sem uma "gramática", nesse vazio e nessa afonia, são possíveis para ele um *éthos* e uma comunidade (p. XIII-XIV).

Pensar essa pólis e essa comunidade será a tarefa das obras sucessivas.

Le Thor

Em três oportunidades (1966, 1968 e 1969) Heidegger trasladou-se a Le Thor, no Sul da França, para ditar um seminário em condições quase confidenciais, segundo a expressão de Dominique Janicaud (2005, v. 1, p. 240). Em 1966, aos poucos participantes do seminário dedicado a Heráclito (Vezin, Fédier e Beaufret) "uniram-se dois jovens amigos vindos da Itália, Ginevra Bompiani e Giorgio Agamben", que regressará no ano seguinte (HEIDEGGER, 1976, p. 150). À memória de Heidegger, falecido fazia pouco, Agamben dedica seu trabalho de 1977, *Estâncias*. Em *A linguagem e a morte*, anos mais tarde, recordará as palavras do filósofo de Friburgo acerca do limite de seu pensamento, acerca precisamente da relação entre a linguagem e a morte: "vocês podem vê-lo, eu não" (p. 3). Em *Ideia da prosa* (1985), Agamben evoca o ambiente dos encontros: "em Le Thor, Heidegger tinha seu seminário em um jardim ao qual grandes árvores proviam de sombra. Outras vezes, ao contrário, saía-se do povoado, em direção de Thouzon e de Rebanquet, e o seminário tinha lugar em um refúgio perdido em meio a oliveiras" (p. 39). E, em *Meios sem fim*, recorda um diálogo a propósito de Kafka: "enquanto frequentava em Le Thor o seminário sobre Heráclito, perguntei a Heidegger se havia lido Kafka. Respondeu-me que, do não muito que havia lido, havia ficado impressionado sobretudo pelo conto *Der Bau, A cova*" (p. 108).

Basta percorrer as páginas de *O homem sem conteúdo* para dar-se conta da dívida com o pensamento heideggeriano sobre vários dos temas abordados: a proximidade entre filosofia e poesia, o estatuto da obra de arte, a interpretação da *fýsis* em Aristóteles, a análise das categorias de *enérgeia* e *dýnamis*, e a hegemonia moderna da técnica. E basta percorrer o restante dos trabalhos de Agamben para dar-se conta, também, de que Heidegger foi uma referência constante em seu pensamento.

A nosso juízo, no entanto, ela constitui sobretudo um desafio, precisamente o de ver o que o filósofo de Friburgo não podia. "Heidegger [afirma Agamben em *O reino e a glória*] não pôde enfrentar o problema da técnica, porque não logrou restituí-lo a seu *locus* político" (p. 276). Essa é, em grande medida, a tarefa até a qual se encaminha Agamben desde seus primeiros trabalhos.

Ainda que de maneira mais restrita e não exatamente com o mesmo sentido, algo semelhante poderia dizer-se acerca da dívida com Aby Warburg e com Walter Benjamin.

Acerca da relação de Agamben com Heidegger, com Warburg ou com Benjamin, para citar só estes exemplos eminentes, devemos ter presente os dois princípios metodológicos que o próprio Agamben menciona em *Signatura rerum: sobre o método* (2008b). Em "Advertência", que ao mesmo tempo precede e inaugura essa reflexão sobre seus instrumentos conceituais, mencionam-se dois princípios metodológicos dos que logo não volta a se ocupar. Conforme o primeiro, "a doutrina só pode ser legitimamente exposta na forma da interpretação" (p. 7). De acordo com o segundo, tomado essa vez de Feuerbach, o propriamente filosófico de qualquer obra é "sua capacidade de ser desenvolvida" (p. 8).

Por isso, não é de nosso interesse fazer o registro das influências recebidas por Agamben, mas mostrar esse pensamento que se expõe na forma da interpretação, desenvolvendo as capacidades que contêm outros autores e outros textos.

Capítulo 2
Soberania e exceção

Homo sacer: o poder soberano e a vida nua (1995) marca, sem dúvida, um momento decisivo no pensamento de Agamben. A partir desse marco seus interesses e seus temas se reorientarão em torno de um eixo dominado pela problemática política do século XX. Como já assinalamos, não se trata propriamente de uma ruptura, mas de uma troca de intensidade, de um deslocamento. De fato, para a relação entre a política e a vida, que constitui o tema central de *Homo sacer*, encaminhavam-se já as últimas páginas de *A linguagem e a morte*. Também nelas fazia sua aparição a figura do *homo sacer*, que Agamben utiliza então para o título do livro e logo para a série que se completa, por agora, com três trabalhos mais.

Como explica na obra imediatamente sucessiva, *Meios sem fim* (1996), o eclipse da política deve-se, em parte, ao fato de que ela deixou de confrontar-se com as transformações que esvaziaram de sentido seus conceitos e suas categorias: a politização da vida biológica antes excluída da esfera política; os campos de concentração, que criam uma zona de indiferença entre o público e o privado; os refugiados, que rompem o nexo estabelecido entre o homem e o cidadão, etc. Faz-se necessário, por isso, "repensar todas as categorias de nossa tradição política à luz da relação entre poder soberano e vida nua" (p. 10). Essa é a tarefa que Agamben começa a enfrentar com *Homo sacer*.

A biologização da política e a politização da vida

Como é habitual em seus trabalhos, para introduzir e levantar o problema que abordará, Agamben parte do grego clássico. Nesse caso, dos dois termos que soem traduzir-se nas línguas modernas por "vida": *zoé* e *bíos*. O primeiro remete ao "simples fato de viver, comum a todos os seres viventes"; o segundo, ao contrário, à "forma ou maneira de viver própria de um indivíduo ou de um grupo", ao estilo de vida, à vida ética e politicamente qualificada (AGAMBEN, 1995, p. 3). Agamben sublinha, como já o havia feito Hannah Arendt, que os gregos não só distinguiam a *zoé* do *bíos*, também os mantinham separados. O lugar próprio da *zoé* é a *oikía* (a casa) e o do *bíos*, a *pólis* (a cidade). Pelo contrário, assinala Agamben, o que puseram de manifesto as análises de Michel Foucault e de Hannah Arendt é que, com a Modernidade, o objeto próprio da política já não é o *bíos*, mas a *zoé*. Foucault, de fato, com os conceitos de *biopoder* e *biopolítica*, faz referência ao processo pelo qual, com a formação dos Estados nacionais modernos, a política encarrega-se, em seus cálculos e mecanismos, da vida biológica dos indivíduos e das populações. No mesmo sentido havia-se expressado Hannah Arendt, alguns anos antes em *The Human Condition* (*A condição humana*), quando assinalava que a vida biológica ocupava cada vez mais o centro da vida política. Ambos, em suma, mostraram como a politização da *zoé*, da vida nua, determina uma profunda modificação dos conceitos políticos da Antiguidade. Curiosamente, observa Agamben, por um lado, H. Arendt não vinculou as reflexões contidas em *The Human Condition* a suas análises do totalitarismo do século XX e, por outro, Foucault não estendeu suas investigações até os campos de concentração e extermínio, os lugares por excelência da biopolítica contemporânea, e tampouco interrogou o centro comum no qual se cruzam as técnicas políticas com as tecnologias do eu da Modernidade (p. 6). A tarefa que se propõe *Homo sacer* é, precisamente, enfrentar o que ficou sem resposta nos trabalhos de ambos.

Segundo Agamben, no caso de Foucault, isso se deve a que tratou de levar a cabo uma análise das formas modernas de exercício do poder deixando de lado os conceitos jurídico-institucionais, abandonando, sobretudo, o conceito de soberania.[21] Desde seu ponto de vista, ao contrário: "*Se pôde dizer, antes, que a produção de um corpo biopolítico é a prestação original do poder soberano. A biopolítica é, nesse sentido, tão antiga como a exceção soberana*" (p. 9).

Retomar as investigações de Foucault e Arendt, enfrentando o núcleo comum no qual se cruzam as técnicas políticas e as formas de subjetivação, implica, então, analisar a relação entre biopolítica e soberania, o modo em que a vida nua está inscrita nos dispositivos do poder soberano. Como consequência disso, a politização da *zoé* deixa de ser uma novidade da Modernidade e sua cronologia coincide com a existência da soberania. No mesmo sentido, Agamben afirma que, precisamente, o nexo entre política e vida nua é o que já buscava articular a definição aristotélica clássica do homem como o animal que possui linguagem. De fato, a política, para Aristóteles, funda-se na linguagem, e não simplesmente na voz. Enquanto esta última só pode ser expressão do prazer e do desprazer, a linguagem, ao contrário, serve para expressar o justo e o injusto, e, por isso, funda a comunidade política. Em outros termos, é a relação entre política e vida o que está em jogo na passagem da voz à linguagem, da *phoné* ao *lógos*.

---

[21] É necessário ter em conta que, no momento da publicação de *Homo sacer*, todavia não haviam aparecido os dois cursos do Collège de France que Foucault havia dedicado à biopolítica, *Sécurité, territoire, population* e *Naissance de la biopolitique*, publicados em 2004.

Nessa perspectiva, sustenta Agamben:

> A tese foucaultiana deverá, então, ser corrigida ou ao menos integrada; no sentido que o que caracteriza a política moderna não é tanto a inclusão da *zoé* na *pólis*, em si mesma antiquíssima, nem simplesmente o fato de que a vida como tal converta-se em um objeto eminente dos cálculos e das previsões do poder estatal. O decisivo é, antes, que, simultaneamente ao processo pelo qual a exceção converte-se por todos os lados na regra, o espaço da vida nua, situado na origem à margem do ordenamento, coincide progressivamente com o espaço político, e exclusão e inclusão, externo e interno, *bíos* e *zoé*, direito e fato entram em uma zona de irredutível indistinção (p. 12).

Homo sacer, essa "enigmática figura do direito romano arcaico" (p. 88), é precisamente o nome que recebe a vida que, por sua correlação com o poder soberano, ingressou nessa zona de indistinção.

A soberania como bando

Sustentando que a exceção é o dispositivo e a forma da relação entre o direito e a vida, Agamben retoma a definição de Carl Schmitt do soberano como aquele que decide acerca do estado de exceção, quer dizer, da aplicação ou não da lei. Dado que, segundo sustenta Schmitt, o direito não é aplicável ao caos, mas só ao caso normal. A decisão acerca da aplicação ou não da lei é, em suma, uma decisão acerca do caso normal ou, melhor, o "soberano, por meio da exceção, 'cria e garante a situação' da qual tem necessidade o direito para a própria vigência" (p. 21). Mediante essa decisão, o direito mantém com a vida uma relação que é, ao mesmo tempo, de exclusão e inclusão. Na exceção, de fato, um determinado caso é excluído do ordenamento jurídico, localiza-se fora dele. Porém está excluído só na medida em que segue em relação com a norma jurídica. Por isso se pode dizer que, nesse caso, a norma se aplica desaplicando-se. Assim, a exceção dá lugar a uma zona de indiferença, não é uma situação nem só de fato nem só de direito. Como o explica Agamben:

> Não é a exceção a que se subtrai à regra, mas a regra que, suspendendo-se, dá lugar à exceção e só desse modo se constitui como regra, mantendo-se em relação com ela. O particular 'vigor' da lei consiste nessa capacidade de manter-se em relação com uma exterioridade. Chamamos *relação de exceção* a essa forma extrema de relação que inclui algo só por meio de sua exclusão (p. 22).

A dizer a verdade, ainda que a definição schmittiana da soberania constitua o ponto de partida da reflexão de Agamben, sua tese vai mais além de Schmitt. Para Agamben, a soberania finalmente não é externa à ordem jurídica, mas é "a estrutura original pela qual o direito refere-se à vida e a inclui em si mesmo por meio de sua própria suspensão" (p. 34). Por isso, Agamben, seguindo uma indicação de Jean-Luc Nancy, propõe chamar *bando* à relação de soberania. O termo *bando*, de fato, serve para referir-se tanto à vida excluída da comunidade como à insígnia do soberano.

É necessário sublinhar, e com insistência, que, assim entendida, a relação de exceção ou o *bando* é um conceito que transcende a problemática da qual se ocupam especificamente essas páginas de *Homo sacer*: "em todos os âmbitos [sustenta], o pensamento de nosso tempo encontra-se confrontado à estrutura da exceção" (p. 30). Isso vale, em particular, para a linguagem. Também ela funciona segundo o mecanismo da exclusão-inclusiva. Como a lei pode ser aplicada na medida em que está em relação com um não aplicável; na língua (*langue*), distinta da palavra (*parole*), os termos têm sentido independentemente de sua denotação e podem aplicar-se aos casos singulares na medida em que se mantêm com eles em uma relação de pura potência (p. 25).

No entanto, exceção e soberania são conceitos e rea-lidades paradoxais. A exceção estabelece uma relação, ao mesmo tempo, de exclusão e inclusão. O soberano está a um tempo dentro e fora da lei. Desse paradoxo, Agamben leva a cabo uma leitura que vai desde o célebre fragmento 169 de Píndaro ("O *nómos* soberano de todos | dos mortais e dos imortais | conduz com mão mais forte | justificando o mais violento | O jugo pelas obras de Héracles [...]") aos autores contemporâneos (Schmitt e Leo Strauss, passando, obviamente, por Hobbes). No *nómos* soberano, segundo Píndaro, unem-se violência (*bía*) e justiça (*dikê*): a lei "conduz com mão mais forte". O que significa, em outros termos, que a soberania da lei não elimina o paradoxo; sem violência, ela carece de potência. E por isso, no pensamento de Hobbes, como sublinhou Strauss, o estado de natureza não é uma etapa que haja sido superada com a instauração do estado civil. A pessoa do soberano, de fato, conserva o direito de exercer a violência, o *ius contra omnes* (p. 39-42). O que mostrou Schmitt, por sua parte, é que a zona de indistinção entre violência e direito, entre *nómos* e *phýsis*, a que dá lugar o paradoxo da soberania, superou todos os confins espaçotemporais, tornando-se coextensiva ao estado de direito.

Também as dificuldades com as quais tropeça a teoria jurídica na hora de pensar a relação entre o poder constituinte e o poder constituído (ou, segundo as palavras de Benjamin, entre a violência que põe o direito e a violência que o mantém) (p. 47) mostram com força o paradoxo da soberania. Segundo a posição que se queira sustentar, o poder constituinte aparece como transcendendo a ordem jurídica constituída ou como incluído nela. No primeiro caso, a violência que põe o direito situa-se fora dele; no segundo, o poder constituinte termina perdendo toda sua força.

Em lugar de assinalar, como temos feito, que a relação de exceção e o *bando* transcendem o âmbito da problemática política, talvez seja muito mais apropriado dizer que eles restituem a política à esfera à qual autenticamente pertence, isto é, à filosofia primeira, a ontologia (p. 51). Agamben dedica, de fato, várias páginas, lucidíssimas e densas, a um problema clássico da ontologia ocidental, a relação entre a potência e o ato. A relação entre o poder constituinte e o poder constituído inscreve-se, de fato, no marco da relação entre a potência e o ato. Ou, para expressá-lo em outros termos, trata-se de dois problemas equivalentes. A relação do poder constituinte com o poder constituído é como a relação da potência com o ato. E, por isso, a ideia de um poder constituinte que não se dilua por completo no poder constituído é equivalente à ideia de uma potência que não esgota todo seu poder na passagem ao ato. Aristóteles chama a essa potência a *potência de não* e, também, *impotência (adynamía)* (p. 51-55). Como veremos, essa categoria, a de *potência de não*, de impotência, de potência pura ou perfeita, desempenha um papel constitutivo no pensamento de Agamben.

Imediatamente depois dessas páginas dedicadas a pensar com as categorias ontológicas da potência e do ato o paradoxo da soberania, Agamben o aborda com outro conceito, a nosso juízo, também constitutivo de seu pensamento e do qual, como o da *potência de não*, nos ocuparemos extensamente mais adiante: o *messianismo*.

A relação entre *bando* soberano e messianismo surge, em realidade, a partir da interpretação da expressão "Diante da lei" no relato de Kafka, em que um camponês, situado diante de uma porta aberta, custodiada por um guardião, não é capaz de atravessá-la.

> [...] a história kafkiana expõe a forma pura da lei, quando ela se afirma com mais força, no ponto em que não prescreve nada, quer dizer, como bando. O camponês está consignado à potência da lei, porque esta não exige nada dele, só lhe impõe a própria abertura. Segundo o esquema da exceção soberana, a lei se aplica desaplicando-se, o tem em seu bando abandonando-o fora de si. A porta aberta, que está destinada só a ele, o inclui excluindo-o e o exclui incluindo-o (p. 57-58).

À interpretação oferecida por Scholem da história de Kafka, a de uma lei vigente, porém sem significado (uma pura forma de lei que obriga sem prescrever nenhum conteúdo determinado),[22] Benjamin opõe seu conceito de um messianismo entendido como um estado de exceção efetivo. Enquanto uma lei sem significado tende a coincidir com a vida, no estado de exceção efetivo, o que proclama o Messias, a vida transforma-se inteiramente em lei (p. 64). A tarefa do Messias, o camponês de Kafka, seria a de fazer cerrar a porta, pôr fim a uma lei que rege carecendo de significado.

A vida nua, a sacralidade da vida

Com a expressão *bloß Leben* (mera vida), Benjamin faz referência a essa parte de vida que suporta o nexo entre violência e direito, à vida que está em relação com a violência soberana. Para Benjamin, ademais, é essa vida nua a que é proclamada sacra (p. 74-75). A partir dessas indicações, Agamben dirigirá sua atenção até a figura do *homo sacer*, na qual pela primeira vez se afirma o caráter sacro da vida humana. Festo a descreve nestes termos: homem sagrado, *homo sacer*, é aquele que o povo julgou por algum delito, e não é lícito sacrificá-lo, porém, se alguém o mata, não será condenado por homicídio (p. 79).

A vida do *homo sacer*, a vida nua, é a vida da qual se pode dispor sem necessidade de celebrar sacrifícios e sem cometer homicídio. Nenhuma das explicações oferecidas a respeito logrou dar razão do duplo caráter do *homo sacer*: insacrificável, porém exposto à morte. E tampouco, assinala também com ênfase Agamben, ela pode ser explicada a partir do mitologema da ambiguidade do termo "*sacer*" (sagrado). A sacralidade da vida

---

[22] O estado universal e homogêneo, teorizado por Kojève como forma pós-histórica da estatalidade, apresenta, segundo Agamben, não poucas analogias com a ideia de uma lei que tem vigência, porém carece de significado (p. 70). Como veremos, Agamben retomará várias vezes esse tema.

nua configura-se, antes, não a partir de uma ambiguidade, mas de uma dupla exceção que a exclui, incluindo-a, tanto do direito divino, e por isso não pode ser objeto de sacrifício, como o direito dos homens, e por isso se pode dispor dela sem cometer homicídio. Não é a ambiguidade do sagrado o que a explica, mas seu isomorfismo com a relação de exclusão inclusiva do dispositivo soberano:

> Soberana é a esfera na qual se pode matar sem cometer homicídio e sem celebrar sacrifício; e sagrada, exposta à morte e insacrificável, é a vida que foi capturada nessa esfera. [...] A sacralidade da vida, que hoje se pretende fazer valer contra o poder soberano como um direito humano fundamental em todo sentido, expressa na origem, ao contrário, precisamente a sujeição da vida a um poder de morte. Sua irreparável exposição na relação de abandono (p. 92-93).

A sacralidade da vida é, então, uma produção política ou, para expressá-lo em outros termos, a contraparte do poder soberano, da *vitae necisque potestas* (poder de vida e de morte). Ademais da interpretação oferecida da figura do *homo sacer*, em apoio dessa tese, Agamben explora a relação entre o corpo do soberano e o do *homo sacer*, e a relação entre essa figura do direito romano e o *wargus* do direito germânico.

Acerca do corpo do soberano e, mais precisamente, do rei, a obra de referência é, sem dúvida, o trabalho de Ernst Kantorowicz, *The King's Two Bodies: a study in medieval Political Theology* (1957). Ainda que Agamben parta dessa obra, sua interpretação o levará a reformular a posição de Kantorowicz. A atenção de Agamben dirige-se, de fato, ao ritual funerário dos imperadores romanos cuja influência nas cerimônias fúnebres dos reis franceses havia sido deixada de lado por Kantorowicz. Um trabalho de E. Bickermann, "Consecratio: Le culte des souverains dans l'empire romain" (1972), brinda-o com o ponto de apoio para a argumentação. Bickermann vincula o funeral por imagem (*in effige*) do imperador romano ao rito do qual é objeto o devoto que, havendo solenemente se oferecido aos deuses Manes, sobrevive à batalha. Nesse caso, um *colosso*, substituindo não o cadáver, mas a parte da pessoa viva pertencente ao mundo dos mortos, é objeto dos ritos funerários. Se Bickermann vincula o *funus imaginarium* do imperador ao colosso do devoto sobrevivente, o nexo entre este último e o *homo sacer* foi claramente estabelecido por vários estudiosos. Como o *homo sacer*, de fato, o corpo do devoto sobrevivente não pertence nem ao mundo dos vivos nem ao mundo dos mortos. À luz desses dados, Agamben conclui:

> Tanto no corpo do devoto sobrevivente como, de modo todavia mais incondicionado, no do *homo sacer*, o mundo antigo encontra-se pela primeira vez ante uma vida que, excetuando-se em uma dupla exclusão do contexto real das formas de vida profanas e religiosas, é definido só por haver entrado em íntima simbiose com a morte, sem, por isso, pertencer ao mundo dos defuntos. Na figura dessa "vida sagrada", faz sua aparição, pela primeira vez no mundo ocidental, uma vida nua. O decisivo é que essa vida sagrada tem, desde o início, um caráter eminentemente político e exibe um nexo essencial com o terreno no qual se funda o poder soberano (p. 111-112).

Como consequência desse percurso, que só esboçamos em suas linhas essenciais, é necessário reinterpretar a tese de Kantorowicz. Mais que dois corpos, o imperador parece ter duas vidas em um único corpo: uma vida natural e outra sagrada que sobrevive à primeira e é objeto do *funus imaginarium*. Por outro lado, se temos em conta que nenhum dos dois pode ser objeto nem de homicídio, estritamente falando, nem de sacrifício, o paralelo entre a vida do imperador e a do *homo sacer* aprofunda-se (p. 114-115).

A diferença de quanto acontece com a relação entre o *homo sacer* e o corpo do imperador, os nexos da figura do *homo sacer* com o *wargus*, o *friedlos* e o *homem-lobo* estão firmemente estabelecidos. Todas essas figuras fazem referência a quem foi *bandido* da comunidade. Nesse caso, o maior aporte de Agamben não consiste em pôr em relevo essa relação, mas na consequência que extrai dela a respeito da leitura da obra de Hobbes ou, mais precisamente, da expressão hobbesiana *homo homini lupus* (o homem é para o homem um lobo), com a que descreve o estado de natureza. Nesse estado, o homem é para o homem um *homo sacer*: todos podem dispor da vida dos outros, sem cometer homicídio e sem necessidade de celebrar sacrifícios. Agamben insiste em um ponto que já havia sublinhado. O direito que possui o soberano de dispor da vida dos cidadãos não é um direito que lhe haja sido dado, mas que lhe foi deixado (p. 118). O texto de Hobbes, por outro lado, expressa-o literalmente nesses termos. Desse ponto de vista, não é o contrato o que funda a potestade da soberania, mas a sobrevivência do estado de natureza no seio do estado civil. "A violência soberana não está, em realidade, fundada no pacto, mas em uma inclusão exclusiva da vida nua no Estado" (p. 119). Em suma, os termos que a estrutura do *bando* mantém unidos são a vida nua e o poder do soberano.

A respeito dessa vida nua, pelas interpretações a que deu lugar esse trabalho de Agamben, vale a pena retomar literalmente um breve parágrafo: "[...] essa vida não é simplesmente a vida natural reprodutiva, a *zoé* dos gregos, nem o *bíos*, uma forma de vida qualificada. Ela é, antes, a vida nua do *homo sacer* e do *wargus*, uma zona de indiferença e de trânsito contínuo entre o homem e a besta, a natureza e a cultura" (p. 121).

A dizer a verdade, a distinção entre *zoé* e vida nua não só tem sido objeto de discussão entre os intérpretes do pensamento de Agamben. O próprio autor tem dado lugar ao debate. A poucas páginas de distância do texto que acabamos de citar nos encontramos com o seguinte: "[...] a nascente democracia europeia punha ao centro de sua luta com o absolutismo não o *bíos*, a vida qualificada do cidadão, mas a *zoé*, a vida nua em seu anonimato [...]" (p. 137). Uma leitura atenta dos textos elimina, no entanto, a possível inconsistência. De fato, ainda que a expressão "vida nua" apareça aqui como uma aposição de *zoé*, é necessário ter em conta que o texto continua dizendo "presa como tal no bando soberano". A vida nua é a vida natural enquanto objeto da relação política de soberania, quer dizer, a vida *abandonada*.

O campo

Como vimos, entre as razões que haviam motivado a investigação de *Homo sacer*, Agamben mencionava, por um lado, o fato de que Foucault não havia desenvolvido a problemática da biopolítica em relação com os campos de concentração e extermínio e havia deixado sem resposta a questão da articulação entre as técnicas políticas da modernidade e as tecnologias do eu. Por outro lado, mencionava também a falta de uma perspectiva biopolítica na análise dos estados totalitários em H. Arendt. Ainda que de maneira limitada, devido a sua dívida teórica com Carl Schmitt, Karl Löwith, ao contrário, de fato havia falado de politização da vida no caso dos fenômenos totalitários. A última parte do *Homo sacer* aborda precisamente esta questão, a relação entre biopolítica e totalitarismo. Para chegar a esse ponto, era necessário percorrer o caminho que, na primeira parte, o conduziu a interpretar a noção de soberania em termos de *bando* e, na segunda, a vida que é objeto do *bando* em termos de vida sagrada, quer dizer, abandonada. A partir desse ponto, para abordar o nexo entre biopolítica e totalitarismo, Agamben se ocupará de três argumentos centrais da política contemporânea: os direitos do homem, a política eugenésica do nacional-socialismo e o debate em torno da noção de morte. Ao final desse caminho, o espaço do *campo* aparecerá como o paradigma político da modernidade (p. 135).

Que a sacralidade da vida, a vida nua, se apresente como o conceito por meio do qual resulta possível encaminhar a análise da relação entre biopolítica e totalitarismo, entre a politização da vida e o devir do estado moderno, estava implícito, para Agamben, no documento mais antigo a que se pode remontar a concepção moderna da democracia, o *writ* de *Habeas corpus* de 1679. Objeto do *writ*, de fato, não é o sujeito feudal nem o cidadão, mas o corpo (p. 136). No mesmo sentido deve ser interpretada a *Déclaration des droits de l'homme et du citoyen* de 1789. Ela inscreve-se na passagem da soberania real, do antigo regime, à soberania nacional. Nela, mais que da proclamação de direitos extrajurídicos e supra-históricos para limitar o alcance das normas do direito positivo, o essencial é a inscrição da vida na estrutura dos Estados modernos, dos direitos do homem nos do cidadão (p. 140).[23] A partir de então, os diferentes Estados não deixaram de redefinir qual parte da vida humana e qual não é sujeito de direitos, isto é, por onde passa o limite atravessando o qual o homem torna-se cidadão. Para Agamben, dois fenômenos, acentuados ao longo do século XX, mostram com toda clareza que o que está em jogo na questão dos direitos humanos é, precisamente, a articulação entre o homem e o cidadão: por um lado, os refugiados, homens que carecem ou perderam seus direitos de cidadania, por outro, a separação entre o humanitário, cujo objeto é a vida desprovida de cidadania, e o político.

"Para além dos direitos do homem" intitula-se o capítulo de *Meios sem fim* no qual Agamben exibe, de maneira talvez mais desenvolvida que em *Homo sacer*, uma interpretação biopolítica da *Declaração dos direitos do homem e do cidadão*. O ponto de partida é uma reflexão de H. Arendt sobre a figura dos refugiados.

---

[23] "Os direitos são atribuídos ao homem só na medida em que é o pressuposto imediatamente diluído (e que nunca deve aparecer como tal) do cidadão" (AGAMBEN, 1996, p. 25).

Mais precisamente, sobre a forma que tomou massivamente essa figura em nossa época, combinando o exílio com a desnacionalização. Por um lado, devido às leis de desnacionalização e de desnaturalização que, a partir de 1915, quando a França decidiu estabelecê-las para aplicá-las aos cidadãos de origem inimiga, foram também adotadas por vários Estados europeus (Bélgica em 1922, Itália em 1926, Áustria em 1933 e Alemanha em 1935). Por outro lado, porque muitos refugiados optam por renunciar à cidadania que possuem em razão dos perigos que correm em seus lugares de origem. Essa figura massiva do refugiado, a um tempo, exilado e apólida, observa H. Arendt, que houvesse devido encarnar os direitos do homem, mostra antes sua crise e decadência. Os homens desprovidos de cidadania, de fato, estão também desprovidos de todo direito. Deles não se ocupam politicamente os Estados, mas a polícia e as organizações humanitárias (p. 21-23). Por isso, é necessário desvincular o conceito do refugiado dos direitos do homem. Trata-se antes, sustenta Agamben, de "um conceito limite que põe em crise radicalmente os princípios do Estado-nação e, ao mesmo tempo, permite desocupar o campo para uma renovação categorial impostergável" (p. 27).

Nessa perspectiva, Agamben, retomando novamente uma indicação de H. Arendt, pensa a figura do refugiado "como a única figura possível do povo em nosso tempo e, ao menos até que haja terminado o processo de dissolução do Estado-nação e de sua soberania, também como a única categoria na qual se pode entrever a forma e os limites de uma comunidade política por vir" (p. 21).[24]

---

[24] Nesse sentido, tomando como exemplo uma das possibilidades de organização política discutidas para Jerusalém, convertê-la na capital de dois Estados nacionais, Agamben sustenta: "Analogamente, podemos considerar a Europa não como uma impossível 'Europa das nações', cuja catástrofe se entrevê a curto prazo, mas como um espaço aterritorial ou extraterritorial, no qual todos os residentes dos Estados europeus

Como a figura do refugiado, também o conceito de povo revela a "fratura biopolítica fundamental" (1995, p. 200; 1996b, p. 32). Trata-se de um conceito polar: de um lado está o Povo com maiúscula, o sujeito político; do outro lado, o povo com minúscula, a multiplicidade dos corpos necessitados. Essa oposição entre Povo e povo (em *populus* e *plebs*, povo e plebe, segundo o direito romano) superpõe-se, segundo Agamben, com a distinção entre *bíos* e *zoé*, entre existência política (Povo) e vida nua (povo). "O mesmo termo nomeia tanto o sujeito político constitutivo como a classe que, não de direito, mas de fato, está excluída da política" (1996b, p. 30). Por isso, afirma Agamben (1995, 201):

> Parafraseando o postulado freudiano sobre a relação entre o *Es* [isso] e o *Ich* [eu], poderia ser dito que a biopolítica moderna está regida pelo princípio segundo o qual "onde há vida nua, terá que haver um Povo"; porém com a condição de agregar imediatamente que esse princípio vale também em sua formulação inversa, "onde há um Povo, terá que haver vida nua". A fratura que se cria haver preenchido eliminando o povo (os judeus que são o símbolo) produz-se, de novo, com a transformação de todo o povo alemão em vida sagrada consignada à morte [...].

O mesmo princípio rege, segundo Agamben, a obsessão contemporânea pelo desenvolvimento. Ela "coincide com o projeto biopolítico de produzir um povo sem fraturas" (1996b, p. 33).

Como a *Declaração* de 1789, também a eugenia moderna revela a estrutura biopolítica da modernidade, ou seja, a

---

(cidadãos e não cidadãos) se encontrariam em situação de êxodo ou refúgio e o estatuto de europeu significaria o estar-em-êxodo (obviamente, também imóvel) do cidadão" (p. 28).

política como decisão acerca da vida, nesse caso, acerca da vida digna ou indigna de ser vivida. A expressão "vida indigna de ser vivida" aparece pela primeira vez, assinala Agamben, em um panfleto escrito por Karl Binding e Alfred Hocke, um jurista e um médico, publicado em 1920 pela editora Felix Meiner: *Die Freigabe der Vermichtung lebensunwerten Lebens* (*A autorização da aniquilação da vida indigna de ser vivida*) (1995, p. 150). Esse panfleto (cujo objeto, propriamente, não é a eugenia, mas a eutanásia) introduz a categoria jurídica de *vida sem valor* e marca um momento decisivo no processo de integração entre medicina e política, a qual encontra sua expressão mais acabada em outro documento, de 1944, *État et santé* (*Estado e saúde*), distribuído pelo Institut Allemand de Paris (dedicado essa vez à eugenia, à "ciência da herança genética de um povo") (p. 160). A tarefa da política é assumir como destino a herança biológica, o patrimônio biológico da nação, e assim dar forma à vida de um povo. Por isso, sustenta Agamben: "O totalitarismo de nosso século tem seu fundamento nessa identidade dinâmica de vida e política e, sem ela, permanece incompreensível" (p. 165). Entende-se, nessa perspectiva, por que entre as primeiras leis aprovadas pelo regime nazi se encontram as leis sobre a eugenia.[25] E entende-se também a partir daqui, como, nos experimentos levados a cabo com pessoas (nos campos e fora

---

[25] Nas páginas dedicadas à concepção eugênica do nazismo, um longo *excursus* enfrenta a relação entre a concepção biopolítica do nazismo e Heidegger (p. 167-170). Tanto o nazismo como o pensamento de Heidegger, sustenta Agamben, apoiam-se na mesma experiência da faticidade. Apesar disso, eles "divergem radicalmente": "O nazismo fará da vida nua do *homo sacer*, determinada em chave biológica e eugênica, o lugar de uma decisão incessante sobre o valor ou o desvalor, em que a biopolítica se inverte continuamente em tanatopolítica e o campo, consequentemente, torna-se o espaço político *kat'éxochen* [por excelência]. Em Heidegger, ao contrário, o *homo sacer*, para o qual em todo ato está sempre em questão sua própria vida, converte-se em *Dasein* [...]" (p. 170).

deles), os médicos "movem-se naquela terra de ninguém na qual, em outro tempo, só podia penetrar o soberano" (p. 177). O mesmo pode-se afirmar, mais perto de nós no tempo, a respeito das investigações e trabalhos acerca da noção de morte: "[...] vida e morte não são propriamente conceitos científicos, mas conceitos políticos que, enquanto tais, adquirem um significado preciso só por meio de uma decisão" (p. 813).

Ainda que, nessa terceira parte do livro, Agamben haja levado a cabo uma análise pormenorizada da concepção eugênica do nazismo, de suas práticas de eutanásia e dos experimentos médicos com pessoas, sua intenção final não é brindar, para dizê-lo de algum modo, uma fenomenologia dos campos de concentração e extermínio; mas descrever sua estrutura jurídico-política, na qual sai à luz a matriz oculta da política contemporânea (p. 185).

A primeira observação a respeito é que a existência dos *campos* deve ser situada, de um ponto de vista jurídico, no contexto do estado de exceção, e não das leis marciais. A novidade do nazismo consiste em que a decisão sobre a excepcionalidade, sobre a suspensão das garantias constitucionais, deixa de estar vinculada a uma situação concreta de ameaça externa e tende a converter-se na regra. "O campo é o espaço que se abre quando o estado de exceção começa a converter-se em regra" (p. 188). O *campo*, na Alemanha nazi, foi, de fato, uma realidade permanente:

> [...] se isso é verdade, se a essência do campo consiste na materialização do estado de exceção e na conseguinte criação de um espaço no qual a vida nua e a norma entram em um limiar de indistinção, teremos que admitir, então, que nos encontramos virtualmente em presença de um campo cada vez que é criada uma estrutura semelhante, independentemente da entidade dos crimes que ali se cometem e seja qual for a denominação e a topografia específica (p. 195).

Para Agamben, a investigação exposta em *Homo sacer* pode ser resumida em três teses: 1) a relação política original é o *bando*, 2) a função do poder soberano é a produção da vida nua e 3) é o *campo*, não a cidade, o paradigma biopolítico do Ocidente (p. 202).

Polícia soberana

Meios sem fim reúne parte das notas preparatórias de *Homo sacer I*; contém ademais algumas notas sobre a situação da época nas quais Agamben interpreta os acontecimentos políticos à luz de suas teses sobre a soberania e a biopolítica. Uma dessas notas está dedicada à Guerra do Golfo, isto é, a uma guerra que foi apresentada e justificada como uma operação de polícia.

Segundo Agamben (1996b, p. 83-84), "a polícia, contrariamente à opinião comum que vê nela uma função meramente administrativa de execução do direito, é talvez o lugar onde se mostra com maior clareza a proximidade e o intercâmbio, quase constitutivo, entre violência e direito que caracteriza a figura do soberano". Essa proximidade, assinala, já aparecia na Roma antiga, onde o costume impunha que ninguém se interpusesse entre o cônsul, que possuía o império, e o lictor, que levava o machado sacrificial.

Em nossos dias, essa proximidade adquire a forma de uma polícia soberana: o inimigo é excluído da humanidade civil, considerado um criminoso, é eliminado sem respeitar nenhuma regra jurídica... Esse processo tem, para Agamben, um aspecto positivo:

> Os chefes de Estado, que se lançaram com tanto empenho na criminalização do inimigo, não se dão conta que essa criminalização pode voltar-se em qualquer momento contra eles. *Hoje, não há sobre a terra um só chefe de Estado que, nesse sentido, não seja um criminoso.* Qualquer que hoje vista o triste redingote da soberania sabe que, um dia, pode ser tratado como um criminoso por seus colegas (p. 86).

Estado de exceção

Como já assinalamos, *O poder soberano e a vida nua* é o primeiro volume da série *Homo sacer*. O seguinte a ser publicado foi o terceiro da série: *O que resta de Auschwitz* (1998). Posteriormente, apareceu o segundo volume dividido em duas partes, publicadas com quatro anos de distância: a primeira intitulada *Estado de exceção* (2003) e a segunda, *O reino e a glória: para uma genealogia teológica da economia e do governo* (2007). O quarto volume previsto, todavia, não foi publicado. Para nossa exposição, preferimos alterar tanto a ordem de publicação como a da série, e privilegiar, antes, uma ordem temática. Por isso, abordaremos agora *Estado de exceção*, depois, *O que resta de Auschwitz* e, no capítulo seguinte, *O reino e a glória*. Os três volumes cujos temas analisamos no presente capítulo têm como eixo o conceito de soberania; *O reino e a glória*, ao contrário, o conceito de governo.

A relação entre *Homo sacer I* e *Estado de exceção* é fácil de se perceber. Como já havia sido antecipado no primeiro desses trabalhos, o estado de exceção é o dispositivo por meio do qual o poder soberano captura a vida. Não surpreende, por isso, que um inteiro volume da série lhe esteja dedicado. À diferença do volume precedente e dos que o seguiram, em *Estado de exceção* concede-se um amplo espaço para a teoria e a doutrina jurídicas. Junto com a história sucinta desse instituto, as considerações em torno do caráter jurídico do estado de exceção ocupam um espaço considerável do livro, porém a finalidade principal dessa obra é sobretudo filosófico-política. Por um lado, de fato, Agamben (2003, p. 10) propõe-se pôr as bases para uma interpretação do estado de exceção como "condição preliminar para definir a relação que une e, ao mesmo tempo, abandona o vivente ao direito". Por outro lado, como veremos em seguida, o estado de exceção é apresentado como o paradigma da política contemporânea.

A exceção, paradigma da política contemporânea

A respeito da expressão "estado de exceção" (*Ausnahmezustand, Notstand*), segundo observa Agamben, ela é uma denominação frequente na doutrina jurídico-política alemã. A tradição italiana ou francesa fala, preferentemente, de "decretos de urgência" ou de "estado de sítio" político ou fictício (*état de siège*). Na terminologia anglo-saxã, utilizam-se as expressões *martial law* (lei marcial) e *emergency powers* (poderes de emergência). Na expressão "estado de exceção", à diferença da restante terminologia, não se expressa nenhuma conexão com o estado de guerra; por essa razão, ela é tomada para que sirva como título do trabalho. A tese histórico-interpretativa sustentada por Agamben é, precisamente, de que, a partir de sua criação,[26] a história do estado de exceção é a história de sua progressiva emancipação a respeito das situações de guerra, para converter-se em um instrumento extraordinário da função de polícia que exerce o governo e, finalmente, no paradigma de governo das democracias contemporâneas (p. 13-14).

Para Agamben, de fato, no curso do século XX, assistimos a um fato paradoxal, ao que se denominou uma "guerra civil legal". Nessa perspectiva, o totalitarismo moderno pode ser definido como a instauração de uma guerra civil legal por meio do estado de exceção. Todo o Terceiro Reich, a partir do *Decreto para a proteção do povo e do estado* emitido por Hitler em fevereiro de 1933, que suspendia as garantias pessoais da *Constituição* de Weimar, foi um estado de exceção que durou doze anos (p. 10-11). Desde então, a criação de um estado de emergência permanente converteu-se em uma das práticas essenciais dos Estados contemporâneos, em um paradigma

---

[26] Uma criação da tradição democrática e revolucionária, não absolutista; a ideia de uma suspensão da constituição é introduzida pela primeira vez na constituição de 22 frimário do ano VIII, art. 92 (p. 14).

de governo na política contemporânea. Nele devemos enquadrar, segundo Agamben, a *military order*, emitida por G.W. Bush em 13 de novembro de 2001, que autoriza, como ato de uma senhoria de fato, a *indefite detention* (detenção indefinida) dos não cidadãos suspeitos de atividades terroristas. Já não se trata nem de prisioneiros nem de acusados, mas de sujeitos submetidos a uma detenção indefinida tanto no tempo como em sua natureza.

Em um extenso capítulo, de mais de dez páginas, contido no capítulo primeiro dessa obra, Agamben expõe, ordenada por países, uma "Breve história do estado de exceção". Começando pela França e ocupando-se depois de Alemanha, Suíça, Itália e Estados Unidos, aborda a evolução da doutrina constitucional e da legislação ao longo dos séculos XIX e XX. Para além das diferenças existentes entre esses países, o sentido da evolução dessa história é claro: o estado de exceção independe progressivamente da ameaça bélica, que originalmente o justificava, desloca-se até as situações de emergência econômica (crises financeiras, desvalorizações drásticas) e finalmente converte-se em uma prática habitual (p. 21-32).

Segundo Agamben, para compreender o conceito de estado de exceção, resultam significativos alguns desenvolvimentos da abundante literatura sobre o conceito de "ditadura constitucional", que teve lugar entre 1934 e 1948, em razão da crise e desmoronamento das democracias europeias. Em primeiro lugar, a obra de Herbert Tingsten (*Les Pleins pouvoirs: L'expansion des pouvoirs gouvernementaux pendant et après la Grande Guerre*, 1934), que se ocupa da extensão dos poderes do executivo no âmbito legislativo por meio da emanação de leis de plenos poderes. De acordo com essas leis, concede-se ao executivo um poder amplo de regulamentação e a possibilidade de modificar as leis mediante decretos de necessidade e urgência. A partir de então, nas democracias ocidentais, é frequente que o poder legislativo limite-se só a ratificar os decretos provenientes do executivo. Nesse sentido, a experiência política da Primeira Guerra Mundial e dos anos seguintes foi o laboratório para ajustar os mecanismos e dispositivos necessários para converter o estado de exceção no paradigma de governo. Em segundo lugar, o livro de Carl J. Friedrich (*Constitutional Government and Democracy*, 1941), que distingue entre uma ditadura constitucional e uma inconstitucional. A primeira propõe-se salvaguardar a ordem constitucional; a segunda, ao contrário, destruí-lo. Apesar disso, assinala Friedrich, as medidas excepcionais que tendem a manter uma ordem constitucional são as mesmas que terminam arruinando-o e, em consequência, resulta impossível definir com clareza e neutralizar as forças que conduzem da primeira à segunda forma. Por último, a obra de L. Rossiter (*Constitutional Dictatorship: Crisis Government in the Modern Democraties*, 1948), que se propõe justificar historicamente a ditadura constitucional. Para isso, enumera onze critérios que permitiriam distinguir entre ditadura constitucional e inconstitucional. Entre eles, só dois resultam essenciais: a absoluta necessidade e o caráter temporal. E, no entanto, apesar desses critérios de distinção, o próprio Rossiter assinala várias vezes em sua obra que os poderes de emergência, em princípio excepcionais, converteram-se na regra (p. 15-19).

Precisamente nesse ponto, na exceção convertida em regra, é necessário ver uma notável diferença entre os modernos e a doutrina medieval. De fato, segundo o adágio latino, que provém do *Decretum* de Graciano, *necessitas legem non habet* (a necessidade não tem lei). No texto de Graciano, como na interpretação que se nos oferece desse princípio na *Suma teológica* de Santo Tomás, o sentido do adágio é uma teoria da exceção em sentido restrito: em um caso determinado se está dispensado de determinada obrigação. Por isso, a necessidade nem cria a lei nem a revoga. No mesmo sentido, Dante, no *De monarchia*, critica o estado de exceção quando afirma que o fim da lei (o bem comum) não pode ser obtido sem a lei (p. 34-36). Com os modernos, ao contrário, tende-se a incluir o estado de exceção no ordenamento jurídico e a apresentá-lo como um verdadeiro estado legal. Por isso, a necessidade pode converter-se em fundamento e fonte da lei. Um exemplo eminente, segundo Agamben, é a posição sustentada por Santi Romano (influente jurista europeu do período entre as duas guerras), que afirma que se bem o estado de exceção não seja legal, apesar disso, é perfeitamente jurídico ou constitucional na medida em que a necessidade é capaz de produzir novas normas. Desse modo, a respeito do estado de exceção, encontramo-nos com uma zona de *indecidibilidade* ou de *indiferenciação* entre *factum* (fato) e *ius* (direito). Por isso, afirma Agamben: "O intento de resolver o estado de exceção no estado de necessidade vai ao encontro de outras muitas e mais graves aporias que o fenômeno que devia explicar. Não só a necessidade reduz-se, em última instância, a uma decisão, mas aquilo sobre o que se decide é, em verdade, um indecidível de fato e de direito" (p. 41).

Foi Carl Schmitt, sustenta Agamben, quem intentou formular a teoria mais rigorosa do estado de exceção em *A ditadura* (1921) e em *Teologia política* (1922). Na primeira obra, o estado de exceção é apresentado por meio da ditadura. Schmitt distingue entre uma "ditadura comissariada" (que busca defender e restaurar a ordem vigente) e uma "ditadura soberana" (uma figura da exceção). Na segunda obra, desaparecem os termos "ditadura" e "estado de sítio", e seu lugar é ocupado por "estado de exceção". Apesar das aporias que isso representa, a finalidade perseguida por Schmitt, na primeira obra, é inscrever o estado de exceção no contexto jurídico, articulando estado de exceção e ordem jurídica. A tais efeitos, no caso da ditadura soberana, que é certamente o mais interessante, a inclusão do estado de exceção leva-se a cabo por meio da distinção entre "poder constituinte" e "poder constituído". O "poder constituinte", para Schmitt, não é simplesmente uma questão de força, já que mantém certa relação com a ordem jurídica e possui um mínimo de constituição. Na segunda obra, a inclusão do estado de exceção na ordem jurídica é levada a cabo por meio da distinção entre norma (*Norm*) e decisão (*Entscheidung, Dezision*). O estado de exceção revela um elemento formal especificamente jurídico: a decisão. A partir desse ponto, vinculam-se estado de exceção e teoria da soberania. É soberano quem pode decidir acerca do estado de exceção, a saber, acerca da suspensão da norma. Nesse caso, o soberano situa-se fora da ordem jurídica, porém, enquanto responsável por sua suspensão, está ao mesmo tempo incluído.

> Podemos, então, definir o estado de exceção na doutrina schmittiana como o lugar onde a oposição entre a norma e sua aplicação alcança sua máxima intensidade. É um campo de tensão jurídica, no qual um mínimo de vigência formal coincide com um máximo de aplicação real e vice-versa. Porém, também nessa zona extrema e, antes, propriamente em virtude dela, os dois elementos do direito mostram sua íntima coesão (p. 49).[27]

Iustitium, auctoritas, potestas

Para Agamben, há um instituto do direito romano, o *iustitium*, que nos permite observar o estado de exceção em sua forma paradigmática e compreender também sua relação com a ditadura. Ante o conhecimento de uma situação que punha em perigo a República, o senado podia emitir um *senatus consultum*

---

[27] Agamben assinala o isomorfismo existente entre estado de exceção e linguagem. Em um caso como no outro, procede-se distinguindo: entre norma e aplicação, entre língua (*langue*) e seu uso concreto (entre significação e denotação). No campo da linguagem, essa separação faz aparecer um significante excedente (com significação, porém sem denotação). "O significante excedente – esse concreto piloto nas ciências humanas do século XX – corresponde, nesse sentido, ao estado de exceção, em que a norma está em vigência sem ser aplicada" (p. 50).

ultimum (decreto último do senado) que solicitava aos cônsules (ou ao *interrex*, aos procônsules, ao pretor, aos tribunos da plebe e, em alguns casos, a todo cidadão) tomar qualquer medida que considerasse necessária. A base desse *senatus consultum* era a declaração do *tumultus* (tumulto) e concluía com a proclamação do *iustitium*.[28]

No entanto, precisamente porque é uma suspensão da ordem jurídica, o *iustitium* não pode ser interpretado mediante o paradigma da ditadura. Na constituição romana, de fato, o ditador era um magistrado eleito entre os cônsules que gozavam de um amplo *imperium*. No caso do *iustitium*, ao contrário, não se cria uma nova magistratura e, por outro lado, suspendem-se as leis às quais se vinculam as ações dos magistrados já existentes. Segundo observa Agamben, nem Schmitt, nem Rossiter, nem Friedrich, com o propósito de justificar juridicamente o estado de exceção a partir da ditadura romana, distinguiram adequadamente ambas as figuras. A distinção entre ditadura e *iustitium* resulta, no entanto, relevante para compreender os fenômenos políticos do século XX. Nem Hitler nem Mussolini, sublinha Agamben, podem tecnicamente ser qualificados de ditadores. Hitler era o chanceler legitimamente nomeado pelo presidente do Reich; Mussolini, por sua parte, chefe de um governo legitimamente também nomeado pelo rei. Ambos, antes, deram lugar ao que se denominou um "estado dual", fizeram coexistir, graças ao estado de exceção, a constituição vigente e uma segunda estrutura não formalizada (p. 63).

À luz dessas considerações sobre o *iustitium*, Agamben extrai quatro conclusões (p. 66-67): 1) O estado de exceção não

---

[28] Etimologicamente, o termo está construído como *solstitium*. Como o sol detém-se no solstício, no *iustitium*, detém-se o direito. Segundo as palavras de Aulo Gellio, *iuris quasi interstitio quaedam et cessatio* (55-56). Agamben sublinha a necessidade de prestar atenção ao adjetivo "*ultimus*" na expressão *senatus consultum ultimum*. "*Ultimus*" deriva do advérbio "*uls*", "para além". Nesse sentido, *senatus consultum ultimum* ou *iustitium* indicam o limite da ordem constitucional romana (p. 61).

é uma ditadura, nem constitucional nem inconstitucional, nem comissariada nem soberana; mas um espaço vazio de direito, uma zona de anomia. Por isso, pode-se anexá-lo à ordem jurídica por meio do estado de necessidade ou à restauração de um estado original de plenos poderes. Tampouco resulta correta, de um ponto de vista histórico, a proposta de Schmitt, de referir o estado de exceção à ordem jurídica mediante a distinção entre normas do direito e normas de atuação do direito, entre poder constituído e poder constituinte. 2) Ainda que impensável do ponto de vista jurídico, o estado de exceção possui, no entanto, uma importância estratégica decisiva para a ordem jurídica. 3) As ações que têm lugar durante o *iustitium* não são nem transgressivas, nem executivas, nem legislativas. Situam-se em uma espécie de não lugar a respeito do direito. 4) Esse não lugar responde à ideia de uma força-de-lei (esta última rasurada).[29] Como se a

---

[29] A propósito da expressão "força de lei", Agamben refere-se à conferência de J. Derrida, *Force de loi: le fondement mystique de l'autorité* (Cardozo School of Law de New York, 1989). Desde a Revolução Francesa (art. 6 da Constituição de 1791), a expressão *force de loi* designa a intangibilidade da lei a respeito do soberano, que não pode nem a revogar nem a modificar. Assim, a doutrina moderna distinguirá entre a eficácia da lei (que compete a todo ato legislativo legítimo) e a força da lei (que expressa a posição da lei a respeito dos outros atos de ordenamento: os atos superiores, como a constituição, e os inferiores, os decretos e regulamentos). Tanto no direito romano como na doutrina jurídica moderna, a expressão "força de lei" refere-se aos atos que não são leis porém têm força de lei, capacidade de obrigar (*vis obligandi*). Desse modo, é possível distinguir entre a norma vigente, cuja aplicação está suspensa, carente de força de obrigação, e atos que não são leis, porém que obrigam. O estado de exceção aparece, então, como um espaço anômico, no qual está em jogo uma força de lei, porém sem lei. Por isso deveria escrever-se "força-de-lei", com "lei" rasurada. Essa situação representa o elemento místico da autoridade (AGAMBEN, 2003, p. 50-52). A respeito da interpretação desse *mana* jurídico, assinala Agamben, que, ao final da República romana, o termo *iustitium* deixa de expressar a suspensão do direito para fazer frente ao tumulto e passa a designar o luto público pela morte do soberano ou de um parente próximo. Agamben sublinha as dificuldades que encontram

suspensão da lei liberasse uma força ou elemento místico, uma espécie de *mana* (poder) jurídico.

No entanto, em Roma, o que autoriza o senado a declarar o *iustitium* não é a *potestas* nem o *imperium*, mas a *auctoritas patrum*. No âmbito do direito privado, observa Agamben, a *auctoritas* é a propriedade do *auctor*, a saber, da pessoa que intervém para conferir validade jurídica ao ato de um sujeito que, por si só, não pode conferi-lo. Assim, a *auctoritas* do tutor autoriza juridicamente os atos do incapaz, a *auctoritas* do pai, o matrimônio do filho *in potestate*. O termo "*auctoritas*" provém,

---

os romanistas para explicar essa evolução semântica; também sublinha as inconsistências das explicações provenientes do âmbito da fenomenologia (Versnel, "Destruction, devotion and dispair in a situation of anomy: the mourning of Germanicus in triple perspective", *Perennitas: Studi in onore di Angelo Brelich*, Roma, 1980). Agamben parte, ao contrário, da monografia de Augusto Fraschetti (*Roma e il principe*, Roma-Bari, 1990), para quem o nexo entre *iustitium* e luto não há que buscá-lo no presumido caráter lutuoso da situação de anomia, mas no tumulto a que podem dar origem os funerais do soberano. "É como se [o autor refere-se à descrição que nos oferece Suetônio da morte de Augusto em Nola] o soberano, que havia englobado em sua 'augusta' pessoa todos os poderes excepcionais, da *tribunica potestas perpetua* ao *imperium proconsulare maius et infinitum*, e havia-se convertido, para dizê-lo de algum modo, em um *iustitium* vivente, mostrasse no momento da morte seu íntimo caráter anômico e visse como o tumulto e a anomia se liberam, fora dele, na cidade" (AGAMBEN, 2003, p. 88). Por isso, pode-se ver a figura constitucional do principado romano como a incorporação do estado de exceção e da anomia à pessoa do soberano. Isso é o que aparece na teoria do soberano como "lei vivente" (*nómos empsuchós*). Essa expressão foi elaborada na literatura neopitagórica na mesma época em que se afiançava em Roma o principado. Agamben refere-se expressamente ao tratado sobre a soberania de Diotógenes, conservado por Estobeu, em que se estabelece precisamente o nexo entre essa fórmula e o caráter anômico do soberano (p. 89). Segundo Diotógenes, porque o soberano é uma lei vivente, assemelha-se a um deus entre os homens; anômico fundamento da ordem jurídica. O soberano, enquanto lei vivente, é intimamente anômico. Assim aparece com clareza o nexo entre luto e *iustitium*, posto que o soberano é a lei vivente, então, pode-se ritualizar a anarquia como um luto.

de fato, do verbo *"augeo"* (aumentar, acrescentar, aperfeiçoar). É necessário notar que a força do *autor* não provém de nenhuma forma de representação jurídica, mas de um poder impessoal que possui a pessoa do *auctor*, do pai. No âmbito do direito público, a *auctoritas* designa a prerrogativa do senado, dos *patres*; distinta da *potestas* dos magistrados. A *auctoritas patrum* intervém, por exemplo, para ratificar e fazer plenamente válidas as decisões dos comícios populares. Aqui se utiliza a mesma fórmula da qual se serve o tutor para validar a ação de um menor: *auctor fio*. Porém, observa Agamben, não se trata de que o povo seja necessariamente considerado como encontrando-se em uma situação de menoridade. A analogia não concerne às figuras concretas, mas à relação entre os elementos. Trata-se, antes, de um sistema binário em que a validade jurídica não aparece como um caráter original das ações humanas, mas que deve ser-lhes atribuída por uma potência que lhes outorga legitimidade.

Resulta necessário, continua Agamben, para compreender bem as coisas, distinguir essa "potência", "força", da *potestas*. No caso último, excepcional, a *auctoritas* atua como uma força que suspende a *potestas* onde ela tinha lugar e a reativa onde não o tinha. Assim, os magistrados (dotados normalmente de *potestas*) convertem-se em simples cidadãos e todo cidadão pode atuar como revestido de *imperium*. O mesmo ocorre no instituto do *interregnum*. Em um caso como no outro, a *auctoritas* não aparece como um poder jurídico que foi recebido do povo ou de um magistrado, mas como uma força que provém imediatamente de sua condição de *patres*. Porém quando melhor se compreende a natureza da *auctoritas* é na *auctoritas principis* (autoridade do príncipe), o momento da *Res gestae* em que Augusto reivindica a *auctoritas* como fundamento de seu estatuto de *princeps*. Segundo a análise que se seguiu à publicação do *Monumentum Antiochenum* (p. 103-105), Augusto recebe do povo e do senado todas as magistraturas, porém a *auctoritas*, ao contrário, está ligada a sua pessoa e o constitui como *auctor optimi status*, como quem pode transferir ao povo e ao senado a *res publica*. Nessa perspectiva, o principado romano que habitualmente designamos com o termo "império" não seria uma magistratura (um *imperium*), mas uma forma extrema da *auctoritas*.[30]

Também a propósito dessas considerações sobre a distinção entre *auctoritas* e *potestas*, como já o havia feito em relação com o *iustitium*, Agamben extrai uma série de conclusões que iluminam o conceito de estado de exceção (p. 109-110). 1) O sistema jurídico ocidental apresenta-se como uma estrutura dupla, formada por dois elementos heterogêneos porém coordenados: *potestas* e *auctoritas*. 2) O elemento normativo necessita do elemento anômico para poder aplicar-se. Porém, por outra parte, a *auctoritas* só pode afirmar-se em uma relação de validação ou de suspensão da *potestas*. 3) O estado de exceção é o dispositivo jurídico que deve manter juntos esses dois elementos da máquina político-jurídica, instituindo um limiar de *indecibilidade* entre anomia e *nómos*, entre *auctoritas* e *potestas*. 4) O estado de exceção funda-se na ficção pela qual se supõe que a anomia, na figura da *auctoritas*, está todavia em relação com a ordem jurídica. 5) Enquanto os dois elementos estão coordenados, porém conceitual, temporal e subjetivamente distinguidos (senado e povo, em Roma; poder espiritual e poder material, na Idade Média), sua dialética pode funcionar. 6) Quando, ao

---

[30] A propósito da distinção entre *auctoritas* e *potestas*, Agamben faz referência às obras de Heinrich Triepel (*Die Hegemonie*, 1938), Pietro De Francisci (*Arcana imperii*, 1947) e M. Weber. Estes três autores dão por claro que o poder autoritário-carismático surge magicamente da pessoa mesma do Führer. Afirma-se, desse modo, a coincidência, em um ponto eminente, entre direito e vida. Ponto de vista que converge com a tradição jurídica que considera o direito como idêntico ou imediatamente articulado sobre a vida (Savigny, por exemplo). "A dialética de *auctoritas* e *potestas* expressava precisamente essa implicação (nesse sentido pode-se falar de um original caráter biopolítico do paradigma da *auctoritas*). A norma pode aplicar-se ao caso normal e pode ser suspensa sem anular integralmente a ordem jurídica, porque, na forma da *auctoritas* ou da decisão soberana, ela refere-se imediatamente à vida, surge dela" (AGAMBEN, 2003, p. 109).

contrário, tendem a coincidir na mesma pessoa e o estado de exceção torna-se a regra, então, o sistema jurídico-político converte-se em uma máquina letal.

Em suma, sustenta Agamben:

> Se é verdade que a articulação entre a vida e o direito, anomia e *nómos* produzida pelo estado de exceção é eficaz, ainda que fictícia, não se pode, no entanto, extrair como consequência que, para além ou para aquém dos dispositivos jurídicos, se dá um acesso imediato àquilo do qual eles [a vida e o direito] representam a fratura e, ao mesmo tempo, a impossível composição. Não há, primeiro, a vida como dado biológico natural e a anomia como estado de natureza e, logo, sua implicação no direito por meio do estado de exceção. Ao contrário, a mesma possibilidade de distinguir entre vida e direito, anomia e *nómos* coincide com sua articulação na máquina biopolítica. A vida nua é um produto da máquina, e não algo que preexiste a ela, assim como o direito não tem nenhuma base na natureza ou na mente divina. [...] A política sofreu um eclipse durável porque se contaminou com o direito, concebendo-se, no melhor dos casos, como poder constituinte (a saber, violência que estabelece o direito), quando não se reduz simplesmente a poder de negociação com o direito. Verdadeiramente política é, ao contrário, só a ação que rompe o nexo entre violência e direito. E só a partir do espaço que assim se abre será possível perguntar-se acerca de um eventual uso do direito depois da desativação do dispositivo que, no estado de exceção, o ligava à vida (p. 112-113).

Estado de exceção e escatologia

A última parte do livro está inteiramente dedicada ao debate entre Walter Benjamin e Carl Schmitt acerca do estado de exceção. Agamben distingue entre uma parte exotérica do debate (conhecida e, segundo alguns, escandalosa) e outra esotérica (menos conhecida, porém riquíssima) (p. 68-69). Dentro desta última, deve localizar-se em primeiro lugar "Para a crítica da violência", o artigo de Benjamin publicado em 1921 no *Archiv für Sozialwissenschaften und Sozialpolitik* da Universidade de Heildelberg, para o qual colaborava assiduamente Schmitt. E, por isso, assinala Agamben, não se deve começar pela leitura que Benjamin faz da *Teologia política*, mas pela leitura que Schmitt faz de Benjamin.

Nesse artigo, o objetivo de Benjamin é afirmar a possibilidade de uma forma de violência (*Gewalt*[31]) que esteja fora ou para além de todo direito; uma violência-poder diferente daquela que estabelece o direito e daquela que o conserva. Na linguagem de Benjamin, trata-se de uma violência "pura" ou "divina" e, do ponto de vista humano, "revolucionária". Segundo sugere Agamben, a doutrina da soberania de Schmitt pode ser lida como uma resposta a esse artigo de Benjamin. Por um lado, "o estado de exceção é o espaço em que ele [Schmitt] trata de capturar a ideia benjaminiana de uma violência pura e de inscrever a anomia no corpo mesmo do *nómos*" (p. 71). Por outro lado, também os conceitos de decisão e, consequentemente, de decisão soberana e violência soberana (que substituem a distinção entre poder constituinte e poder constituído) buscam fazer frente ao conceito benjaminiano de violência pura.

---

[31] "O substantivo *Gewalt* provém do verbo arcaico *walten*: 'imperar', 'reinar', 'ter poder sobre', hoje empregado quase exclusivamente em contexto religioso. Se o uso primeiro de *Gewalt* remete a *potestas*, ao poder político e à dominação – como no substantivo composto *Staatsgewalt*, 'autoridade ou poder do Estado' –, o emprego da palavra para designar o excesso de força (*vis*, em latim) que sempre ameaça acompanhar o exercício do poder, a *violência*, este se firma no uso cotidiano a partir do século XVI (daí, por exemplo, *Vergewaltigung*, estupro). Por essa razão, Willi Bolle traduziu o título do ensaio '*Zur Kritik der Gewalt*' como 'Crítica da violência – Crítica do poder' (em *Documentos de cultura, documentos de barbárie: escritos escolhidos*) e João Barrento, como 'Para uma crítica do poder como violência' (em *O anjo da história*). De todo modo, o que importa é ressaltar a dupla acepção do termo *Gewalt*, que indica, em si mesmo, a imbricação entre poder político e violência que constitui o pano de fundo da reflexão de Benjamin. Cabe observar ainda que, no plural, *Gewalten*, costuma ser traduzido por 'forças'" (nota de Ernani Chaves, à p. 122 do ensaio traduzido como "Para uma crítica da violência". In: BENJAMIN, 2011). (N.T.)

Tocamos aqui um ponto central do debate entre Benjamin e Schmitt, e da problemática do estado de exceção: o conceito de decisão. Entretanto, para Benjamin, todos os problemas jurídicos são em última análise indecidíveis; Schmitt, ao contrário, funda a decisão soberana na impossibilidade de determinar com clareza quando se trata ou não de um estado de necessidade (p. 71-72).

No entanto, à luz desse debate, haveria que ler, segundo Agamben, a discussão sucessiva que forma parte, em grande medida, do capítulo exotérico. Começando pelo *Trauerspielbuch* e Benjamin, em que, a propósito da soberania barroca, este modifica a noção schmittiana de decisão soberana: o soberano não decide acerca do estado de exceção, mas o exclui. No drama barroco, a decisão soberana torna-se quase impossível. Desse modo, retomando a distinção de Schmitt entre poder e exercício (que encontramos no texto de 1921, *A ditadura*), Benjamin estabelece entre eles uma separação que nenhuma decisão pode superar.

Agamben observa que uma correção introduzida nos *Gesammelte Schriften* de Benjamin impediu medir com exatidão as implicações do texto. De fato, substituiu-se erronea-mente *eine* por *keine* na expressão "*Es gibt eine barocke Eschatologie*". Deve ler-se, então, "há uma escatologia barroca" e não "não há nenhuma escatologia barroca". O barroco conhece uma escatologia, um "final do tempo", porém vazio; o que converte o estado de exceção em uma catástrofe. O soberano, por isso, e à diferença de quanto acontece em Schmitt (para quem o soberano ocupa a mesma posição que ocupa Deus a respeito do mundo no sistema cartesiano), não pode ser equiparado a Deus, segue sendo uma criatura (p. 74).

> Essa drástica redefinição da função soberana implica uma situação diferente do estado de exceção. Este não aparece mais como o limiar que garante a articulação entre um

adentro e um afora, entre a anomia e o contexto jurídico em virtude de uma lei que rege em sua suspensão; este é, antes, uma zona de absoluta indiferenciação entre anomia e direito, na qual a esfera do criado e a ordem jurídica estão implicados em uma mesma catástrofe (p. 74).

Segundo a tese oitava de Benjamin sobre o conceito de história, o "estado de emergência" converteu-se em regra e, por isso, devemos dispor de um conceito de história que corresponda a esse fato e produzir um estado de exceção efetivo. Enquanto para Schmitt o estado de exceção é um dispositivo que tem por finalidade fazer aplicável a norma, suspendendo temporalmente sua eficácia, para Benjamin, ao contrário, trata-se de produzir um "estado de exceção efetivo". A distinção entre fictício e efetivo já se encontrava em *A ditadura* de Schmitt (retomando o vocabulário de Theodor Reinach, *état de siège effectif*, militar, e *état de siège fictif*, político). Um estado de exceção efetivo é aquele em que se torna indecidível a relação com a norma, um estado em que a ação humana (como violência revolucionária) depôs toda relação com o direito. Vemos como, em última análise, todo o debate entre Benjamin e Schmitt passa, em suma, pela possibilidade ou não de manter a relação entre anomia e direito.

No entanto, pergunta-se Agamben, que quer dizer "pura" na expressão "violência pura" (*reine Gewalt*) (p. 79 e ss.)? Para Benjamin, não se trata de uma propriedade inerente à violência mesma, assim como tampouco inerente a qualquer ser do qual se trate. "Pura" expressa uma característica relacional, uma condição. Nesse caso, uma violência pura depende de sua relação com o direito. Assim, enquanto a violência jurídica é sempre um meio a respeito de um fim, a violência pura, como uma língua pura, não é nunca um "meio para", é um meio sem fim, um meio puro.[32] Uma violência pura, como um meio puro, é aquela que

---

[32] Acerca da noção de meio sem fim, cf. Agamben, 1996, p. 51, 91-93.

consiste só em sua manifestação: uma violência que não governa nem executa; simplesmente se manifesta, como na cólera.

A essa violência pura que é manifestação da vida, corresponde, no ensaio de Benjamin sobre Kafka, a figura de um direito que já não é praticado, mas só estudado (AGAMBEN, 2003, p. 82). Trata-se da imagem de um "novo direito" (segundo a expressão de Foucault, a saber, liberado de toda relação com a disciplina e a soberania), sem nexo com a violência e o poder. Benjamin enfrenta aqui um problema árduo, que, observa Agamben, já havia sido enfrentado no cristianismo primitivo por Paulo (a respeito da situação da lei no tempo messiânico) e pelos marxistas (em relação com a situação do direito em uma sociedade sem classes). No texto de Benjamin, esse direito só estudado apresenta-se como a porta para uma justiça que é absolutamente inapropriável e *injuridificável*.

O significado de Auschwitz

O que resta de Auschwitz pode ser visto não só como a continuação da investigação levada a cabo no primeiro volume da série *Homo sacer*, mas também como sua contrapartida. De fato, *Homo sacer I*, como dissemos, busca definir a estrutura jurídico-política do campo; em *O que resta de Auschwitz*, ao contrário, ocupa-se do significado ético do extermínio, a saber, de sua atualidade. Apesar dessa diferença, como no trabalho precedente, tampouco basta com a descrição dos fatos, com a constatação do que teve lugar:

> Por um lado, de fato, o que sucedeu nos campos apresenta-se aos sobreviventes como a única coisa verdadeira e, como tal, absolutamente inolvidável. Por outro, essa verdade é, exatamente na mesma medida inimaginável, a saber, irredutível aos elementos reais que a constituem. Fatos tão reais que, a respeito deles, nada é mais verdadeiro; uma realidade que excede necessariamente seus elementos fáticos. Essa é a aporia de Auschwitz (AGAMBEN, 1998, p. 8).

O muçulmano

Em nenhum lugar a *aporia de Auschwitz* mostra-se com maior força, segundo Agamben, como na estrutura do testemunho. Ela representa o encontro entre duas impossibilidades: a do próprio testemunho e a de sua linguagem. De fato, deram testemunho os sobreviventes. Para os que padeceram até o extremo o destino dos campos, ao contrário, isso é materialmente impossível. Nesse sentido, Agamben retoma a noção de *acontecimento sem testemunhas* elaborada por Shoshana Felman e Dori Laub a propósito do extermínio. Porém, por outra parte, tampouco os sobreviventes podem dar integralmente testemunho do sucedido. Nenhuma língua humana possui as palavras apropriadas. A língua do testemunho é uma língua cujo significado funde-se no não significado (p. 33-34, 36). Auschwitz é, nesse sentido, o intestemunhável.

Por isso, sustenta Agamben, os doze processos de Nüremberg e os outros que se celebraram fora de Alemanha, na medida em que difundiram a ideia de que se trata de um acontecimento superado, são responsáveis, para além de sua absoluta necessidade, da incompreensão do significado ético e político de Auschwitz (p. 17-18). A confusão entre categorias éticas e jurídicas foi uma das consequências maiores dessa incompreensão. Em última instância, nem "testemunho" (entendido de acordo com o sentido latino de *testis*, o terceiro em um conflito entre dois oponentes), nem "responsabilidade" (que originalmente, do latim *spondeo*, significava o ato de garantir uma reparação pecuniária ou pessoal), nem "culpa" (a imputabilidade de um dano) nem sequer o termo "holocausto" (a oblação oferecida aos deuses) resultam adequados.

Para Agamben, que apresenta essas reflexões como um comentário às palavras dos sobreviventes, "o intestemunhável tem um nome"; no jargão do *campo* se chama *muçulmano* (*der Muselmann*), o prisioneiro sem esperança abandonado por seus companheiros: um cadáver ambulante sem consciência nem do mal nem do bem, um "morto vivo" que marca o limite móvel entre o humano e o não humano (p. 37, 42).[33] Por isso, afirma: "Antes de ser o campo da morte, Auschwitz é o lugar de um experimento todavia impensado, no qual, para além da vida e da morte, o judeu transforma-se em muçulmano, e o homem, em não homem" (p. 47).

A respeito do *muçulmano*, Primo Levi havia sustentado que ele é o lugar de uma experiência na qual as ideias de ética e de humanidade se tornam problemáticas. A noção mesma de limite, ético ou moral, perde todo sentido: "Auschwitz marca o fim e a ruína de toda ética da dignidade e da adequação à norma" (p. 63). Em última instância, como já o havia expressado Hannah Arendt, não é tanto a dignidade da vida, mas a da mesma morte a qual foi negada nos *campos*. Neles, propriamente não se morre, só se produzem cadáveres. Daqui, Agamben extrai duas relevantes projeções no campo da filosofia contemporânea. Em primeiro lugar, a respeito de Heidegger. Enquanto para este a morte é para o homem sua possibilidade mais própria, no *campo*, "os deportados existem *cotidiana e anonimamente* para a morte" (p. 70). Em segundo lugar, a respeito de Foucault. Na parte final de *A vontade de saber*, quando Foucault apresenta em termos de biopoder, de poder sobre a vida, a novidade política da Modernidade, aborda a questão da morte ou, mais precisamente, a degradação da morte como a contrapartida do biopoder. O antigo poder soberano, que era um poder de *fazer morrer ou deixar viver*, transforma-se, com o biopoder, em um *poder de fazer viver e deixar morrer*. Com o advento dos Estados

---

[33] A dizer a verdade, como esclarece o autor, não existe um termo único a respeito. Junto a *Muselmann* (derivado muito possivelmente de *muslim*, o que se submete incondicionalmente à vontade de Deus), termo usado sobretudo em Auschwitz, encontramos em outros *campos: Gamel, Kretiner, Krüppel, Schwimmer* (p. 39).

totalitários, observa Agamben, a absolutização do poder sobre a vida entrecruza-se com a absolutização do poder de fazer morrer. Se a produção biopolítica fundamental é a transformação do corpo político em corpo biológico, do povo em população, no entrecruzamento entre o poder de fazer viver e o de fazer morrer, a transformação do povo em população leva ao limite as cesuras que o biopoder estabelece no *continuum* biológico da população. Esse limite é o muçulmano. Nessa transformação, os mecanismos do racismo vão mais além da raça. "Eles [os *campos*] não são só o lugar da morte e do extermínio, são também e sobretudo o lugar da produção do muçulmano, da última substância biopolítica isolável no *continuum* biológico. Para além, só se encontra a câmara de gás" (p. 79).

O testemunho

Como já assinalamos, *O que resta de Auschwitz* é, em grande medida, segundo a intenção de Agamben, um comentário às palavras dos sobreviventes. Da última parte do livro, no entanto, não se pode dizer o mesmo, ao menos, não no mesmo sentido. Agamben desenvolve aqui uma extensa reflexão filosófica acerca da relação entre testemunho e subjetividade. As problemáticas da culpa e da vergonha, lugares clássicos nos relatos dos sobreviventes, são o ponto de partida dessa reflexão.

Sobre a culpa e sobre a vergonha, assinala Agamben, duas posições opostas, ao menos em aparência, parecem dominar a interpretação do testemunho dos sobreviventes. Para B. Bettelheim (*Surviving and Others Essays*, 1979), a culpa e a vergonha põem de manifesto a contradição existencial dos sobreviventes: racionalmente sabem que não são culpados, porém sua humanidade lhes impõe emotivamente o sentir-se culpados. Para T. Des Pres (*The Survivor: An Anatomy of Life in the Death Camps*, 1977), ao contrário, a condição do sobrevivente define-se pelo abraçar a vida sem reservas, inocentemente. Entre essas duas figuras, a do que não logra não se sentir em culpa e a do que elege inocentemente a sobrevivência, existe, segundo Agamben, uma secreta solidariedade (p. 87). Se se explora o sentido da vergonha, é possível descobri-la.

Com esse propósito, Agamben descarta, antes de tudo, duas interpretações possíveis acerca da vergonha: a que nos oferece Bettelheim, do inocente que se sente culpado pelo que não fez nem omitiu, e a tendência, frequente em nosso tempo, de assumir uma genérica culpa coletiva, sentindo-se culpado, porém não responsável. Também deixa de lado algumas posições acerca da culpa. A explicação que, sob a égide de Hegel, a concebe como a expressão de um conflito trágico em que o herói encarna a figura do inocente-culpado. "O herói grego despediu-se de nós para sempre; de nenhum modo pode testemunhar por nós. Não é possível, depois de Auschwitz, utilizar um paradigma trágico para a ética" (p. 92). Tampouco uma ética concebida em termos nietzschianos resulta adequada.

> O problema ético mudou radicalmente de forma. Já não se trata de vencer o espírito de vingança para assumir o passado, para querer que retorne *in eterno* [para sempre]. E tampouco se trata de deter o inaceitável por meio do ressentimento. O que temos por diante é um ser para além da aceitação e do rechaço, do eterno passado e do eterno presente, um acontecimento que volta eternamente, porém que, precisamente por isso, é absolutamente, eternamente inassumível. Para além do bem e do mal não está a inocência do devir, mas uma vergonha não só sem culpa, mas, para dizê-lo de algum modo, sem mais tempo (p. 94-95).

A interpretação da vergonha que nos propõe Agamben parte, antes, do pensamento de Levinas, que funda a vergonha na impossibilidade de romper com um mesmo. Assim, por exemplo, na nudez, da impossibilidade de esconder o que está à vista. Segundo o raciocínio de Agamben, isso implica que, na vergonha, o sujeito está remetido a algo que não pode assumir como tal e, por isso, o *dessubjetiviza*.

> Envergonhar-se significa: estarmos remetidos ao inassumível. [...] Na vergonha, o sujeito não tem outro conteúdo que sua própria dessubjetivação, converte-se em testemunha do próprio deságio, do próprio perder-se como sujeito. Esse duplo movimento, em vez de subjetivação e de dessubjetivação, é a vergonha (p. 97).

Estendendo essas conclusões, Agamben define a vergonha como: "[...] o sentimento geral de ser sujeito nos dois sentidos opostos, ao menos em aparência, nestes termos: estar submetido e ser soberano. Ela é o que se produz na absoluta concomitância entre uma subjetivação e uma dessubjetivação [...]" (p. 99).

Mediante essa definição, Agamben vincula o mecanismo da vergonha aos indicadores da enunciação (os *shifters*), particularmente aos pronomes, dos quais se havia ocupado extensamente em *A linguagem e a morte*. De fato, na passagem da língua à palavra, quando fazem sua aparição os indicadores da enunciação (por exemplo, "eu", "tu", "agora", "aqui"), também assistimos a um processo de subjetivação e dessubjetivação: o indivíduo fala, diz "eu", e, fazendo-o, converte-se em sujeito; porém o faz mediante um indicador de enunciação, precisamente o pronome da primeira pessoa, que está desprovido de toda substancialidade.

Subjetivação e dessubjetivação podem aplicar-se à dialética do testemunho que Primo Levi apresentou em toda sua crueza: a dialética entre o sobrevivente, a pseudotestemunha, e o *muçulmano*, a testemunha integral. Nesse sentido, pode-se dizer que o verdadeiro sujeito do testemunho é o *muçulmano*, porém, pelo processo de dessubjetivação a que foi submetido, carece de palavra para dar testemunho. O sobrevivente, a subjetividade que não foi completamente submetida, o faz em seu lugar. Por isso, "não há, em sentido próprio, um sujeito do testemunho" ou, para expressá-lo em outros termos, "todo testemunho é um processo ou um campo de forças incessantemente percorrido por correntes de subjetivação e de dessubjetivação" (p. 112).

Igualmente poderiam apresentar-se as coisas, e Agamben explora também essa via, dizendo que a vergonha e o testemunho nos revelam a estrutura da subjetividade. Para isso, retoma um tema do qual se ocupou repetidas vezes, a célebre definição aristotélica do homem como o animal que possui linguagem. Como já foi abordado, não existe esse lugar, que a tradição metafísica identifica com a Voz, em que o vivente e a linguagem, a *phoné* e o *lógos* se articulam. Mais que um lugar, pode-se falar de um não lugar, de uma não coincidência com nós mesmos. Nesse não lugar localiza-se o testemunho (p. 121).

À luz desses desenvolvimentos, Agamben retoma o ponto do qual havia partido, a oposição entre Bettelheim e De Pres acerca do sentido do testemunho e dos sobreviventes. Se, por um lado, só pode ser verdadeiramente testemunha o sujeito que foi completamente dessubjetivado, o homem cuja humanidade foi destruída, por outro lado, posto que a identidade entre o sujeito e o não sujeito, entre o homem e o inumano nunca é perfeita, não é possível destruir integralmente o humano. Por isso, afirma Agamben:

> O homem está sempre mais aquém ou mais além do humano, é o limiar central através do qual transitam incessantemente as correntes do humano e do inumano, da subjetivação e da dessubjetivação, do devir falante e do devir *lógos*. Essas correntes são coextensivas, porém não coincidentes, e sua não coincidência, o cume sutilíssimo que as divide, é o lugar do testemunho (p. 126).

No último capítulo de *O que resta de Auschwitz*, a relação entre testemunho e subjetividade que acabamos de expor encontra não só novas projeções, mas também uma fundamentação a partir do diálogo com o pensamento de Foucault. A isso responde, precisamente, o título: "O arquivo e o testemunho".

O objeto da arqueologia de Foucault não são nem as proposições, das quais se ocupa a lógica, nem as frases, das quais se ocupa a gramática, mas os *enunciados*. O enunciado não se situa nem no nível das regras da lógica nem das regras da gramática, mas no nível da existência. Entre todas as proposições e frases que é possível formular seguindo as leis da lógica e da gramática, só algumas (que, por numerosas que sejam, sempre são muito menos que todas as possíveis) tiveram efetivamente lugar. Nem tudo o que podia ser dito foi dito. O enunciado é, precisamente, o acontecimento da linguagem ao nível de suas condições de existência. Segundo Foucault, essas condições de existência possuem uma determinada regularidade. A descrição dessa regularidade, o sistema geral de formação dos enunciados, é o que se chama *arquivo*.

Segundo Agamben, ainda que Foucault não o faça de maneira explícita, é possível inscrever a arqueologia, entendida como descrição da regularidade das condições de existência dos enunciados, no projeto inconcluso de Émile Benveniste de uma metassemântica construída sobre uma semântica da enunciação (p. 129). O objeto de uma semântica da enunciação, de fato, são os indicadores dessa enunciação, os *shifters* dos quais já falamos. Como os enunciados de Foucault, também os indicadores da enunciação concernem às condições de existência da linguagem, ao ter lugar da linguagem (*l'aver luogo del linguaggio*). Nessa perspectiva, a arqueologia de Foucault corresponderia à metassemântica do projeto de Benveniste. No entanto, a arqueologia de Foucault, na medida em que supõe a dessubjetivação da linguagem (a dispersão do sujeito ou, segundo uma célebre fórmula de *Les Mots et les choses*, a morte do homem), é uma "metassemântica da enunciação [que] terminou ocultando a semântica da enunciação", a saber, deixando de lado o processo de subjetivação-dessubjetivação que levam a cabo os pronomes (p. 132). Resulta necessário, por isso, abordar as consequências, no sujeito, da dessubjetivação que se produz pelo "ter lugar da linguagem". Isso implicaria deslocar a operação que Foucault realizava entre a *langue* e os enunciados até o plano da *langue* mesma. Essa é a tarefa a que se propõe Agamben enfrentando-a em relação com a questão do testemunho.

> Em oposição ao *arquivo*, que designa o sistema das relações entre o não dito e o dito, chamamos testemunho ao sistema das relações entre o adentro e o afora da *langue*, entre o dizível e o não dizível em toda língua, isto é, entre uma potência de dizer e sua existência, entre uma possibilidade e uma impossibilidade de dizer. Pensar uma potência em ato *enquanto potência*, pensar a enunciação no plano da *langue*, significa inscrever na possibilidade uma cesura que a divide em uma possibilidade e uma impossibilidade, em uma potência e uma impotência, e, nessa cesura, situar o sujeito (p. 135).

Esse é o lugar da contingência, que estabelece uma cesura, ao nível da própria língua, entre a possibilidade de dizer (a potência da língua) e a impossibilidade de dizer (a possibilidade de que nada seja dito, a impotência da língua).

Como vemos, deslocar a análise de Foucault ao nível da *langue* implica retomar as categorias da modalidade. A possibilidade (o poder ser) e a contingência (o poder não ser) são as categorias da subjetivação. A impossibilidade (não poder ser) e a necessidade (não poder não ser) são as categorias da dessubjetivação. A estrutura do testemunho, a possibilidade de falar por meio da impossibilidade de falar (falar em lugar de outro) define, assim, as relações entre subjetivação e dessubjetivação (p. 137).

O testemunho, o falar no lugar do que não pode falar, é "uma potência que se dá realidade por meio de uma impotência de dizer e uma impossibilidade que se dá existência por meio de uma possibilidade de falar" (p. 136). O sujeito do testemunho, a testemunha, é por isso um sujeito inevitavelmente cindido; sua consistência é a desconexão entre possibilidade e impossibilidade, entre sujeito e não sujeito, entre o humano e o inumano (p. 141).[34]

---

[34] Entende-se, assim, segundo Agamben, porque uma das acepções possíveis do termo *auctor* (autor) em latim é *testes* (testemunha). *Auctor* designa

Na perspectiva aberta pela análise da estrutura do testemunho, Agamben retoma um tópico do qual se ocupou várias vezes nesse trabalho, os paradoxos de Primo Levi. O primeiro diz: "o muçulmano é a testemunha integral". Ele implica, segundo Agamben, duas proposições contraditórias: 1) o *muçulmano* é o não homem, o que não pode testemunhar e 2) o que não pode testemunhar é a testemunha absoluta. O segundo diz: "o homem é o que pode sobreviver ao homem" (p. 140-141). A partir desses paradoxos, Agamben retoma a questão do sobrevivente e da sobrevivência, para reformular a concepção biopolítica de Foucault.

Como mencionamos, Foucault definia a vocação biopolítica da modernidade por meio da instauração de um poder de *fazer viver e deixar morrer*, inversamente a quanto sucedia com a soberania, que é um poder de *fazer morrer e deixar viver*. O que Auschwitz pôs de manifesto, segundo Agamben, revelando assim o *arcanum imperii*, é que o específico da biopolítica do século XX não é nem *fazer morrer* nem *fazer viver*, mas *fazer sobreviver*, "produzir, em um corpo humano, a separação absoluta do vivente e do falante, da *zoé* e do *bíos*, do não homem e do homem" (p. 145). O testemunho, na medida em que sua estrutura implica uma "inseparável divisão" ("*indisgiungibile divisione*") (p. 147) entre o vivente e o falante, é a refutação do isolamento da sobrevivência da vida. No testemunho, de fato, é impossível separar, para além de sua não coincidência, o *muçulmano* do *sobrevivente*, o não sujeito do sujeito, o não humano do humano.

O processo de subjetivação e de dessubjetivação, que definem a estrutura do testemunho, não deve ser pensado, insiste Agamben, como organizado até um fim, o devir humano do inumano, mas como a produção de um resto. "Eles não têm um *fim*, mas um *resto*. Não há neles ou debaixo deles um fundamento,

---

originalmente, como apontamos, a pessoa que confere validade, potência jurídica, ao ato de um menor. A testemunha é um autor, precisamente, porque integra uma possibilidade em uma impossibilidade.

mas entre eles, em meio a eles, uma distância irredutível na qual todo termo pode colocar-se em posição de resto, pode testemunhar" (p. 149). Do conceito de *resto*, pertencente à tradição teológico-messiânica, vamos nos ocupar extensamente mais adiante. Basta assinalar, no momento, a observação de Agamben, segundo a qual, por meio dele, a aporia do testemunho termina coincidindo com a aporia messiânica.

> Como o resto de Israel não é todo o povo nem uma parte dele, mas que expressa propriamente a impossibilidade para o todo e para a parte de coincidir consigo mesmos e entre eles, e como o tempo messiânico não é nem o tempo histórico nem a eternidade, mas a distância que os divide; assim, o resto de Auschwitz – as testemunhas – não são os mortos nem os sobreviventes, nem os afogados nem os salvos, mas o que resta entre eles (p. 153).

As últimas páginas de *O que resta de Auschwitz* estão dedicadas aos testemunhos publicados no ano seguinte à morte de Primo Levi por Z. Ryn y S. Klodzinski (*An der Genze zwischen Leben und Tod: Eine Studie über Erscheinung des 'Muselmanns' im Konzentrationslager*, 1987 – *No limite entre a vida e a morte: um estudo sobre o fenômeno do 'Muçulmano' no campo de concentração*). Mais concretamente, há dez testemunhos em que o paradoxo de Levi, segundo Agamben, não é refutado, mas que alcança sua mais alta formulação. A seção que os contém intitula-se, de fato, *Ich war ein Muselmann* (eu era um muçulmano). A testemunha integral fala então na primeira pessoa (p. 154 e ss).

Capítulo 3
A máquina governamental e a máquina antropológica

Máquinas

O reino e a glória apresenta-se como a segunda parte do segundo volume da série *Homo sacer*, a saber, como *Homo sacer II, 2*. Segundo a ordem da série, localiza-se entre *Estado de exceção* e *O que resta de Auschwitz*. Porém *O reino e a glória* não é só a continuação da série, introduz também algumas modificações no projeto. Foram em grande medida as questões de método, ainda que não só elas, as que conduziram Agamben até essa reformulação. É mais, pode-se dizer inclusive que esse trabalho e sua relação com os anteriores só se torna adequadamente compreensível a partir das questões metodológicas que o próprio Agamben elaborou em *Signatura rerum: sobre o método* (2008b). Ainda que tivesse sido possível, e até conveniente em certo sentido, abordar essas questões antes de expor os temas centrais de *O reino e a glória*, preferimos nos ocupar delas na parte final do próximo capítulo. Isso por várias razões. A primeira nos sugere o próprio autor. Ao começo de *Signatura rerum* (2008b, p. 7) observa, de fato, que frequentemente no campo das ciências humanas a reflexão sobre o método vem ao final, quando o trabalho já foi levado a cabo. A segunda é que essa obra não se limita a explicitar os instrumentos metodológicos utilizados em *O reino e a glória*, suas reflexões valem também para os outros trabalhos de Agamben. Ademais, porque consideramos que é mais apropriado abordar as noções metodológicas junto às categorias ontológicas de *resto* e *inoperosidade*, com as que estão estreitamente entrelaçadas, até o ponto que se poderia considerá-las como a expressão em termos metodológicos da ontologia que definem essas últimas duas categorias. Nós nos limitaremos, por isso, só a adiantar algumas considerações sobre o conceito de *máquina*.

O eixo do presente capítulo é, precisamente, a noção de *máquina*: a máquina governamental do Ocidente, que produz o político, e sua máquina antropológica, que produz o humano. Trata-se, sem lugar para dúvidas, de um conceito técnico que se encontra presente já em seus primeiros trabalhos. Agamben, de fato, não só fala das máquinas governamental e antropológica, mas também da máquina da *infância* (2001a, p. 64), do rito e do jogo como uma única máquina binária (p. 77-78), da máquina da linguagem (2002a, p.107), da máquina teológica da *oikonomía* (2001b, p. 12), da máquina biopolítica (1998, p. 80), da máquina soteriológica (2000, p. 58),[35] da máquina providencial (2007a, p. 125), etc.

Apesar de Agamben não ter dedicado nenhuma consideração particular ao conceito de máquina, é possível determinar suas notas constitutivas. A isso contribui, em primeiro lugar, outro conceito do qual Agamben, sim, se ocupou explicitamente, o conceito de dispositivo. Máquina é, de fato, um dos sentidos do termo "dispositivo" (2006b, p. 14). Depois de levar a cabo uma genealogia dos dispositivos foucaultianos, Agamben conclui com a seguinte caracterização:

---

[35] O resto, conceito do qual nos ocuparemos no próximo capítulo, é apresentado como uma máquina soteriológica.

"chamarei dispositivo à capacidade de capturar, orientar, determinar, interceptar, modelar, controlar e assegurar os gestos, as condutas e os discursos dos seres viventes" (p. 21-22). Uma máquina é, em um sentido amplo, um dispositivo de produção de gestos, de condutas, de discursos. A segunda nota que define as máquinas agambenianas é sua bipolaridade. A máquina-dispositivo articula dois elementos que, à primeira vista ao menos, parecem excluir-se ou opor-se: *langue* e *parole* na máquina-infância, sincronia e diacronia na máquina rito-jogo, animalidade e humanidade na máquina antropológica, soberania e governo na máquina governamental. Em terceiro lugar, o funcionamento dessas máquinas produz zonas de indiscernibilidade, nas quais é impossível distinguir de qual dos dois componentes articulados se trata. Assim, por exemplo, a máquina jurídico-política do Ocidente produz essas zonas onde não se pode distinguir entre o animal e o humano: os *campos*. Por último, o centro dessas máquinas está vazio. Para servir-nos da metáfora mecanicista, a engrenagem que articula seus elementos constitutivos, sua bipolaridade, não tem nenhuma realidade substancial. Elas giram no vazio e, por isso, só se definem em termos funcionais.[36] Repetidas vezes, Agamben insiste sobre esse ponto (2003, p. 110; 2005a, p. 116, 118-119; 2006b, p. 34); como veremos mais adiante, essa é uma das condições de sua eficácia.

O reino e a glória conduz precisamente até o centro vazio da máquina governamental do Ocidente, até a *hetoimasia toû thrónou* (o trono vazio). Seus mecanismos não capturam nem uma substância nem um fazer, mas a inoperosidade. Ela é também o eixo em torno do qual gira a máquina antropológica que Agamben pormenorizadamente descreveu em *O aberto*:

---

[36] Assim, por exemplo, a propósito do dispositivo *homo sapiens*, Agamben (2002b, p. 34) afirmará: *"Homo sapiens não é nem uma substância nem uma espécie claramente definida; é, antes, uma máquina ou um artifício para produzir o reconhecimento do humano".*

o homem e o animal (2002). Nosso percurso, invertendo a ordem cronológica de edição, irá de *O reino e a glória* a *O aberto*. O conceito de inoperosidade, dele nos ocuparemos no próximo capítulo, servirá de ponte para passar de um trabalho ao outro.

Uma genealogia teológica da política

Como todas as máquinas agambenianas, também a *máquina governamental* do Ocidente tem uma estrutura dupla: *auctoritas* e *potestas*, soberania e governo ou, segundo outra possível formulação, reino e governo. Como observamos no capítulo precedente, o conceito de soberania é o tema central de *Homo sacer: o poder soberano e a vida nua* e *Estado de exceção*. Em *O reino e a glória* (*Homo sacer II, 2*), Agamben aborda sua articulação com a outra peça constitutiva da máquina governamental: o governo. Porém não se trata só de completar a investigação iniciada em 1995, mas, como já assinalamos, também de reformulá-la, enfrentando a estrutura última da máquina governamental, o "arcano central do poder" (2007a, p. 10). As indicações do autor, contidas na "Premissa" com a qual se abre esse volume da série, buscam precisamente advertir ao leitor acerca dos alcances desses deslocamentos.

Em primeiro lugar, assinala Agamben, essa investigação se situa na linha dos trabalhos de Michel Foucault. Isso responde fundamentalmente a duas razões. Por um lado, porque o autor retoma dois dos temas centrais de Foucault em seu último período: os conceitos de governo e de economia. A pergunta central de *O reino e a glória* é, de fato, por que o exercício do poder foi assumindo no Ocidente a forma do governo e da *oikonomía*? Por outro lado, porque a investigação que se propõe Agamben, como a que havia levado a cabo Foucault, enfrenta seus problemas em termos genealógicos. Trata-se, precisamente, de uma genealogia do governo e da economia. Desse modo, *O reino e a glória* inscreve-se na tendência geral do pensamento de Agamben em seus últimos trabalhos, a saber, a de um acercamento cada vez mais acentuado ao filósofo francês.

Nesse acercamento, no entanto, não desaparecem as distâncias. A segunda indicação preliminar de Agamben busca, precisamente, assinalá-las. Seu trabalho estende os limites cronológicos e também temáticos da genealogia foucaultiana. Agamben remonta-se, de fato, aos primeiros séculos do cristianismo, para buscar, a partir dos tratados de teologia em que se elaborou conceitualmente o dogma da Trindade (um único Deus que é três pessoas), o paradigma teológico da economia e do governo. Como expressa com toda clareza o subtítulo da obra, trata-se de uma genealogia teológica do governo e da economia.

A terceira indicação preliminar concerne precisamente a esse recurso à teologia. A herança teológica do Ocidente foi objeto – e Agamben retornará repetidas vezes sobre isso – de não poucas discussões no século passado. A mais importante foi, sem dúvida, a que teve lugar a propósito do conceito de secularização. No entanto, precisa Agamben, recorrer à teologia para levar a cabo uma genealogia da morfologia política do Ocidente não significa atribuir à teologia nenhum privilégio causal. Ela só resulta privilegiada enquanto laboratório conceitual "para observar o funcionamento e a articulação, a um tempo interna e externa, da máquina governamental" (p. 9).

No entanto, última indicação preliminar do autor, é a partir desse laboratório conceitual que sua investigação pôde ter acesso ao arcano central do poder no Ocidente, isto é, ao conceito de glória. Por isso, sustenta:

> A sociedade do espetáculo, se chamamos com este nome as democracias contemporâneas, é, desse ponto de vista, uma sociedade na qual o poder em seu aspecto "glorioso" se torna indiscernível da *oikonomía* e do governo. Haver identificado integralmente glória e *oikonomía* na forma aclamativa do consenso é, sobretudo, a característica

específica das democracias contemporâneas e seu *government by consent*, cujo paradigma original não está escrito no grego de Tucídides, mas no árido latim dos tratados medievais e barrocos sobre o governo divino do mundo (p. 10-11).

O reino e a glória rompe, de algum modo, com o estilo de escritura a que Agamben nos tinha acostumado. Até então todos os seus livros haviam sido de contida extensão. No entanto, trata-se de uma exposição que ultrapassa as trezentas páginas. É certo que *A potência do pensamento* (2005) o supera, porém é em realidade uma compilação de artigos e conferências. Retomar aqui em detalhe o percurso do autor excede nossos interesses e objetivos. Nós nos limitaremos, por isso, a três eixos expositivos que, a nosso juízo, dão conta dos argumentos centrais dessa obra e de seus resultados. Primeiro, nós nos ocuparemos do sentido do termo "economia" e de sua evolução, de como no discurso da teologia econômica vai tomando forma a bipolaridade constitutiva da máquina governamental e das aporias do conceito de ordem, que nos revelam o funcionamento dessa máquina. Logo, de como por meio da teologia da providência buscou-se articular a cisão que produz o dispositivo econômico entre ser e práxis, entre reino e governo, e da ontologia dos atos de governo que surge a partir da doutrina da providência. Em particular, interessam-nos aqui as noções de *colateralidade* e de *efeitualidade*. Finalmente, abordaremos a problemática da glória, do centro da máquina governamental. Como já assinalamos, *O reino e a glória* propõe-se levar a cabo uma genealogia teológica de da política ocidental, de seus mecanismos e conceitos. Em cada um dos eixos expositivos, o autor vai, e nós o seguiremos, da teologia à política. E, como também já assinalamos, deixamos para o próximo capítulo as questões metodológicas que esse procedimento levanta.

A bipolaridade do poder: reino e governo

A herança teológica da política ocidental foi objeto de um aceso debate no século passado. Carl Schmitt, em *Teologia política*, havia levantado a questão, quando susteve que todos os conceitos decisivos da doutrina moderna do Estado são conceitos teológicos secularizados. Partindo daqui, Schmitt ocupou-se de descrever o paradigma da teologia política, buscando no pensamento cristão os antecedentes e a problemática do conceito moderno de soberania. Contra Carl Schmitt, o teólogo Erich Peterson susteve que o paradigma de uma teologia política não é uma criação da teologia cristã, mas da teologia judia (p. 21). À teologia política, Peterson opõe outro paradigma, o de uma teologia econômica, elaborado nos tratados teológicos sobre a Trindade. Mais precisamente, segundo Peterson, é em Filón de Alexandria que aparece pela primeira vez a ideia de uma teologia política, com o conceito de um único Deus, uma monarquia divina, que governa os homens e o mundo. Essa ideia será retomada e desenvolvida, logo, pelos primeiros escritores cristãos. Particularmente por Eusébio de Cesarea, que justifica a existência de um único imperador na existência de um único Deus. Segundo sustenta Agamben, autores como Juan Crisóstomo, Ambrósio de Milão ou Jerônimo, seguindo Eusébio, servem-se do paralelismo entre a unidade do império e a unidade de Deus como chave de leitura da história. Porém o paradigma da monarquia divina, sobre o qual se funda o paradigma da teologia política, entra em crise, segundo Peterson, com a elaboração da teologia da Trindade,[37] dando lugar não a uma teologia política, mas econômica (p. 22-23).

---

[37] O Novo Testamento levantava, de fato, um problema até então inédito, pois afirmava a existência de um único Deus, porém, ao mesmo tempo, sustentava que existiam nele, como se dirá mais tarde, três pessoas: o Pai, o Filho e o Espírito Santo. A teologia econômica será, nesse sentido, um primeiro ensaio de conciliação entre unidade e trindade.

O debate entre Schmitt e Peterson mostra, segundo Agamben, não só que se trata de dois paradigmas opostos, mas também que estão funcionalmente conectados. Em termos da oposição, enquanto o paradigma da teologia política funda a transcendência do poder soberano no monoteísmo, na existência de um único Deus, o paradigma da teologia econômica, ao contrário, sustenta a ideia de uma ordem imanente da vida divina e da vida humana. Do primeiro deriva a teoria moderna da soberania e do segundo, a biopolítica moderna e o triunfo moderno da economia (p. 13-15). Em termos da conexão funcional entre ambos os paradigmas, a questão já está levantada na passagem de Gregório de Nacianzo, teólogo do século IV, a quem Peterson atribui um papel estratégico na elaboração do dogma trinitário, e também nas obras dos apologetas, especialmente em Tertuliano, que buscarão conciliar economia trinitária e monoteísmo (p. 25-26).

Por isso, se, por um lado, resulta necessário estender a tese schmittiana da secularização até os conceitos de governo e economia e descrever, então, o paradigma da teologia econômica, para levar a cabo a genealogia da economia e do governo; por outro, também resulta necessário mostrar o modo em que ambos os paradigmas se articulam. A primeira tarefa conduzirá Agamben até a análise dos tratados que deram forma à teologia da Trindade; a segunda, até a teologia da glória.

No entanto, segundo sustenta Agamben:

> A compreensão do dogma trinitário sobre o qual se funda a argumentação de Peterson pressupõe, então, uma compreensão preliminar da "linguagem da economia" e só quando tenhamos explorado esse *lógos* em todas as suas articulações poderemos identificar o que estava verdadeiramente em jogo no debate entre os dois amigos-adversários sobre a teologia política (p. 27).

Essa é a tarefa do segundo capítulo da obra, "O mistério da economia". Ainda que em si mesma a argumentação seja clara, a análise dos textos, desde os clássicos gregos até os autores cristãos do século IV, pode até perder de vista o movimento geral da argumentação. Por isso, mais que reconstruir a análise precisa de cada texto, interessa-nos sobretudo marcar os momentos decisivos desse capítulo.

Primeiro, Agamben detém-se no sentido do termo "economia" nos autores clássicos, particularmente em Aristóteles e em Quintiliano. Segundo assinala, com o termo "*oikonomía*" os gregos fazem referência a um paradigma gestional e não epistêmico. Esse termo, mais que um sistema de normas ou uma ciência em sentido próprio, "designa uma práxis e um saber não epistêmico" (p. 33). Tendo em conta a cortante divisão que Aristóteles estabelece entre *pólis* [cidade] e *oikía* [casa], o termo "*oikonomía*" é utilizado para falar da gestão funcionalmente ordenada da casa, da disposição articulada de seus integrantes e de suas coisas. "Oikonomía" significa, em poucas palavras, a práxis ordenada a um fim. O sentido que esse termo adquire na retórica latina, por exemplo em Quintiliano, pode ser visto como uma extensão de seu significado no grego clássico; ainda que já não esteja referido à ordem da casa, mas à das partes da oração. Resulta relevante assinalar que o termo grego "*oikonomía*" é traduzido em latim por "*dispositio*". Não se trata, assinala Agamben, só de "uma simples disposição, pois implica, ademais da ordem dos temas (*táxis*), uma eleição (*diaíresis*) e uma análise (*exergasía*) dos argumentos" (p. 34).

A partir desse ponto, Agamben aborda a problemática questão do sentido do termo "*oikonomía*" nos escritos do apóstolo Paulo. De acordo com uma opinião bastante difundida, o termo possui já em Paulo um sentido propriamente teológico. Assim, em expressões como a "economia da salvação", "*oikonomía*" faria referência ao plano divino da redenção. A intenção de Agamben, ao contrário, é mostrar que não existe em Paulo e tampouco nos primeiros escritores cristãos esse pretendido sentido teológico do termo "*oikonomía*". Para Agamben, ainda na expressão "economia do mistério", que deu pé à tese de um uso técnico do termo no âmbito da teologia, trata-se, como em outros textos de mais fácil interpretação, de um encargo fiduciário. Nesse sentido, Paulo fala, por exemplo em 1 *Cor.* 9, 16-17, de *oikonomían pepistéuomai* (literalmente, confiar uma economia). Agamben observa, por outro lado, como todo o léxico paulino da comunidade messiânica pertence ao vocabulário doméstico da economia. Ela compõe-se, de fato, de *escravos, servidores, administradores*, etc. Essa descrição econômica da *ekklesía* (assembleia), conceito originalmente político, inscreve-se na tendência geral da época a entrelaçar ambos os vocabulários, o da *pólis* e o da *oikía* (p. 36-38).

Tampouco é possível afirmar, segundo Agamben, que exista um sentido teológico do termo nos autores cristãos dos séculos II e III. E nem sequer é possível encontrar um tal sentido no caso de Hipólito e Tertuliano, quando o vocabulário econômico é utilizado para descrever a articulação da vida interna da Trindade (p. 49).

Duas observações a respeito merecem ser assinaladas. Em primeiro lugar, a relevância que teve o uso do termo "*oikonomía*" no âmbito da retórica, para a elaboração do dogma trinitário. Nesse sentido, não deve passar por alto que Cristo seja chamado o *lógos* (a palavra) do Pai (p. 44). Em segundo lugar, o fato de que, até a formação de um vocabulário metafísico-filosófico apropriado, a conciliação entre a unidade e a trindade de Deus levou-se a cabo em termos econômicos. Por isso, com a elaboração da dogmática niceno-constantinopolitana, a teologia econômica tenderá a desaparecer (p. 50).

Nos primeiros esforços teológicos para pensar conceitualmente a unidade e a trindade de Deus, o termo "*oikonomía*" será utilizado para falar da práxis divina, de sua atividade dirigida a um determinado fim. Não se trata, por isso, de um novo sentido, mas do mesmo que tinha em sua origem. Só que, agora, esse sentido foi deslocado, do âmbito da *oikía* ao da vida íntima de Deus. Desse modo, a economia, que em Paulo faz referência à atividade tendente a cumprir o encargo que lhe havia sido confiado por Deus, passa a significar a atividade mesma de Deus, personificada no Filho, o *Lógos*. Por isso, a expressão paulina terminará invertendo-se. Já não se trata de uma "economia do mistério", mas do "mistério da economia": a práxis de Deus, sua economia, em si mesma misteriosa (p. 53).

É a partir daqui que os autores cristãos desenvolverão uma concepção da história em termos econômicos, a saber, como economia da salvação. Em Orígenes, segundo Agamben, o nexo entre economia e história aparece com toda clareza. A interpretação das Escrituras, para Orígenes, tem como finalidade, precisamente, descobrir o mistério da economia, quer dizer, o plano divino que governa a história. Clemente de Alexandria, por sua parte, vincula explicitamente a economia divina, assim entendida, à noção originalmente estoica de providência (*prónoia*) (p. 59, 61).

Uma última deriva do termo interessa particularmente a Agamben. A partir dos séculos VI e VII, em particular no âmbito do direito canônico, *oikonomía* terá também o sentido de *dispensatio*, exceção (p. 63). Quando não se aplica estritamente a lei, fala-se de fato de "fazer uso da economia".

No entanto, o recurso à economia, a seu vocabulário e a seus conceitos, permitiu aos primeiros teólogos da Trindade afirmar a unicidade de Deus, sem necessidade de negar a pluralidade de pessoas. Em Deus há uma única *ousía* ou substância. Evitava-se, desse modo, cair no politeísmo. A pluralidade de pessoas não concerne ao ser de Deus, mas só a sua atividade, a sua economia. Segundo Agamben, o preço que teve de pagar o pensamento cristão, para evitar o politeísmo, foi o de introduzir em Deus uma divisão entre seu ser e seu fazer, entre ontologia e práxis divinas. Essa bipolaridade é, em suma, uma consequência dos dois usos teológicos do termo "*oikonomía*": o primeiro que se utilizava para falar da organização interna da divindade, de seu ser; o segundo, para o governo divino da história, para a economia da salvação.

Uma primeira consequência capital da bipolaridade entre ser e práxis concerne aos conceitos de vontade e liberdade. Com toda razão, observa também Agamben, há uma noção da concepção cristã do mundo que é incompatível com o mundo clássico, a noção de criação ou, mais precisamente, de criação livre. Para o cristianismo, de fato, Deus não cria o mundo por necessidade, mas de maneira livre. Por isso, entre o ser de Deus e sua atividade, como no dispositivo que os vincula, os teólogos se veem obrigados a colocar a vontade livre. Acerca da herança conceitual da primazia atribuída à vontade livre, Agamben afirma:

> O primado da vontade, que, segundo Heidegger, domina a história da metafísica ocidental e chega a seu ponto culminante com Schelling e Nietzsche, tem sua raiz na fratura entre o ser e o fazer em Deus e, portanto, desde o princípio é solidária com a *oikonomía* teológica (p. 72).

Uma segunda consequência concerne à relação entre governo e anarquia. Toda a controvérsia dos séculos IV ao VI contra Arrio teve como eixo a questão da *arché* (princípio) do Filho. Contra Arrio, a posição que finalmente adotará como própria a igreja será a de sustentar que o Filho, que assume em sua pessoa a tarefa salvífica de Deus, é sem *arché*, é anárquico. Também essa postura terá uma importante consequência no Ocidente.

> *A fratura entre ser e práxis e o caráter anárquico da* oikonomía *divina constituem o lugar lógico no qual se faz compreensível o nexo essencial que une, em nossa cultura, o governo e a anarquia. Não só algo assim como um governo providencial do mundo é*

> *possível só porque a práxis carece de fundamento no ser; ademais, esse governo, que como veremos tem seu paradigma no Filho e em sua* oikonomía, *é o mesmo intimamente anárquico. A anarquia é o que o governo deve pre-supor e assumir como a origem da qual provém e, por sua vez, como a meta até a qual se segue dirigindo. (Benjamin tinha razão nesse sentido quando escrevia que não há nada tão anárquico como a ordem burguesa; e a piada que Pasolini põe nos lábios de um dos hierarcas do filme* Saló: *"A única anarquia verdadeira é a do poder", é absolutamente séria.)* (p. 80)

Por último, a bipolaridade entre ser e práxis levará a uma oposição entre *teologia*, a que em um sentido estrito se ocupa do ser de Deus, e *economia*, cujo objeto será, ao contrário, sua práxis. Surgirão assim "duas racionalidades diferentes, cada uma com sua própria conceitualidade e suas próprias características específicas" (p. 77). À racionalidade específica do discurso teológico remete o paradigma da soberania e à racionalidade da economia remete o paradigma do governo. Ambas formam um sistema, precisamente, bipolar, cuja compreensão resulta necessária para interpretar a história política do Ocidente (p. 82).

A essa altura de sua exposição, Agamben ocupa-se de mostrar as raízes teológicas da bipolaridade entre soberania e governo ou entre reino e governo. Começa, em realidade, não de maneira cronológica, mas aludindo, por um lado, aos relatos arturianos da Távola Redonda, que têm como personagem central o rei gravemente ferido ou mutilado, e, por outro, à polêmica entre Schmitt e Peterson antes mencionada. Para Agamben, de fato, o rei mutilado da tradição arturiana expressa um autêntico mitologema político na forma literária da lenda. Trata-se da ideia de uma soberania impotente (p. 84), a mesma que também encontra sua expressão na célebre frase: o rei reina, porém não governa (citada habitualmente em francês: *le roi règne, mais il ne gouverne pas*). A origem dessa frase e da ideia que ela expressa havia sido parte do debate entre Peterson e Schmitt. Enquanto para Schmitt essa fórmula remonta-se não mais atrás do século XVI, para Peterson, ao contrário, é necessário retrotraí-la aos albores da teologia cristã. Nesse ponto, observa Agamben, o mérito de Peterson, mais que o intento de demonstrar a impossibilidade de uma teologia política cristã, foi o de haver estabelecido o paralelismo entre o paradigma liberal que separa o reino do governo e o teológico que separa em Deus seu ser e sua práxis (p. 88). Uma genealogia da separação entre reino e governo faz-se necessária, entre outras razões, segundo Agamben, porque, para além do mérito de haver estabelecido o paralelismo que assinalamos, Peterson busca imputar a separação entre reino e governo à teologia judia e pagã, e não à cristã. Aqui, como já havia sucedido a propósito da formação da teologia trinitária, a estratégia de Peterson consiste em eludir a herança econômica do pensamento cristão.

A genealogia da separação entre reino e governo parte, em Agamben, de um texto que também havia sido objeto de um polêmico debate entre Schmitt e Peterson, o último capítulo do livro XII da *Metafísica*, em que Aristóteles interroga-se acerca do modo em que o universo possui o bem. Duas são as possibilidades exploradas: que o universo possua o bem como algo separado ou como uma ordem. Em outros termos, trata-se de estabelecer se o bem é transcendente ao mundo ou imanente a ele. Em realidade, a argumentação de Aristóteles não tende a eliminar uma das alternativas, mas a mostrar como pode conciliar-se o bem imanente do mundo, a ordem do universo, com o bem transcendente, o motor imóvel. Para isso, serve-se de duas imagens, a do general que ordena seu exército e a da ordem da casa, a saber, a ordem econômica. Vemos como, observa Agamben, o problema da relação entre transcendência, o bem separado, e imanência, o bem que o universo possui em si mesmo, é equivalente ao problema da relação entre ontologia e práxis, entre ser e ação (p. 98). De fato, enquanto o bem separado é uma *ousía* [substância], o motor imóvel; o bem imanente é uma relação, a ordem que reina no universo, que é uma consequência da atividade do bem separado, da ação de ordenar.

Esse texto de Aristóteles, observa Agamben, foi uma referência constante dos tratados medievais intitulados *De bono* [*Sobre o bem*] ou *De gubernatione mundi* [*Sobre o governo do mundo*]. Foi fonte de inspiração e também de aporias, sobretudo enquanto concerne ao conceito de ordem. A respeito, um exemplo sobre o qual Agamben se detém detalhadamente é Tomás de Aquino. Encontramos nele duas noções de ordem: a ordem de cada uma das coisas criadas a respeito de Deus (*ordo ad unum*, ordem para um) e a ordem das coisas criadas entre si (*ordo ad invicem*, ordem recíproca). A propósito dessas duas formas da ordem, afirma Agamben:

> A aporia que marca, como uma sutil abertura, a maravilhosa ordem do cosmos medieval começa a tornar-se agora mais visível. As coisas são ordenadas na medida em que se encontram entre si em uma determinada relação, porém essa relação não é mais que a expressão de sua relação com o fim divino; e, vice-versa, as coisas são ordenadas enquanto estão em certa relação com Deus, porém essa relação expressa-se somente por meio de sua relação recíproca. O único conteúdo da ordem transcendente é a ordem imanente, porém o sentido da ordem imanente não é senão sua relação com o fim transcendente. "*Ordo ad finem*" [ordem para o fim] e "*ordo ad invicem*" [ordem recíproca] remetem uma a outra e se fundam entre si. O perfeito edifício teocêntrico da ontologia medieval descansa sobre esse círculo e não tem outra consistência para além dele (p. 102).

Antes de Tomás, segundo Agamben, o texto em que aparece com maior clareza a aporia da ordem é o *De genesis ad litteram*, o comentário literal ao livro do *Gênesis*, de Santo Agostinho.

Segundo Agostinho, Deus não é ordem em si mesmo, mas em sua atividade de ordenar ou, dito de outra maneira, o ser de Deus é ordem só enquanto atividade de ordenar. A identidade entre ser e práxis, afirmada aqui a respeito da ordem, foi, segundo Agamben, uma das heranças decisivas que a teologia legou ao pensamento moderno. "*Quando Marx, a partir dos Manuscritos de 1844, pensa o ser do homem como práxis, e a práxis como autoprodução do homem, no fundo não faz outra coisa que secularizar a concepção teológica do ser das criaturas como operação divina*" (p. 106).

Para a constituição do paradigma que separa o reino do governo, junto com o livro XII da *Metafísica*, também foi determinante a recepção teológica do *Liber de causis* [*Livro acerca das causas*] de Proclo, ainda que fosse atribuído a Aristóteles durante o Medievo, no qual se distingue entre causa primeira e segundas. Em seu comentário ao *Liber de causis*, Santo Tomás apresenta a causa primeira como causa universal ou geral e as causas segundas como causas particulares. Ademais, é necessário sublinhar que Santo Tomás concebe dois modos de ação das causas particulares que correspondem aos dois modos da ordem, a respeito de um princípio único (*ordo ad unum*) e recíproco (*ordo ad invicem*). Em seu *De gubernatione mundi*, Tomás se servirá dessas distinções para articular sua doutrina do governo divino do mundo, a saber, sua doutrina da providência. A providência geral (reino) equivalerá ao regime da causa primeira e a providência especial (governo), ao das causas segundas. A hierarquia das causas, primeiras e segundas, permitirá estabelecer o modo da relação entre providência geral e especial, entre o modo com que Deus reina no mundo e a maneira com que o governa (p. 111-112).

Já não na ordem estritamente teológica, mas no âmbito do direito canônico, é possível encontrar um antecedente técnico, ou seja, jurídico-político da separação entre reino e governo na doutrina que distingue a *dignitas* (dignidade) da *administratio* (administração) e na doutrina que elaborou a noção jurídica de *plenitudo potestatis* (plenitude da potestade), retomando a distinção precedente. Segundo a primeira – a referência de Agamben é a Huguccio de Pisa –, a loucura de um príncipe, por exemplo, não deveria levar à sua destituição, mas à separação entre a dignidade que possui sua pessoa e o exercício que, nesse caso, deve ser confiado a um coadjutor (p. 113). A respeito da doutrina da *plenitudo potestatis* (p. 115), ela surge a propósito do debate sobre as duas espadas, espiritual e mundana, quer dizer, sobre o poder papal e sua relação com o imperial. Pode-se falar de plenitude da potestade quando uma causa primeira pode fazer sem as causas segundas tudo o que pode fazer com elas. O papa, dada a superioridade do poder espiritual, possui a plenitude da potestade. A questão que surge e na qual se interessa particularmente Agamben é a de saber por que, então, é necessário um poder mundano. Por que há duas espadas? Segundo os autores da época, a espada mundana, o império, não foi instituído em função da deficiência do poder espiritual, mas para que este possa ocupar-se das coisas espirituais sem necessidade de atender às coisas materiais. Por isso, conclui Agamben:

> Para além da contenda acerca da superioridade de uma espada sobre a outra, que ocupou de modo exclusivo a atenção dos estudiosos, o que está em jogo na divisão entre os dois poderes é assegurar a possibilidade do governo dos homens. Essa possibilidade exige pressupor uma *plenitudo potestatis*, que deve, no entanto, separar imediatamente de si seu exercício efetivo (a *executio*), que vai constituir a espada secular. Do ponto de vista teórico, o debate não é tanto entre os defensores da primazia do sacerdócio ou os do império, mas entre "governamentalistas" (que concebem o poder como já sempre articulado segundo uma dupla estrutura: potestade e execução, reino e governo) e os partidários de uma soberania da qual não é possível separar a potência e o ato, *ordinatio* [ordenamento] e *executio* (p. 118).

Uma ontologia dos atos de governo

O cristianismo fará frente à cisão entre ser e práxis, na qual desemboca a ontologia clássica, com a elaboração de uma doutrina teológica da providência. Por um lado, essa doutrina herda as noções e a problemática do estoicismo, no qual de fato surgem as primeiras teorias da *prónoia* (providência). Por outro lado, a doutrina cristã é herdada pela teoria e pela prática moderna do governo. Nessa perspectiva, a teologia da providência é vista como "o paradigma epistemológico do governo moderno" (p, 159).

Agamben chega a essas conclusões partindo de uma observação, em parte crítica, a respeito da investigação levada a cabo por Foucault em *Segurança, território, população*. Nesse curso, Foucault ocupa-se de mostrar como, a partir do século XVII, o governo foi tomando progressivamente a forma de uma economia, de um governo dos homens. Isso se deve, de acordo com sua argumentação, à emergência da problemática da população. Foucault apresenta, ademais, o pastorado cristão como um antecedente genealógico dessa profunda transformação dos mecanismos de exercício do poder. O Ocidente moderno havia encontrado no governo das almas um conjunto de temas e técnicas dos quais se apropriou, reconfigurando-os, para elaborar suas próprias práticas de governo dos corpos. Agamben aceita a tese de Foucault acerca da genealogia cristã das formas modernas do poder, porém a corrige cronológica e tematicamente. De fato, para Agamben, a relação da governamentalidade econômica com o cristianismo vai muito mais além do pastorado, funde suas raízes na *oikonomía* trinitária dos primeiros séculos (p. 127).

No entanto, não é por meio dos tratados medievais *De regimine* (*Sobre o regime*) que se deve rastrear esse vínculo, mas naqueles intitulados *De gubernatione mundi* (*Sobre o governo do mundo*), a saber, nos tratados em que se aborda a questão de como Deus governa as coisas criadas e os homens e em que, como resposta, a noção de providência encontra um desenvolvimento sistemático. É precisamente por meio da teologia da providência que a moderna governamentalidade econômica vincula-se à antiga doutrina da Trindade. Mostrá-lo supõe deter-se antes na análise do modo em que a *prónoia* dos filósofos estoicos dos primeiros séculos converteu-se na *providentia* da teologia medieval. Nesse processo formou-se o que Agamben denomina a máquina providencial, cuja descrição lhe permitirá elaborar uma ontologia dos atos de governo.

A respeito das origens filosóficas da máquina providencial, ocupa o primeiro lugar o tratado de Crisipo (filósofo estoico do século III a.C.), *Sobre a providência*. Para Agamben, a herança que Crisipo deixa à filosofia e à teologia é a conexão que estabelece entre providência e mal (p. 131). O mal, segundo Crisipo, não surge da natureza mesma das coisas, a que foi estabelecida segundo a providência, mas só por concomitância. Assim, por exemplo, a fragilidade do crânio humano foi uma consequência concomitante ao fato de que a utilidade da cabeça requeria que estivesse formada por ossos pequenos e tênues (p. 131).[38] Em sua análise da formação da máquina providencial, Agamben passa de Crisipo a Alexandre de Afrodisia (s. II d.C.). Não se trata dessa vez de um filósofo estoico, mas de um comentador de Aristóteles que, precisamente no que concerne à noção de providência, opõe-se ao estoicismo. Para Alexandre, em consonância com o livro XII da *Metafísica*, se Deus tivesse de se ocupar dos mínimos detalhes de todas as coisas, seria um deus ontologicamente inferior às coisas. Pois, segundo o princípio aristotélico, o que está à vista de outra coisa é inferior a essa e lhe está subordinado. Apesar disso, tampouco é aceitável, para Alexandre, que haja coisas que

---

[38] Trata-se do exemplo que Leibniz retoma da paráfrase que Pierre Bayle fez de um texto de Crisipo.

se produzem de maneira completamente acidental, sem que Deus tenha conhecimento delas, ainda que se produzam de maneira involuntária. Para escapar dessa alternativa e fazer inteligível o conceito de providência, entre o que se produz *por si mesmo*, por natureza, e o que sucede por *acidente*, Alexandre buscará pensar uma natureza intermediária, a do involuntário não acidental ou, segundo expressão utilizada por Agamben, a dos efeitos colaterais calculados (p. 134). São involuntários porque se trata de efeitos que não foram buscados por si mesmos, mas que se produzem em razão da coisa que é buscada por si mesma. Porém isso não significa que sejam acidentais, posto que se pode prevê-los tendo em conta a conexão racional dos fatos. Por isso, afirma Agamben:

> Em Alexandre, em consonância com a teologia aristotélica da qual parte, a teoria da providência não está pensada para fundar um Governo do mundo; e, no entanto, a correlação entre o geral e o particular resulta de modo contingente, ainda que consciente, da providência universal. O deus que reina, porém não governa, faz possível dessa maneira o governo. O governo é, então, um epifenômeno da providência (ou do reino) (p. 134).

Ainda que em uma perspectiva completamente diferente, o mesmo pode afirmar-se acerca da correlação que Plutarco (s. I-II) estabelece entre providência e destino. Enquanto a providência corresponde ao plano do universal, o destino, ao plano dos efeitos particulares que derivam do universal. Entre ambos os planos Plutarco estabelece uma relação de *colateralidade* ou de *efeitualidade*.

> Porém nada é mais ambíguo que a relação de "colateralidade" ou "efeitualidade" (*akolouthía*). É preciso tomar nota da novidade que essa concepção introduz na ontologia clássica. Invertendo a definição aristotélica da causa

final e seu primado, ela transforma em "efeito" o que em Aristóteles aparecia como fim. [...] O próprio da máquina providência-destino é, então, funcionar como um sistema de dois polos que termina produzindo uma espécie de zona de indiferença entre o primário e o secundário, o geral e o particular, a causa final e os efeitos. E ainda que Plutarco, como Alexandre, não tivesse de nenhum modo na mira um paradigma governamental, a ontologia "efeitual" que resulta de seu pensamento contém de algum modo a condição de possibilidade do governo, entendido como uma atividade que não está dirigida, em última instância, nem ao geral nem ao particular, nem ao primário nem ao consequente, nem ao fim nem aos meios, mas a sua correlação funcional (p. 138).

Os pensadores cristãos receberam por meio de Boécio (s. V-VI), de sua *Consolação da filosofia*, a ontologia da efeitualidade à que conduz o dispositivo estoico providência-destino. Não se trata, no entanto, de uma mera transmissão. Em Boécio, o dispositivo estoico converte-se em "uma perfeita máquina de governo" (p. 143), que articula em seu interior todas as duplicidades que até agora a caracterizavam: providência-destino, universal-particular, transcendência-imanência. Deus, para Boécio, governa o mundo de duas maneiras diferentes, segundo um princípio transcendente e eterno e segundo uma economia imanente articulada no tempo. Porém, apesar de seu duplo modo, trata-se da mesma ação divina que se apresenta às vezes como providência e às vezes como destino ou economia. Segundo a expressão de Boécio, a ordem do destino procede da simplicidade da providência.

Como dissemos, não é pelos tratados *De regimine*, mas pelos *De gubernatione mundi* que se interessa Agamben. São eles os que elaboraram uma teologia da providência como governo divino do mundo e, por essa razão, a eles deve remeter-se uma genealogia da governamentalidade moderna. Entre os muitos autores possíveis, a atenção de Agamben foca-se no *De gubernatione mundi* de Santo Tomás, em que a máquina providencial e a ontologia da efeitualidade alcançarão uma formulação todavia mais articulada que em Boécio. Tomás buscará evitar, ao mesmo tempo, a tese atribuída ao pensamento islâmico, segundo a qual Deus intervém imediatamente em cada ação das criaturas (quase como um milagre contínuo), e a tese contrária, para a qual Deus só intervém no momento da criação dando a cada coisa sua própria natureza e capacidade de fazer. Servindo-se das distinções que já apontamos, entre *ordo ad Deum* e *ordo ad invicem* e entre causas primeiras e segundas, Tomás circunscreverá a ação de governo de Deus ao *ordo ad invicem* e às causas segundas. A respeito, sustenta Agamben:

> O sentido da cisão constitutiva do *ordo* e seu nexo com o sistema bipartido reino/governo, ontologia/*oikonomía* começa nesse ponto a tornar-se manifesto. O reino concerne ao *ordo ad deum*, a relação das criaturas a respeito da causa primeira. Nessa esfera, Deus é impotente ou, melhor dito, não pode atuar senão na medida em que sua ação coincide desde sempre com a natureza das coisas. O governo concerne, ao contrário, ao *ordo ad invicem*, a relação contingente das coisas entre si. Nessa esfera, Deus pode intervir suspendendo, substituindo ou estendendo a ação das causas segundas. No entanto, as duas ordens estão funcionalmente unidas, no sentido em que a relação ontológica de Deus com as criaturas – na qual ele é, ao mesmo tempo, absolutamente íntimo e absolutamente impotente – é a que funda e legitima a relação prática de governo com elas, no interior da qual (a saber, no âmbito das causas segundas) seus poderes são ilimitados. A cisão entre ser e práxis que a *oikonomía* introduz em Deus funciona, em realidade, como uma máquina de governo (p. 150).

Na máquina governamental assim concebida, Tomás distingue a *ratio gubernationis* (a razão do governo) da *executio* (a execução) ou, segundo outra terminologia, entre a *ordinatio* (a ação de ordenar racionalmente) e a *ordinis executio* (a ação de estabelecer a ordem nas coisas). Deus leva a cabo imediatamente a primeira dessas operações, ou seja, pensa a ordem. Para a segunda operação, *executio* ou *ordinis executio*, ao contrário, serve-se de agentes subalternos. Desse modo, também os seres criados participam do governo divino do mundo. Por outro lado, segundo Tomás, enquanto a ordem considerada em seu princípio divino, a providência, é una e imutável, nas causas segundas, o destino, é múltipla e cambiante. Ademais, no caso dos seres racionais, a providência não só se serve de sua natureza para governá-las, mas também da graça.

Uma última observação de Agamben, a respeito do modo em que, com o desenvolvimento da teologia da providência, foi-se configurando a máquina governamental do Ocidente, concerne à *vicariedade* do poder. A relação, sustenta, entre reino e governo é essencialmente vicária.

> A vicariedade implica, então, uma ontologia – ou melhor dito, a substituição da ontologia clássica por um paradigma "econômico" no qual nenhuma figura do ser está, como tal, em posição de *arché*, mas que o original é a própria relação trinitária, na qual cada uma das figuras *gerit vices* faz as vezes da outra. O mistério do ser e da divindade coincide sem resíduos com seu mistério "econômico". Não há uma substância do poder, mas só uma "economia", só "governo" (p. 155-156).

Ao final desse percurso que, como mencionado, vai de Crisipo a Tomás de Aquino, do século III a.C. ao XIII d.C., Agamben formula em sete proposições, que resumimos aqui, o que denomina uma *ontologia dos atos de governo* (p. 157-159): 1) Com a doutrina da providência, a filosofia e a teologia buscam enfrentar a cisão que introduziu o discurso econômico na ontologia clássica, isto é, a separação entre ser e práxis. 2) Com essa doutrina procura-se conciliar também a cisão gnóstica entre um deus ocioso e um deus ativo, e seu legado à teologia cristã, isto é, a cisão entre transcendência divina e governo imanente do mundo. 3) Por isso, ainda que seja unitária, a máquina providencial articula dois níveis: transcendência/imanência, providência geral/providência especial, causas primeiras/causas segundas, eternidade/temporalidade, conhecimento intelectual/práxis. 4) O efeito colateral é o paradigma da ação de governar. O governo não está diretamente orientado a ele, porém se produz como consequência da aplicação de uma lei geral. 5) A divisão de poderes é uma consequência da bipolaridade da máquina providencial. 6) Da vicariedade de todo poder segue-se que não há uma substância do poder, mas só uma economia. 7) A bipolaridade da máquina providencial faz que a ação de governar deixe espaço para a liberdade dos governados.

O duplo apêndice final do livro acerca do conceito de economia na modernidade agrega algumas considerações, a nosso juízo, fundamentais acerca do sentido dessa genealogia teológica da política. Esse apêndice, de fato, permite visualizar de maneira mais precisa a herança teológica da Modernidade política.

O primeiro apêndice está dedicado aos conceitos de lei e milagre nos séculos XVI-XVIII (em Pascal, em Malebranche, em Bayle) e sobretudo ao modo em que a problemática da teologia da providência (geral e particular, reino e governo) segue estando presente e estrutura a filosofia política de Rousseau. Como ocorria na teologia acerca do ser de Deus, Rousseau afirma a indivisibilidade da soberania, porém, como também ocorria na teologia, essa unidade indivisível articula em si mesma a cisão entre soberania e governo, vontade geral e vontade particular, poder legislativo e poder executivo. Desse modo, em Rousseau, que não trata da soberania dinástica, mas da soberania democrático-popular, funciona todavia, sustenta Agamben, o dispositivo econômico providencial. O pensamento político de Rousseau, como os resultados de sua investigação genealógica, mostram precisamente como o verdadeiro problema político não é a soberania, o rei ou a lei mas o governo, o ministro e a polícia (p. 301-303).

O segundo apêndice está dedicado ao uso do termo "economia" no século XVIII, ao conceito de economia da natureza (a ordem natural das coisas que já havia afirmado a teologia da providência) e de "mão invisível" (de uma mão que, como Deus, governa sem ser vista). Agamben, claro, quer mostrar a origem teológica dessas noções, porém sobretudo como, por meio delas, a teologia segue vigente no ateísmo e o providencialismo na democracia (p. 314). Em outras palavras, a Modernidade não excluiu a teologia, antes, a consumou.

Da glória ao consenso

Como sugere Agamben já nas primeiras páginas do livro, a articulação entre reino e governo só se torna plenamente inteligível na perspectiva da glória, quer dizer, a partir da dimensão pública em que o poder é objeto de celebração e louvor. Em realidade, em um primeiro momento, Agamben remete a polaridade reino/governo à polaridade glória/ministério; porém, em um segundo momento, mostra como a glória sobrevive ao governo. Para a formulação e a articulação da polaridade reino/governo, como observamos, Agamben analisava a formação do paradigma da teologia econômica e da teologia da providência; agora, para mostrar o modo em que reino e governo alcançam sua articulação mais acabada na dimensão gloriosa do poder, recorrerá a outro tópico teológico, a angelologia, a doutrina dos anjos. Nesse contexto, a noção de hierarquia (literalmente: poder sagrado) lhe permitirá abordar o paralelo entre poder espiritual e poder terrenal, entre angelologia e burocracia, presente na teologia dos anjos desde seus começos.

> Uma vez estabelecida a centralidade da noção de hierarquia, anjos e burocratas, como no universo kafkiano,

tendem a confundir-se: não só os mensageiros celestes se dispõem segundo ofícios e ministérios, também os funcionários terrenais adquirem por sua vez semblantes angélicos e, como os anjos, tornam-se capazes de purificar, iluminar e aperfeiçoar. Segundo uma ambiguidade que caracteriza profundamente a história da relação entre o poder espiritual e o poder secular, a relação paradigmática entre angelologia e burocracia corre o bem em um sentido, o bem no outro: às vezes, como em Tertuliano, a administração da monarquia terrena é o modelo dos ministérios angélicos, outras vezes a burocracia celeste é a que provê o arquétipo da burocracia terrena. Em todo caso, o decisivo é que muito antes de que a terminologia da administração e do governo civil começara a ser elaborada e fixada, ela já estava constituída firmemente no âmbito angelológico. Não só o conceito de hierarquia, também o de ministério e missão encontram, como vimos, sua primeira e articulada sistematização justamente a propósito das atividades angélicas (p. 175).

Constitui o ponto de partida, novamente, um escrito de Peterson, *Das Buch von den Engeln: Stellung und Bedeutung der heiligen Engel im Kultus* (*O livro dos anjos: situação e significado dos santos anjos no culto*), publicado no mesmo ano que *O monoteísmo como problema político*, 1935. Enquanto nessa última obra Peterson nega, como observamos, a existência de uma teologia política no cristianismo, em seu trabalho sobre os anjos sustenta, por um lado, que a igreja terrena está originalmente unida à igreja celestial por meio das celebrações litúrgicas e, por outro, que desse modo ambas estão em relação com a esfera política. Em outros termos, a *politicidade* do cristianismo radica-se em seu caráter público, em sua *publicidade* cultual. Os anjos são os garantes dessa relação. A igreja terrenal torna-se política na medida em que participa das louvações que os anjos tributam eternamente a Deus, isto é, da glória (p. 163).

No entanto, a teologia, dado que – como assinala Agamben – Peterson não podia ignorar, sempre sustenta uma dupla função dos anjos. Eles não só são os encarregados de louvar a Deus, mas também a seus ministros, os que colaboram com Ele na administração do governo do mundo. Cada um dos anjos cumpre, ademais, com essa dupla função; ela é constitutiva de sua natureza. Não surpreende, por isso, que quase a metade do tratado *De gubernatione mundi*, de Tomás, esteja dedicada à angelologia. Para Tomás, de fato, um governo é mais perfeito se se serve de intermediários para executar suas disposições. Estabelecido esse princípio e sustentando que Deus não governa o mundo diretamente, mas por meio de seus anjos, Tomás ocupa-se, observa Agamben, de detalhar pontualmente as relações recíprocas entre os anjos. É aqui que desempenha um papel de primeira ordem o conceito de hierarquia. Trata-se de um conceito que remonta às origens da angelologia, ao que pode ser considerado como o primeiro grande tratado sobre o tema, intitulado precisamente *A hierarquia celeste*, do Pseudo-Dionísio (s. V-VI). Sagrado e divino, sustenta Dionísio, é o hierarquicamente ordenado, pois a ordem hierárquica é a manifestação mesma da ordem divina. Desse modo, entre economia divina e governo do mundo estabelece-se uma estreita relação estrutural. Da Trindade (Pai, Filho e Espírito Santo) descendem a hierarquia triádica dos anjos (querubins, serafins e tronos) e a hierarquia triádica do poder terrenal (tronos, dominações e *potestades*) (p. 170). Para Dionísio, ademais, a ordem da hierarquia funda-se na função de louvor. Por isso, conclui Agamben, "a hierarquia é uma hinologia" (p. 173).

Nas questões em que aborda a colaboração dos anjos no governo divino do mundo, mais precisamente na questão 108 do *De gubernatione mundi*, Tomás enfrenta um delicado problema, o do papel das hierarquias celestes depois do Dia do Juízo, quando se tenha cumprido com o plano divino de salvação e, desse modo, a economia divina haja chegado a seu fim. Então, Deus se tornará inoperoso, deixará de governar, e os anjos exercerão só sua função laudatória, já não deverão colaborar na administração do mundo. Esse será também o papel dos homens que alcancem a salvação, louvarão eternamente à divindade. Por isso, afirma Agamben: "a doutrina da glória como fim último do homem é a resposta que os teólogos dão ao problema do fim da economia" (p. 179). Esse cenário conhece, no entanto, uma exceção: o inferno. Ali os anjos caídos, excluídos do culto a Deus, só exercem sua função ministerial infligindo penas e tormentos aos condenados, ou seja, aos homens que também foram excluídos da glória.

A propósito das aclamações que compõem os hinos de louvor, novamente Agamben volta sobre os escritos de Peterson. Essa vez sobre um trabalho de 1926, *Heis Theos: Epigraphische, formgeschichtliche und religiongeschichtliche Untersuchungen* (*Um Deus: uma investigação sobre epigrafia, história da forma e história da religião*), em que Peterson enfrenta precisamente a relação entre política e liturgia a propósito da fórmula *"Heîs theós"*. Não se trata, insiste Peterson, de uma profissão de fé, mas de uma aclamação, que, como outras aclamações cerimoniais, pode adquirir um significado jurídico. A tese central do trabalho de Peterson consiste em sustentar precisamente que a liturgia cristã adquire um caráter público e político por meio da dimensão jurídica das aclamações.

Dessa função também se ocuparam Andreas Alföldi, a propósito do cerimonial imperial romano, Ernst Percy Schramm, sobre os signos do domínio e a simbologia do Estado, e Ernst Kantorowicz, em relação à aclamação de Cristo como rei. A todos eles faz referência Agamben e, em particular, à observação de Carl Schmitt em *Referendo e proposta de lei por iniciativa popular* (1927), segundo a qual "as aclamações e doxologias litúrgicas expressam o caráter jurídico e público do povo" (p. 192).

Em todos esses casos, para Agamben, devemos considerar as aclamações como *assinaturas*:

Isso significa, olhando-o bem, que o enunciado performativo não é um signo, mas uma assinatura, que assinala o *dictum* para suspender seu valor e deslocá-lo em um nova esfera não denotativa, que vale em lugar da primeira. É desse modo que devemos entender os gestos e os signos do poder dos quais nos ocupamos aqui. Eles são assinaturas, que se referem a outros signos ou objetos e lhes conferem uma eficácia particular. Não é casualidade, portanto, que a esfera do direito e a do performativo estejam desde sempre estreitamente unidas e que os atos do soberano sejam aqueles nos quais o gesto e a palavra são imediatamente eficazes (p. 202).

Não é necessário, sustenta Agamben, aceitar a tese de Carl Schmitt sobre a secularização, para afirmar que os conceitos e a problemática da política ocidental se tornam mais claros e compreensíveis quando são postos em relação com os paradigmas teológicos (p. 253). Nessa perspectiva, a dupla função dos anjos, a de louvar e a de administrar, ilumina a dupla figura do poder, a do reino e a do governo. Como a duplicidade dos anjos, também a da máquina governamental é uma consequência da cisão entre ser e práxis (introduzida pela concepção cristã da divindade que fratura, assim, a ontologia clássica) e de sua articulação por meio da elaboração de uma economia divina. Nessa mesma perspectiva, a de uma genealogia teológica da política, a sobrevivência da função de louvor dos anjos, no cenário escatológico que a imaginação teológica de Tomás desdobra, ilumina no campo da política a relação entre reino e glória, de uma política que não é governo, mas liturgia. Por isso, pergunta-se Agamben:

> Se o poder é essencialmente força e ação eficaz, por que necessita receber aclamações rituais e cantos de louvor, vestir coroas e tiaras incômodas, submeter-se a um inacessível cerimonial e a um protocolo imutável – em uma palavra, imobilizar-se hieraticamente na glória: ele, que é essencialmente operatividade e *oikonomía*? (p. 217).

A responder essa questão está consagrada a última parte de *O reino e a glória*. Apesar de seu título, não se trata propriamente, precisa o autor, de uma arqueologia da glória, mas da glorificação. A primeira questão abordada concerne à relação entre estética e política. Agamben, de fato, não pode deixar de mencionar a obra do teólogo jesuíta Hans Urs von Balthasar, *Glória: uma estética teológica* (composta por quatro volumes, o primeiro de 1961). Essa obra, de aparência imponente, segundo as palavras de Agamben, desorientou os teólogos. Em sua perspectiva, o projeto de uma teologia elaborada em termos estéticos, partindo do transcendental *pulchrum* (belo), representa, para além das precauções que se tomem, um esforço para estetizar as categorias políticas. A dificuldade à qual deve fazer frente esse projeto é que nem o termo hebreu *kabod* (glória) nem o termo *dóxa* com que é traduzido ao grego têm na *Bíblia* um sentido estético, "eles têm que ver com a aparição terrível de *YHWH*, com o reino, com o juízo, com o trono, quer dizer, todas as coisas que só podem ser definidas como 'belas' em uma perspectiva que é difícil não qualificar de estetizante" (p. 220). *Kabod*, de fato, não tem que ver com a beleza, mas com o senhorio e a soberania. Por isso, Agamben opõe ao projeto de Balthasar, de uma estetização da política, o de Walter Benjamin, de uma politização da arte.

Assim definido o marco de uma arqueologia da glorificação, Agamben ocupa-se, em primeiro lugar, de analisar o *kabod* hebreu e o conceito de glória no *Novo Testamento* e nos Padres da igreja, especialmente Irineu e Orígenes. Essa investigação o conduz até o que define como os paradoxos da soberania.

> O paradoxo da glória se enuncia assim: a glória pertence exclusivamente a Deus desde a eternidade e permanecerá idêntica nele em eterno, sem que nada ou ninguém possa aumentá-la ou diminuí-la; e, no entanto, a glória é glorificação, ou seja, algo que todas as criaturas continuamente lhe devem e que Deus exige delas. Desse paradoxo se segue

outro, que a teologia pretende apresentar como sua resolução: a glória, o canto de louvor que as criaturas devem a Deus, deriva em realidade da própria glória de Deus, não é outra coisa que a necessária resposta e quase o eco que a glória de Deus desperta nelas. O bem (e é a terceira formulação do paradoxo): tudo o que Deus realiza, tanto as obras da criação como a economia da redenção, realiza-o só para sua glória. E no entanto as criaturas lhe devem por isso gratidão e glória (p. 238-239).

A dizer a verdade, o paradoxo encontra-se já no conceito de glória da tradição judia. *Kabod* tem, de fato, tanto um sentido subjetivo, a glória de Deus em si mesmo, como objetivo, a glorificação que os homens lhe tributam ou devem tributar-lhe. Com o desenvolvimento da teologia cristã da glória, ela acentuou-se, até o ponto de afirmar um primado da glorificação sobre a glória.

A necessidade da glorificação, observa Agamben, foi objeto de investigação de antropólogos e sociólogos. Como exemplo, refere a tese de doutorado, inconclusa, de Marcel Mauss sobre a oração e o trabalho, ineludível nesse campo, de Charles Mopsik, *Les rites qui font Dieu* (*Os ritos que fazem Deus*, 1993). Mopsik sustenta, como Mauss, que as doxologias revestem um caráter teúrgico. Porém não é sobre esse aspecto que Agamben interessa chamar a atenção, mas antes sobre a dimensão política da glorificação, sobre sua função no dispositivo bipolar da máquina governamental. Mais precisamente, seu interesse consiste em mostrar como a teologia da glória pode servir de "paradigma epistemológico" para penetrar o "arcano do poder" (p. 268). Nessa perspectiva, Agamben insiste sobre duas proposições que constituem, de algum modo, o núcleo da teologia da glória. Por um lado, a glória é a que permite manter unidos em Deus seu ser e sua práxis, por meio da paradoxal circularidade entre suas dimensões objetiva e subjetiva. Por outro, a glória está essencialmente ligada à inoperosidade. Como mostramos, depois do Juízo, de fato, quando toda obra tenha cessado, só perdurará a glória. É precisamente essa inoperosidade à qual remete a representação escatológica do cristianismo por meio de suas representações do trono vazio que se encontra nos mosaicos de algumas igrejas, como a de Santa Maria Maior ou São Paulo Extramuros, em Roma.

Agamben projeta ambas as teses no campo da política. À luz da primeira analisa a função que cumprem os *mass media* nas democracias modernas, nas sociedades que Guy Debord denominou, precisamente, a sociedade do espetáculo. E afirma:

> A democracia contemporânea é uma democracia baseada integralmente na glória, isto é, na eficácia da aclamação, multiplicada e disseminada pelos meios massivos para além de toda imaginação (que o termo grego para glória – *dóxa* – seja o mesmo que designa hoje a opinião pública é, desse ponto de vista, algo mais que uma coincidência). Como ocorria já nas liturgias profanas e eclesiásticas, esse suposto "fenômeno democrático original" é uma vez mais capturado, orientado e manipulado sob as formas, e segundo as estratégias, do poder espetacular (p. 280).

À luz da segunda tese, já não em relação com a inoperosidade divina, mas com a essencial inoperosidade do homem, Agamben sustenta que ela é a substância política do Ocidente (p. 269). Do conceito de inoperosidade nos ocuparemos extensamente no próximo capítulo. De todos os modos, para por em relevo a problemática à qual Agamben aponta com esse conceito, permitimo-nos uma última citação, mais extensa:

> Se compreende então a função essencial que a tradição da filosofia ocidental atribuiu à vida contemplativa e à inoperosidade: a práxis especificamente humana é um sabatismo que, fazendo inoperosas as funções específicas do vivente, abre-as em suas possibilidades. Contemplação e inoperosidade são, nesse sentido, os operadores metafísicos da antropogênesis, que, liberando o homem vivente

de seu destino biológico ou social, o atribuem àquela dimensão indefinível que estamos acostumados a chamar política. Contrapondo a vida contemplativa à política como "dois *bíos*" (Pol., 1324a), Aristóteles fez que por muito tempo tanto a política como a filosofia perdessem seu rumo e, por sua vez, desenhou o paradigma sobre o qual devia modelar-se o dispositivo economia-glória. O político não é nem um *bíos*, nem uma *zoé*, mas a dimensão que a inoperosidade da contemplação, desativando as práxis linguísticas e corpóreas, materiais e imateriais, abre e atribui continuamente ao vivente. Por isso, na perspectiva da *oikonomía* teológica da qual traçamos aqui a genealogia, nada é mais urgente que a inclusão da inoperosidade nos próprios dispositivos. *Zoé aiônios*, vida eterna, é o nome desse centro inoperoso do humano, dessa "sustância" política do Ocidente que a máquina da economia e da glória intenta continuamente capturar em seu próprio interior (p. 274).

A partir do nexo genealógico entre teologia da glória e sociedade do espetáculo, Agamben conclui identificando o critério da politicidade, precisamente, com a glória. As democracias contemporâneas, do *government by consent* (governo por consenso) devem inevitavelmente recorrer à *dóxa* para fazer funcionar a máquina governamental. O nexo genealógico entre inoperosidade divina e inoperosidade humana conduz, no momento, só a uma conclusão provisória, até a necessidade de pensar uma política para além da economia e da glória, quando a inoperosidade se apresente como a desarticulação do *bíos* e da *zoé*, que será a tarefa de uma investigação futura (p. 284).

A produção política do humano

Ao começo de *O reino e a glória* antecipa-se que a quarta parte da série *Homo sacer* estará dedicada aos conceitos de forma-de-vida e de uso (p. 11). Para Agamben, ademais, a vida, sua forma e seus usos também "deve constituir o tema da filosofia que vem" (2005a, p. 402). Em realidade, não se trata só de uma tarefa futura; do conceito de vida e de sua problemática ocupou-se em todos os seus trabalhos; como observamos, começando por *O homem sem conteúdo*. E todo um livro, *O aberto: o homem e o animal* (2002), gira em torno desse conceito. Antes de abordar neste trabalho a descrição da máquina antropológica, são necessárias algumas observações preliminares.

Em *O reino e a glória*, Agamben sustenta que a substância do político não é nem o *bíos* nem a *zoé*, mas a inoperosidade, e que, por isso, é necessário pensar uma política na qual a inoperosidade desarticule o *bíos* e a *zoé*. Já mencionamos a dificuldade que levantam alguns de seus textos acerca da relação entre os conceitos de *vida nua* e de *zoé*. À vezes, apresenta-os como se fossem sinônimos e, outras, preocupa-se em marcar as diferenças entre eles. Também em *O reino e a glória*, uma situação equivalente dá-se a respeito do conceito de *bíos*. De fato, frequentemente Agamben definiu *bíos* como vida política. Dois exemplos: "no mundo clássico, [a vida natural] era ao menos em aparência claramente distinguida, como *zoé*, da vida política (*bíos*)" (1995, p. 140), "nós já não podemos distinguir entre *zoé* e *bíos*, entre nossa vida biológica e nossa existência política" (1996b, p. 107). Agora, ao contrário, afirma que propriamente política é a inoperosidade e a opõe ao *bíos*.

Encontramo-nos, assim, em relação com a vida com quatro conceitos em jogo (*zoé*, *bíos*, *vida nua*, *inoperosidade*), sem que as relações entre eles estejam definidas sempre do mesmo modo. Apesar disso, ao menos esquematicamente, é possível ordená-los da seguinte maneira: *zoé* e *bíos*, no pensamento clássico, referem-se respectivamente à vida biológica e à vida qualificada ou política, ao estilo de vida. Vida nua (*nuda vita*) é o que produz o dispositivo da soberania (segundo a interpretação biopolítica da soberania exposta em *Homo sacer I*) quando captura em seus mecanismos a *zoé*, a vida biológica. A vida nua é a vida que por direito está desprovida de todo direito. Ou, segundo o mecanismo da exceção do qual nos ocupamos no capítulo precedente, a vida nua é a *zoé* que se relaciona com o direito sob a forma da exclusão-inclusiva. Nessa perspectiva, biopolítica significa que a vida biológica, a *zoé*, converteu-se na tarefa da política, do *bíos*. Por isso, afirma Agamben:

> A prestação fundamental do poder soberano é a produção da vida nua como elemento político original e como limiar de articulação entre natureza e cultura, *zoé* e *bíos* (1995, p. 202).

Em *O reino e a glória* que, como mencionado, tem por eixo a formação e as transformações do dispositivo da *oikonomía*, Agamben nunca fala de *vida nua*, tampouco de uma *oikonomía* da *zoé*, da *vida nua* ou simplesmente da vida (em *Meios sem fim* e em *A potência do pensamento*, ao contrário, fala de uma *oikonomía* da vida nua [1996b, p. 109; 2005a, p. 331]). De todo modo, Agamben sustenta explicitamente, na única passagem de *O reino e a glória* (p. 13) em que aparece o termo "biopolítica", que do paradigma da *oikonomía* deriva a moderna biopolítica, quando o governo e a economia dominam todos os aspectos da vida social. Por isso, paralelamente à distinção de um duplo paradigma, o teológico-político e o econômico-governamental, é possível distinguir dois sentidos da biopolítica em Agamben, a *biopolítica da soberania* (cuja cronologia estende-se desde a Antiguidade até nossos dias) e a *biopolítica da governamentalidade* (a biopolítica moderna, cuja cronologia coincide com a que propõe Foucault). Tomando como referência as obras de Agamben, também se pode falar da biopolítica de *Homo sacer I* e da biopolítica de *Homo sacer II, 2*.

No entanto, a máquina da *oikonomía* e da glória, paradigmas da biopolítica da governamentalidade, segundo a parte final do texto que extensamente citamos mais acima, não intenta capturar a *zoé*, mas a *zoé aiônios*, a inoperosidade essencial do homem.

Voltando sobre o texto de *O reino e a glória* do qual partimos, a crítica-censura que faz Agamben a Aristóteles consiste em haver distinguido e oposto dois *bíos*, o da vida contemplativa (inoperosa) e o da vida política (ativa) e, desse modo, haver despistado a filosofia e a política por muito tempo. A partir dessa censura, aclara-se a dificuldade que levantamos acerca da relação entre *bíos*, inoperosidade e política. Na perspectiva clássica, segundo a distinção aristotélica, o *bíos* é uma realidade política, se se entende a política em termos ativos. Se se a pensa, ao contrário, como inoperosidade, como o faz Agamben, o *bíos* político de Aristóteles não é propriamente político.

As relações entre política e vida constituem o tema central de *O aberto*. Ainda que se faça referência à pós-história e à inoperosidade, é necessário ter em conta, como veremos em seguida, que as reflexões dessa obra estão mais perto da problemática de *Homo sacer I* que de *O reino e a glória*. O conceito de máquina antropológica superpõe-se, de fato, ao de estado de exceção. Agamben apresenta a questão nestes termos:

> Em nossa cultura, o homem sempre foi pensado como a articulação e a conjunção de um corpo e de uma alma, de um vivente e de um *lógos*, de um elemento natural (o animal) e de um elemento sobrenatural, social ou divino. Devemos, ao contrário, aprender a pensar o homem como o que resulta da desconexão desses dois elementos, e não investigar o mistério metafísico da conjunção, mas o mistério prático e político da separação. Que é o homem, se ele é sempre o lugar – e conjuntamente o resultado – de divisões e cesuras incessantes? Trabalhar sobre essas divisões, perguntar-se em que modo – no homem – o homem foi separado do não homem e o animal do humano é mais urgente que tomar posição sobre as grandes questões, sobre os chamados valores e direitos humanos. E, talvez, também a esfera mais luminosa das relações com o divino

dependa, de algum modo, dessa – mais obscura – que nos separa do animal (2002b, p. 24).

Segundo Agamben, uma genealogia do conceito nos mostra que a vida não foi objeto de definição, mas de divisão e articulação. Seguindo uma linha que vai de Aristóteles até o século XX, Agamben percorre a história dessas operações. Suas etapas, cujas linhas essenciais expomos a seguir, descrevem o funcionamento da máquina antropológica, na qual se produz "o mistério prático e político da separação".

Nessa história, Aristóteles ocupa um lugar paradigmático. Para Agamben, o modo com que este dividiu e articulou o conceito de vida, isolando a vida nutritiva e vegetativa, "constitui um acontecimento em todo sentido fundamental para a ciência ocidental" (p. 22). Aristóteles afirma, em primeiro lugar, que o "viver", como o "ser", diz-se de muitas maneiras (*De anima*, 413a): das plantas, dos animais, dos homens. E logo sustenta que a potência nutritiva (*threptikón*) é o que permite dizer de algo que é um vivente. Todos os outros modos com que dizemos de algo que é um ser vivente remetem à potência nutritiva e a supõe. Vários séculos mais tarde, no XIX, observa Agamben, Bichat distinguirá a "vida animal" da "vida orgânica" que é só, como a vida nutritiva de Aristóteles, uma sucessão habitual de assimilações e secreções, sem consciência. Ou também, segundo outra terminologia utilizada por Bichat, entre um "animal que existe adentro", a vida orgânica, e um "animal que vive afora". Só este último merece propriamente o nome de vida animal. Esses dois animais convivem no homem, porém sem coincidir. Para Agamben, a delimitação da vida vegetativa de Aristóteles ou da vida orgânica de Bichat é precisamente o que está em jogo, durante a Modernidade, tanto no progresso da ciência quanto no pensamento jurídico. Por exemplo, no desenvolvimento da anestesia ou na determinação da morte. Essa vida vegetativa, afirma aqui Agamben, é a "vida nua", a vida desconectada de toda atividade cerebral, de todo *sujeito* (p. 23).

A separação da vida vegetativa, "nua", a respeito de todas as outras formas do vivente é a primeira cisão no conceito de vida. Uma segunda divisão concerne à problemática fronteira entre a vida animal e a propriamente humana.

Para Lineu, assinala Agamben, do ponto de vista das ciências da natureza resulta difícil estabelecer uma diferença específica entre o homem e os símios. Em sua classificação, Lineu inscreve o homem na lista dos primatas; porém, junto ao nome genérico *"homo"*, não coloca nenhum rasgo específico, mas um imperativo *"nosce te ipsum"*, "conhece-te a ti mesmo": "o homem é o animal que deve reconhecer-se humano para sê-lo" (p. 33). Sustenta Agamben: "*Homo sapiens* não é, então, nem uma substância nem uma espécie claramente definida; é, antes, uma máquina ou um artifício para produzir o reconhecimento do humano" (p. 34).

Na época de Lineu, a *máquina antropológica* é uma máquina ótica. Para Hobbes, por exemplo, consistia em uma série de espelhos onde o homem vê sua imagem sempre deformada em rasgos simiescos.

No entanto, seguindo o percurso de Agamben, no marco do evolucionismo do século XIX, a fronteira entre o animal e o homem passava pela questão do *missing link*, do elo perdido. Também nesse contexto, é problemática a separação entre o humano e o animal. Para mostrá-lo, Agamben toma em consideração o conceito de *sprachloser Urmensch* (*homo alalus*, homem privado de linguagem), que havia utilizado Ernst Haeckel para referir-se ao *pithecanthropus erectus*, e as aporias que o linguista Heymann Steinthal assinalou a respeito. Enquanto linguista, numa perspectiva evolucionista, observa Agamben, Steinthal preocupa-se por mostrar como pode surgir a linguagem a partir de um estágio desprovido de linguagem. Imagina então, à maneira de hipótese, uma alma humana desprovida de linguagem, uma vida perceptiva, e compara-a com o animal. Trata-se, claramente, de uma pressuposição do homem provido de linguagem. Porém, precisamente, esse homem desprovido de linguagem é um homem-animal, e não um animal-homem, é já uma espécie de homem. Essa diferença resulta necessária para poder explicar por que uma determinada vida perceptiva e intuitiva, a do homem-animal, dá origem à linguagem e outra, a vida perceptivo-intuitiva do animal, ao contrário, não.

A máquina antropológica dos modernos funciona, desse modo, "excluindo de si, como não (todavia) humano, um já humano, quer dizer, animalizando o humano, isolando o não humano no homem: o *homo alalus*, o homem-mono" (p. 42). Ela produz, segundo Agamben, uma espécie de "estado de exceção", de zona de indeterminação, de inclusão/exclusão. A máquina antropológica antiga funciona de maneira inversa, porém simétrica: incluindo um "afora", humanizando o animal. O bárbaro, o estrangeiro, é visto como um animal com forma humana.

Se, na história da máquina antropológica dos modernos, avançamos para além da problemática paleontológica do evolucionismo, na zona de indiferenciação que ela produz, nós nos encontraremos com o judeu ou o *néomort*, o não humano produzido a partir do humano. Como o *estado de exceção*, a máquina antropológica é o lugar de uma decisão que separa e volta a articular incessantemente o animal e o humano e, assim, gera essa vida que não é nem humana nem animal, mas só *vida nua* (p. 43).

A animalidade do homem ou, melhor, sua animalização é levantada por Agamben ao início de *O aberto*, em relação com os cenários kojèvianos da pós-história. Para Kojève, de fato, ao final da história, ao menos segundo uma de suas interpretações, o homem regressa à animalidade, a felicidade cede seu lugar à satisfação e a linguagem se converte em um sistema estimulador de reflexos condicionados (p. 9-11). Até o final do livro, a categoria de inoperosidade, da qual nos ocuparemos amplamente no capítulo seguinte, abre outro cenário:

> Tornar inoperosa a máquina que governa nossa concepção do homem já não significará, portanto, buscar novas, mais eficazes ou mais autênticas, articulações, mas exibir o vazio central, o hiato que separa, no homem, o homem e o animal, arriscar-se nesse vazio: suspensão da suspensão, *shabat* tanto do animal como do homem. [...] Talvez haja um modo no qual os viventes possam sentar-se no banquete messiânico dos justos sem assumir uma tarefa histórica e sem fazer funcionar a máquina antropológica (p. 94-95).

Capítulo 4
Uma arqueologia da potência

Em um de seus livros mais recentes, Agamben (2008a) pergunta-se: o que é o contemporâneo? Nas pouco mais de vinte páginas que compõem esse ensaio, esboçam-se três respostas possíveis. A primeira recolhe a atitude de Nietzsche nas *Considerações intempestivas*. Contemporâneo é o que estabelece com seu tempo uma relação de inatualidade. Adere a ele mediante um anacronismo, vê como um defeito o que sua época vive com orgulho. A segunda resposta apoia-se em um dado da neurofisiologia. Certas células periféricas à retina, quando falta a luz, entram em atividade e nos fazem ver a obscuridade. E também, em um dado da astronomia. A obscuridade do firmamento são luzes dirigidas até nós que não logram nos alcançar porque a fonte que as emite se afasta a uma velocidade superior à da luz. Contemporâneo é, nesse sentido, quem é capaz de perceber, em sua própria época, não só a obscuridade, mas também as luzes. Por isso, afirma Agamben (2008a, p. 16), os contemporâneos são raros, pois sê-los "significa ser capazes não só de ter fixo o olhar na obscuridade da época, mas também de perceber na obscuridade uma luz que, dirigida até nós, afasta-se infinitamente". A terceira resposta está relacionada com Foucault, com sua arqueologia. Ser contemporâneo é, nesse sentido, inscrever-se no próprio tempo percebendo nele as marcas da proveniência.

Qualquer das três atitudes descritas ou, melhor talvez, as três ao mesmo tempo servem para caracterizar o próprio percurso do autor. O pensamento de Agamben, de fato, pode ser visto como um contínuo esforço para manter com o próprio tempo uma relação de contemporaneidade.

Nos capítulos precedentes seguimos parte desse percurso. A nosso juízo, alguns de seus momentos fundamentais: a crise da *poíesis*, a negatividade do humano que a relação entre a linguagem e a morte põe em relevo, a dimensão biopolítica da soberania que encontra sua realização paradigmática nos campos de concentração e extermínio, a descrição da máquina econômico-governamental e da máquina antropológica do Ocidente que funcionam fazendo girar seus mecanismos no vazio. Essa enumeração de temas pode dar a impressão, ao menos à primeira vista, de que o pensamento de Agamben, sua resposta à pergunta "o que é o contemporâneo?", conduz só a um diagnóstico crítico. Uma leitura atenta, ao contrário, mostra como o autor está em busca das categorias com as quais pensar de outra maneira ou, segundo duas expressões frequentemente utilizadas em seus trabalhos, das categorias da *filosofia que vem* e da *política que vem*. É sobretudo essa busca a que faz dele um contemporâneo.

Intitulamos este capítulo final: uma arqueologia da potência. A nosso modo de ver, essas duas noções definem o horizonte do pensamento de Agamben e de sua contemporaneidade. Seus trabalhos são, finalmente, uma arqueologia da potência. Em relação com essas duas categorias, nós nos ocuparemos dos outros conceitos que, em nossa visão, estruturam sua filosofia: paradigma, exemplo, assinatura, dispositivo, inoperosidade, messianismo, resto, profanação.

Três dessas noções, assinatura, paradigma e arqueologia, foram objeto de uma abordagem sistemática por parte do autor em seu recente trabalho metodológico, *Signatura rerum: sobre o método* (2008). Em parte seguiremos esse desenvolvimento, porém modificando a ordem e completando-o com as referências a seus trabalhos anteriores.

Arqueologia

Segundo esclarece Agamben na "Advertência" introdutória de *Signatura rerum* (2008b, p. 8), os conceitos que serão abordados no livro remetem a Michel Foucault, de quem "o autor nos últimos anos teve a ocasião de aprender muito". De todos os modos, como veremos, se bem a argumentação de Agamben tenha como centro a obra de Foucault, ela se estende até outros autores, até o ponto de constituir uma espécie de mapa de referências múltiplas no qual se incluem autores de diferentes correntes e épocas.

As primeiras referências de Agamben a Michel Foucault remontam a *Infância e história*. Tornam-se frequentes a partir de *Homo sacer I*, em que se retomam em sentido crítico algumas de suas teses sobre a biopolítica. O mesmo sucede em *O reino e a glória*. Em *O que resta de Auschwitz*, "Arqueologia de uma Arqueologia", *Que é um dispositivo?* e *Signatura rerum*, ao contrário, as referências a Foucault não concernem tanto aos resultados de seus trabalhos, mas a seus instrumentos conceituais, a seu método; em particular a sua arqueologia.[39]

---

[39] Um percurso detalhado pelas páginas de Agamben rastreando as referências a Foucault, em ordem cronológica, arrola os seguintes resultados: *Infância e história*, p. XI (referência da expressão foucaultiana "o ser bruto da linguagem"). *Homo sacer I*, p. 5-10 (retomam-se as teses de Foucault sobre a biopolítica em *A vontade de saber* e nos cursos no Collège de France; critica-se a falta de análise do ponto de convergência entre as técnicas políticas e as tecnologias de si mesmo), 12 (propõe-se corrigir a tese foucaultiana acerca da inclusão da vida biológica na esfera da política; segundo Agamben, ela é antiquíssima, o que caracteriza a modernidade é que a exceção se converte em regra), 22, 24, 97 (retoma-se a problematização foucaultiana da soberania), 123, 131, 134, 161, 209-210. *Meios sem fim*, p. 9, 16, 107. *O que*

Foi sem dúvida Foucault quem pôs novamente em circulação esse termo e esse conceito no âmbito do pensamento filosófico. Não foi ele, no entanto, o primeiro a utilizá-lo. Já Kant havia falado de uma "arqueologia filosófica". E tampouco foi o primeiro a abordar a problemática implícita nesse conceito. Ela se encontra, assinala Agamben, também em Kant, em Nietzsche, que constitui nesse tema um autor de referência para Foucault, e nos conceitos de pré-história (*Urgeschichte*) de Franz Overbeck e de ultra-história (*ultrahistoire*) de Georges Dumézil.

Por arqueologia devemos entender "a prática que, em toda investigação histórica, não se ocupa da origem, mas do ponto de insurgência do fenômeno" (AGAMBEN, 2008b, p. 90). Por isso, em um extenso artigo dedicado a esse tema, *Nietzsche, la généalogie, l'histoire* (1971), Foucault distingue, seguindo

---

resta de Auschwitz, p. 76-78 (retoma-se a tese de Foucault, em *A vontade de saber*, sobre a degradação da morte como consequência do advento da biopolítica e sobre o racismo como continuação do antigo poder soberano de fazer morrer), 115, 128-135 (problematizam-se as noções foucaultianas de *arquivo* e *enunciado*), 142, 144, 153. *O tempo que resta*, p. 59, 61, 124-125 (faz-se referência à análise foucaultiana das formas de veridição). *O aberto*, p. 20 (a propósito da noção de biopoder), 23, 83. *Estado de exceção*, p. 82 (sobre a expressão foucaultiana "novo direito"). "Arqueologia de uma arqueologia", p. XI, XVI, XVIII-XXI, XXIII-XIV, XXVI-XXVII, XXXI-XXXIV. Dessas referências nos ocuparemos em detalhe no corpo da exposição. *Profanações*, p. 67-71 (sobre a noção de autor), 73, 80. *Potência do pensamento*, p. 112, 116, 377-381 (a propósito dos conceitos de vida e imanência), 393-394, 399, 402-403. *Que é um dispositivo?*, p. 5, 8, 10-14, 18-21, 29. Todas estas referências giram em torno da noção de dispositivo e as possíveis fontes desse conceito em Foucault. *O reino e a glória*, p. 9 (Agamben assinala as razões pelas quais Foucault não logrou concluir sua investigação sobre a governamentalidade), 16, 90-91 (sobre a noção de pastorado e governo), 122, 125 (sobre a noção de governamentalidade), 128, 130, 182, 299-300 (sobre a articulação de soberania e governo). *Que é o contemporâneo?*, p. 25. *Signatura rerum*, p. 8, 11- 20, 24, 33, 39, 42, 59-66, 80-81, 84, 93-98, 103-107. Também dessas referências nos ocuparemos detalhadamente no corpo da exposição.

precisamente o vocabulário nietzschiano, entre origem (*Ursprung*), proveniência (*Herkunft*) e surgimento (*Entstehung*). A tarefa da arqueologia foucaultiana e da genealogia nietzschiana não é a de buscar e encontrar uma origem que explique em termos ideais e teleológicos o desenvolvimento da história, e, portanto, o que já era; mas a de descrever como as realidades históricas surgem em determinado momento a partir de outras realidades históricas, heterogêneas a elas, porém das quais, no entanto, provêm. Nesse sentido, afirma Agamben:

> A operação que leva a cabo a genealogia consiste na evocação e na eliminação da origem e do sujeito. Porém, posto que se trata finalmente de remontar-se ao momento no qual os saberes, os discursos e os âmbitos de objetos se constituíram, o que ocupa o lugar da origem e do sujeito? [...] Onde se situam essa 'proveniência' (*Herkunft*) e esse "surgimento" (*Entstehung*), se eles nunca podem ocupar o lugar da origem? (p. 85)

Uma primeira resposta a encontramos, segundo Agamben, no mais fiel amigo de Nietzsche, o teólogo Franz Overbeck. E, mais precisamente, na distinção que este estabelece entre *Urgeschichte* (pré-história) e *Geschichte* (história). Em todo fenômeno histórico é possível separar, desse ponto de vista, entre sua história, que começa quando se pode dispor de testemunhos confiáveis, e sua pré-história, que nos põe ante um passado qualitativamente diferente, heterogêneo na origem histórico--cronológica, de onde surgiu o fenômeno em questão. A pré--história ocupa-se, precisamente, da emergência do fenômeno. É, por isso, uma história de sua emergência (*Entstehungsgeschichte*). Essa tarefa, precisa Agamben, implica confrontar-se com a tradição e "desconstruir os paradigmas, as técnicas e as práticas por meio das quais ela regula as formas de transmissão, condiciona o acesso às fontes e determina, ao mesmo tempo, o próprio estatuto do sujeito cognoscente" (p. 90). O ponto de emergência, de fato, concerne tanto ao aspecto objetivo como ao aspecto subjetivo do fenômeno histórico.

Outra possível resposta fornece-nos Dumézil que, diferenciando-se do estruturalismo reinante na época, apresenta seu trabalho como o esforço para alcançar uma franja de ultra--história (*ultrahistoire*), ocupada pelo indo-europeu e quem o falava (p. 92). Como a *Urgeschichte*, tampouco a *ultra-história* situa-se no nível da cronologia, sem que por isso esteja fora do tempo.

No entanto, a *Urgeschichte* como a *ultrahistoire*, assim como a noção foucaultiana de *a priori histórico*, colocam-nos ante uma particular estrutura temporal, ante um passado cuja natureza não pode ser pensada em termos de origem, ao menos no sentido cronológico. Para Agamben, não foi Foucault, mas Enzo Melandri quem tratou de trazer à luz a particular natureza do passado do qual se ocupa a arqueologia.

"Arqueologia de uma arqueologia" intitula-se a introdução de Agamben à obra de Melandri, *Il circolo e la línea* (*O círculo e a linha*) (2004, p. XI-XXXV). O tema geral dessa obra é a noção de analogia ou, mais precisamente, a "guerra civil" entre lógica e analogia, entre um pensamento dicotômico e um pensamento da bipolaridade (p. XIII). Os dois paradigmas, o da dialética e o da analogia, opõem-se ponto por ponto, assinala Agamben: ao princípio de terceiro excluído, o princípio analógico opõe o do terceiro incluído; ao de contradição, o de contrariedade; à identidade elementar, a identidade funcional; à extensionalidade, a intencionalidade; ao discreto, o contínuo; ao modelo da substância, o do campo (p. XVII). Não se trata, no entanto, de substituir um paradigma por outro superior, mas de transformá-los a ambos. A guerra entre eles é, precisamente, civil, pois não persegue a eliminação de nenhum dos contendentes.

Nessa guerra, a estratégia do paradigma analógico é transformar as dicotomias da lógica em bipolaridades, ou seja, em um campo atravessado por tensões vetoriais entre dois polos, para fazer aparecer um terceiro termo, que não é a superação dos anteriores, não é da mesma natureza que eles, mas que os *desidentifica* e *desnaturaliza* (p. XVII).

Agamben oferece-nos um exemplo a propósito de um tema que aborda em *O tempo que resta* (2000, p. 52-55), a oposição que estabelece Paulo entre circuncidados e incircuncidados, entre judeus e não judeus. Paulo desarticula essa dicotomia servindo-se de outra, a oposição carne/espírito. Desse modo haverá judeus segundo a carne e judeus segundo o espírito, não judeus segundo a carne e não judeus segundo o espírito.

> Sob o efeito dessa divisão da divisão, a partição judeus/ não judeus deixa de ser exaustiva, pois, agora, haverá judeus (segundo a carne) que não são judeus [segundo o espírito], e não judeus [segundo a carne] que não são não judeus [segundo o espírito]. Em cada uma das duas partes da dicotomia aparece agora como resto um terceiro analógico (que podemos chamar os não não judeus). Porém esse terceiro analógico (o "cristão", ou seja, o messiânico) não constitui uma nova identidade substancial, mas que é o que resulta da desidentificação dos dois primeiros termos (p. 2004, p. XVIII).

Procedendo desse modo, observa Agamben, Melandri busca estabelecer uma terceira via para o pensamento, a metade do caminho entre a fenomenologia e a filosofia transcendental que dominam a filosofia contemporânea. Para isso, retoma, por um lado, as indicações de Foucault em *A arqueologia do saber*, de fazer imanente ao fenômeno sua explicação, e, por outro lado, de Paul Ricoeur, que pensa sua arqueologia em termos freudianos de regressão, a saber, a partir do que não experimentamos, porém é constitutivo de nosso presente (2000, p. 100).

No entanto, na perspectiva de Foucault, a regressão arqueológica adquire, para Melandri, um sentido diferente ao que possui em Freud. Ela não busca remontar-se ao inconsciente, mas ao momento em que se produz a dicotomia entre consciência e inconsciente.

> A regressão arqueológica é, pois, elusiva; não tende, como em Freud, a reconstruir um estado precedente, mas a decompô-lo, a deslocá-lo e, em última análise, a circunscrevê-lo, para remontar-se não a seus conteúdos, mas às modalidades, às circunstâncias e aos momentos da cisão que, removendo-os, os constituíram como origem. Ela é, nesse sentido, o exato revés do eterno retorno: não quer repetir o passado para aprovar o que foi, transformando o "assim foi" em um "assim quis que fosse". Quer ao contrário deixá-lo ir, livrar-se dele, para acessar, mais além ou mais aquém dele, o que não foi nunca, o que não quis nunca.
>
> Só então o passado não vivido revela-se pelo que era: contemporâneo do presente, e torna-se desse modo pela primeira vez acessível, apresenta-se como "fonte". Por isso a contemporaneidade, a copresença do próprio presente, enquanto implica a experiência de um não vivido e a recordação de um esquecimento, é rara e difícil; por isso a arqueologia, que se remonta para aquém da recordação e do esquecimento, é a única via de acesso ao presente (p. 103).

Do mesmo modo, a regressão arqueológica busca remontar ao caminho para além da dicotomia entre história e historiografia, até uma *arché* que "não deve ser entendida de nenhum modo como um dado que se possa situar em uma cronologia [...]. Ela é uma força que opera na história" (p. 110). Por isso, a propósito da temporalidade da *arché* arqueológica, é possível falar de um futuro anterior, um passado no futuro, um passado que se acesse por meio da arqueologia (p. 106).

No entanto, na medida em que a arqueologia busca constituir-se como uma terceira via entre a fenomenologia e a filosofia transcendental, ela busca pensar por meio de matrizes paradigmáticas.

Paradigma, exemplo

Em *Signatura rerum*, a exposição de Agamben sobre o conceito de paradigma começa com uma questão que, finalmente, será deixada de lado: a relação entre o conceito foucaultiano de paradigma e o de Thomas Kuhn, cuja proximidade o próprio Foucault quis conjurar. Por um lado, afirma Agamben, essa proximidade parece indubitável. "Assim como Kuhn deixa de lado a individuação e o exame das regras que constituem uma ciência normal, para concentrar-se nos paradigmas que determinam o comportamento dos científicos; assim Foucault põe em questão o primado tradicional dos modelos jurídicos da teoria do poder, para fazer emergir em primeiro plano as múltiplas disciplinas e as técnicas políticas por meio das quais o Estado integra dentro de si o cuidado da vida dos indivíduos. E assim como Kuhn separa a ciência normal do sistema de regras que a define, do mesmo modo Foucault distingue frequentemente a 'normalização', que caracteriza o poder disciplinar, do sistema jurídico dos procedimentos legais" (p. 14). Para além dessa proximidade, precisa Agamben, não se trata de "uma afinidade real", mas do "fruto de uma confusão" (p. 16). Por um lado, o interesse de Foucault, de fato, não está dirigido até a epistemologia, mas até a política – nesse caso, dos enunciados –, até o regime dos enunciados, quer dizer, até o modo em que os enunciados governam-se uns aos outros. Por outro lado, a análise de Foucault não toma em consideração os sujeitos, os membros da comunidade científica, mas a existência anônima dos enunciados.[40]

> Foucault desloca a atenção dos critérios que permitem a constituição da ciência normal em relação com os sujeitos (os membros de uma comunidade científica) até o puro

---

[40] Como já expusemos, da noção de enunciado em Foucault já se havia ocupado Agamben, a propósito do conceito de arquivo, em *O que resta de Auschwitz* (1998, p. 128-136).

dar-se de "conjuntos de enunciados" e de "figuras", independentemente de qualquer referência aos sujeitos ("um conjunto de enunciados adquire importância", "a figura… assim desenhada") (AGAMBEN, 2008b, p. 17).

Podemos supor que a confrontação entre Foucault e Kuhn, da qual se ocupam as páginas iniciais de *Signatura rerum* e que, para além das proximidades, concluem sublinhando a diferença irredutível entre ambas as posições, têm por objetivo explicar por que Foucault, à diferença de quanto sucede com outros conceitos metodológicos, não dá nenhuma definição de paradigma, e tampouco o termo é frequente em seus escritos.[41] Apesar disso, para Agamben, o panóptico em *Vigiar e punir*, o grande parto na *História da loucura*, a confissão ou o cuidado de si mesmo na *História da sexualidade* são paradigmas. É mais, o paradigma define "o método foucaultiano em seu gesto mais característico" (AGAMBEN, 2008b, p. 19). Certamente, não se trata do paradigma entendido em sentido kuhniano, que já foi descartado, mas entendido como: "um caso singular que é isolado do contexto do qual forma parte, só na medida em que, exibindo sua própria singularidade, torna inteligível um novo conjunto" (p. 20). Um paradigma é, em suma, um exemplo que, pelo fato de ser um exemplo, é um modelo. Trata-se de um exemplo "cuja função é construir e fazer inteligível um inteiro e mais amplo contexto histórico-problemático" (p. 11). Nesse sentido, o panóptico, o grande parto, a confissão e o cuidado de si, em Foucault, o *homo sacer*, o *muçulmano*, o estado de exceção e o campo de concentração, em Agamben, são paradigmas.

Certamente não é a primeira vez que Agamben ocupa-se da noção de exemplo. A ela estão dedicadas duas breves, porém

---

[41] Com o sentido que atribui Agamben ao termo, encontramos um único texto em que Foucault fala de paradigma. Na *Histoire de la folie à l'âge classique*, a propósito da obra de Diderot, *Le Neveu de Rameau*, de fato, Foucault diz que haveria que interrogar essa obra como "*un paradigme raccourci de l'histoire*" (FOUCAULT, 1972, p. 432).

densíssimas páginas de *A comunidade que vem* (1990) que levam como título, precisamente, "Exemplo". Em grego, assinala aqui Agamben (2001b, p. 14), exemplo se diz "*para-deígma*", o que se mostra ao lado.[42] Trata-se, afirma, de um conceito que escapa à antinomia entre o universal e o particular: "é uma singularidade como as outras, porém que ocupa o lugar de cada uma delas, vale por todas elas" (p. 14). Mais tarde, em *Homo sacer*, explica que *exceção* e *exemplo* são duas noções simétricas. Elas conformam um sistema: enquanto a *exceção* é uma relação de exclusão-inclusiva, o *exemplo*, por sua parte, é uma relação de inclusão-exclusiva. Um *exemplo*, de fato, é excluído do caso normal, não porque seja diferente, mas, pelo contrário, porque pertence à normalidade e porque é capaz de mostrar essa pertinência e, por isso, serve como modelo (AGAMBEN, 1995, p. 26-27).

Tampouco é a primeira vez que Agamben se serve da noção de paradigma entendido nesses termos. Assim, a propósito da *fonte de amor* ou do *espelho de Narciso*, em *Estâncias*, ele fala de "paradigma exemplar" do fantasma convertido em autêntico objeto do amor (1977, p. 99). Em *Homo sacer*, em relação com a categoria de *exemplo*, aborda também o conceito de paradigma em termos metodológicos (1995, p. 27). Ademais, vale a pena sublinhá-lo, a terceira parte dessa obra leva como título: "*O campo como paradigma biopolítico do moderno*".

No entanto, recorrendo à história da filosofia e do pensamento em geral, assinala Agamben (2008b, p. 20-32), da problemática do paradigma-exemplo ocuparam-se Aristóteles, Kant, Victor Goldschmidt, em sua leitura de Platão, e Aby Warburg.

A respeito de Aristóteles, Agamben refere-se à passagem dos *Analíticos primeiros* (69a, 13-14) em que se distingue o

---

[42] Daqui deriva o termo "paradigma" e é o mesmo conceito que expressa literalmente o termo alemão *Bei-spiel*, o que joga ao redor.

procedimento paradigmático tanto da dedução como da indução. Enquanto a dedução vai do todo à parte e a indução percorre o caminho inverso, da parte ao todo, o paradigma vai da parte à parte. A respeito de Kant, a referência é à *Crítica do juízo*, na qual o filósofo de Königsberg fala do juízo estético como de um exemplo do qual é impossível dar uma regra. Victor Goldschmidt, por sua parte, fala da noção de paradigma em Platão como de um fenômeno singular que contém, de alguma maneira, a forma que se busca definir. A respeito, sublinha Agamben: "A relação paradigmática não transcorre simplesmente entre os objetos sensíveis singulares, nem entre estes e uma regra geral, mas, sobretudo, entre a singularidade (que desse modo se converte em paradigma) e sua exposição (isto é, sua inteligibilidade)" (p. 25). Quanto a Warburg, a noção de *Urphänomen* que define a relação entre as imagens que compõem o *atlas de imagens* warburguiano deve ser entendida em termos paradigmáticos.

Agamben inclui duas referências mais sobre a noção de *paradigma-exemplo*. O conceito de regra na tradição monástica: "ao menos até São Benito, a regra não é uma norma geral, mas só a comunidade de vida (o cenóbio, *koinós bíos*) que resulta de um exemplo no qual a vida de cada monge tende, no limite, a converter-se em paradigmática, a constituir-se como *forma vitae* [forma de vida]" (p. 23-24). E Enzo Melandri, do qual já nos ocupamos.

Quase ao final do capítulo dedicado a esse conceito, Agamben resume em seis proposições o conceito de paradigma:

> 1) Um paradigma é uma forma de conhecimento nem indutiva nem dedutiva, mas analógica, que se move da singularidade à singularidade. 2) Neutralizando a oposição entre o geral e o particular, substitui a lógica dicotômica por um modelo analógico bipolar. 3) O caso paradigmático torna-se o que é suspendendo e, ao mesmo tempo,

expondo sua pertinência ao conjunto, de modo que não é possível separar nele a exemplaridade da singularidade. 4) O conjunto paradigmático nunca é pressuposto pelos paradigmas, permanece imanente a eles. 5) No paradigma não há uma origem ou uma *arché*: qualquer fenômeno é a origem, toda imagem é arcaica. 6) A historicidade do paradigma não está nem na diacronia nem na sincronia, mas no entrecruzamento delas (p. 32-33).

Duas observações mais buscam evitar todo equívoco sobre o uso desse conceito em seu próprio trabalho. Conforme a primeira, o *homo sacer* ou o *muçulmano*, o *estado de exceção* ou o *campo de concentração* não são "hipóteses" explicativas que buscam reduzir a modernidade "a uma causa ou a uma origem histórica", mas "paradigmas, cujo objetivo era fazer inteligível aqueles fenômenos cujo parentesco havia escapado ou podia escapar à mirada histórica" (p. 33). Conforme a segunda, não tem sentido perguntar-se se a paradigmaticidade de uma determinada figura reside nas coisas ou na mente do investigador. Ela tem "caráter ontológico, não se refere à relação cognitiva entre um sujeito e um objeto, mas ao ser. Há uma ontologia paradigmática" (p. 34).

Assinatura

A noção de *assinatura* remete, em primeiro lugar, a dois autores do Renascimento, Paracelso (1493-1541) e Jakob Böhme (1575-1624). A eles está dedicada a primeira parte do capítulo "Teoria das assinaturas" de *Signatura rerum*. Segundo Paracelso, que, como assinala Agamben, intitula "De signatura rerum naturalium" ["Das assinatura das coisas naturais"] o livro IX de seu *De natura rerum* [*Da natureza das* coisas], "todas as coisas levam um signo que manifesta e revela suas qualidades invisíveis" (p. 35).

Esses signos, que Paracelso chama propriamente assinaturas, foram postos às coisas por três *assinadores*: o homem, o Arqueu

(*Archeus*)⁴³ e as estrelas. Os signos dos astros fazem possíveis as profecias e os presságios. A respeito das assinaturas postas pelo Arqueu, Paracelso menciona, como exemplos, os cornos do cervo e da vaca que indicam o número de seus partos. A respeito do homem como *signator*, caso ao qual se interessa particularmente Agamben (2008b, p. 37-40), os exemplos de Paracelso são os seguintes: o pequeno pedaço de tela amarela que levam os judeus em suas vestimentas, a insígnia dos mensageiros, as marcas ou signos dos artesãos, os signos que indicam o valor das moedas e o selo que acompanha as cartas. Segundo a análise que leva a cabo Agamben, a respeito das assinaturas impostas pelo homem:

> Em todos esses casos, a assinatura não expressa simplesmente uma relação semiótica entre um *signans* e um *signatum*. Ela é, antes, o que, situando-se nessa relação, porém sem coincidir com ela, a move e desloca até outro âmbito, inserindo-a em uma nova rede de relações pragmáticas e hermenêuticas. [...] deslocando essa relação até a esfera pragmático-política, eles [o pequeno pedaço de tela amarela, a insígnia do mensageiro] expressam, antes, o comportamento que se deve ter [...] (p. 42-43).

Paracelso, ademais, fala de uma arte da assinatura, *Kunst Signata*, paradigma de toda assinatura. Trata-se da língua que contém o arquivo de todas as semelhanças.

Em Jakob Böhme, que intitula sua obra *De signatura rerum* [*Da assinatura das coisas*], aprofunda-se a teoria da assinatura,

---

[43] No artigo "Arqueu" do *Dicionário paracelsiano*, publicado por Gerard Dorn em 1584, define-se nestes termos: "Espírito sumo, altíssimo, invisível, que, separado dos corpos, alça-se por cima dele e ascende, virtude oculta da natureza, artífice e médico de todo gênero de coisas. Como o Arquiatra, é o supremo médico da natureza, toda coisa tem seu próprio Arqueu particular, o Arqueu reparte ocultamente qualquer membro no elemento aéreo. Assim o Arqueu é o primeiro na natureza, força ocultíssima, produtora de todas as coisas desde o Iliastro, sustentada sem dúvida ao máximo pela virtude divina".

sobretudo, enquanto concerne à sua relação com a noção de signo. Sobre duas observações de Böhme concentra sua atenção Agamben. De acordo com a primeira, precisamente, a assinatura não coincide com o signo, mas com o que o faz inteligível (p. 44). Conforme a segunda, o paradigma da linguagem natural das assinaturas se encontra na cristologia (p. 45). A partir dessa última observação, a análise de Agamben se ocupará da relação entre a teoria da assinatura e a teologia.

Para Agamben, muito antes que na ciência e na magia renascentistas, é possível encontrar um significativo desenvolvimento da problemática da assinatura na teologia dos sacramentos. Nela confluem, sem encontrar nunca um equilíbrio perfeito, três correntes conceituais: a que pensa os sacramentos em termos de mistério (São Isidoro de Sevilha), a que os concebe como uma medicina da alma (Hugo de São Vitor) e, finalmente, a que os define como signos eficazes (que remonta a Santo Agostinho, porém que encontra sua expressão mais acabada na *Suma teológica* de Santo Tomás de Aquino). Precisamente nessa última corrente, a noção de signo mostrará sua insuficiência. Um sacramento, de fato, não só significa a realidade sagrada, a graça, mas a produz, ao menos como causa instrumental. Trata-se, por isso, de um signo eficaz.

> Um sacramento não funciona como um signo, que, uma vez instituído, significa sempre seu significado, mas como uma assinatura, cujo efeito depende de um *signator* ou, em todo caso, de um princípio – a virtude oculta de Paracelso, a virtude sacramental de Tomás – que, cada vez, o anima e torna efetivo (p. 48).

O nexo entre sacramento e assinatura, afirma Agamben, é todavia mais evidente no caso dos sacramentos que imprimem caráter (o batismo, a confirmação, a ordem sagrada). Nesses casos, "o caráter expressará o modo no qual o sacramento excede seu efeito, algo assim como um suplemento de eficácia, sem outro conteúdo que o puro fato de ser assinado" (p. 50). Por isso, ainda que um sacramento não seja administrado nas condições requeridas para que produza seu efeito medicinal, para que cause a graça na alma (por exemplo, porque é subministrado por um herético), apesar disso, imprime na alma um signo indelével, o caráter, que marca a alma como, tomando um exemplo clássico a respeito, o faziam as marcas corporais que eram impostas aos soldados quando eram arrolados para indicar sua pertinência e, assim, permitir-lhes combater.

Na noção de caráter da teologia dos sacramentos como na noção de assinatura encontramo-nos, como vemos, com a mesma problemática, a de uma realidade que é inseparável do signo porém que não pode ser reduzida à relação de significação. Isso se deve, segundo Agamben, ao provável parentesco de ambas as teorias com a tradição mágico-teúrgica (p. 53).

Também em Foucault ou, mais precisamente, em sua exposição da teoria da assinatura em *As palavras e as coisas* nos encontramos com essa problemática. Na descrição da episteme renascentista, Foucault distingue entre semiologia e hermenêutica, entre os conhecimentos que nos permitem reconhecer que é um signo e os conhecimentos que nos permitem saber qual é seu sentido. Segundo Foucault, no Renascimento, semiologia e hermenêutica superpõem-se. O mundo das assinaturas é um mundo de semelhanças e também o é o mundo das coisas cujas semelhanças nos marcam as assinaturas. Existe, no entanto, uma defasagem entre elas, não coincidem perfeitamente. Nesse ponto, segundo Agamben, devemos reconhecer o aporte decisivo de Enzo Melandri, para quem a assinatura é uma espécie de signo no signo, um índice que remete da semiologia à hermenêutica, do signo a seu sentido, e desse modo nos permite lê-lo. "Se as assinaturas não os fazem falar, os signos não falam" (p. 62).

No entanto, para Agamben, o lugar que ocupam as assinaturas em *As palavras e as coisas* é o mesmo que ocupa a noção de enunciado em *L'Archéologie du savoir*, a ponto que é possível afirmar que "a arqueologia é, nesse sentido, uma ciência das assinaturas" (p. 66). Agamben retoma aqui dois temas que já havia abordado e introduz um novo. A respeito dos temas dos quais já se havia ocupado, retoma, em primeiro lugar, a relação entre a arqueologia foucaultiana e o projeto de uma semântica da enunciação formulado por Benveniste. Em segundo lugar, a relação entre a arqueologia foucaultiana e a concepção arqueológica de Enzo Melandri. De ambos os temas já nos ocupamos.

Quanto ao novo tema introduzido, trata-se da possibilidade de uma ontologia das assinaturas. Nesse sentido, sublinha Agamben, é necessário ter em conta a insistência com a qual Foucault fala dos enunciados em termos de funções de existência e nos oferece, assim, uma descrição ontológica dos mesmos. Na análise dos enunciados, de fato, mais que abordar a linguagem em relação com aquilo a que remete, interroga-os ao nível de suas condições de existência, do dar-se da linguagem. No entanto, já no século XVII, assinala Agamben, encontramo-nos com um intento de vincular a teoria das assinaturas à ontologia. A referência é ao *De veritate* de Herbet de Cherbury, no qual os conceitos que a tradição chama transcendentais (coisa, verdadeiro, bom, algo, uno) são interpretados como assinaturas (p. 66). Assim, a assinatura da unidade remete todo ente até a matemática e a teoria da singularidade; a verdade, até a teoria do conhecimento, etc. Por isso, afirma Agamben: "a ontologia é, nesse sentido, não um saber determinado, mas a arqueologia de todo saber, que indaga as assinaturas que competem aos entes pelo fato mesmo de existir e os dispõe desse modo à interpretação dos saberes particulares" (p. 67).

Do mesmo modo que o capítulo dedicado à noção de paradigma, também a parte final do capítulo sobre a assinatura está consagrada a esboçar as ramificações do conceito no campo do pensamento, especialmente contemporâneo. Em primeiro lugar, segundo Agamben, a noção de indício sobre a qual se fundam os métodos de Morelli, Sherlock Holmes, Freud, Bertillon e Galton "ilumina-se singularmente se é colocada na perspectiva da teoria da assinatura" (p. 71). Em segundo lugar, assinala, pode-se encontrar uma verdadeira teoria da assinatura nos fragmentos que dedicou Walter Benjamin à faculdade mimética. Ademais, para Benjamin, é necessário notar que o âmbito próprio das assinaturas é a história (p. 73).

Uma última observação de Agamben a respeito do conceito de assinatura interessa-nos sobremaneira, particularmente em relação com *O reino e a glória*. Ela concerne ao conceito de secularização que, como já assinalado, foi objeto nos anos 1960 de um aceso debate na Alemanha entre Karl Löwith, Carl Schmitt e Hans Blumenberg. Observa Agamben:

> A discussão estava viciada porque nenhum dos participantes parecia dar-se conta de que "secularização" não era um conceito, no qual estava em questão a "identidade estrutural" entre conceitualidade teológica e conceitualidade política (essa era a tese de Schmitt) ou a descontinuidade entre a teologia cristã e a modernidade (a tese, contra Löwith, de Blumenberg), mas um operador estratégico, que marcava os conceitos políticos para remetê-los à sua origem teológica (p. 77-78).

Por isso, em *O reino e a glória* (2007a, p. 16), afirma-se:

> *A secularização atua no sistema conceitual do moderno como uma assinatura que o refere à teologia. Assim como, segundo o direito canônico, o sacerdote secularizado devia levar um signo da ordem à qual pertencia, assim o conceito secularizado exibe como uma assinatura sua passada pertinência à esfera teológica. O modo em que é entendida a referência operada pela assinatura*

teológica é sempre decisivo. Assim, a secularização também pode entender-se (é o caso de Gogarten) como um aporte específico da fé cristã, que pela primeira vez abre ao homem o mundo em sua mundanidade e historicidade. A assinatura teológica atua aqui como uma sorte de trompe-l'oeil, *no qual justamente a secularização do mundo converte-se na marca de sua pertinência a uma* oikonomía *divina.*

Por último, cabe assinalar que, ainda que o conceito de assinatura tenha se convertido em um conceito explicitamente metodológico nos trabalhos mais recentes de Agamben, é possível encontrá-lo em obras anteriores. Em particular uma afirmação de *O que resta de Auschwitz* (1998, p. 71), a respeito da relação entre o humano e não inumano nos campos, merece ser citada: "o homem leva em si mesmo a assinatura do inumano".

Dispositivo

A outro conceito técnico de Foucault, que também faz próprio, Agamben dedicou um breve escrito, *Que é um dispositivo?* (2006b). As *máquinas* agambenianas, como assinalamos no capítulo precedente, são precisamente dispositivos bipolares que giram em torno de um centro vazio. Nesse breve trabalho Agamben esboça uma possível genealogia do conceito de dispositivo, primeiro em relação com o próprio Foucault e logo para além dele, para vinculá-lo ao conceito de *oikonomía*.

Os dispositivos foucaultianos, assinala, caracterizam-se por serem um conjunto heterogêneo que virtualmente pode incluir qualquer coisa (discursos, instituições, edifícios, proposições filosóficas, etc.), têm sempre uma função estratégica e formam-se no entrecruzamento das relações de poder e relações de saber. No entanto, para Agamben (2006b, p. 7-8), a genealogia foucaultiana desse conceito há que rastreá-la por meio de outro, *positividade*, que Foucault utiliza em *A arqueologia do saber* e que haveria tomado dos escritos de Hyppolite sobre Hegel.

> Se "positividade" é o nome que, segundo Hyppolite, o jovem Hegel dá ao elemento histórico com toda sua carga de regras, ritos e instituições que são impostos aos indivíduos por um poder externo, porém, para dizê-lo de algum modo, são interiorizados por meio dos sistemas de crenças e sentimentos; então, Foucault, tomando emprestado esse termo (que mais tarde se converterá em "dispositivo"), toma posição acerca de um problema decisivo, que é também seu próprio problema: a relação entre os indivíduos como seres viventes e o elemento histórico. [...] esse [o conceito de dispositivo] ocupa o lugar dos que ele define criticamente como "os universais" (*les universeaux*) (p. 11-12).

No entanto, para além de Foucault, ponto de particular interesse para Agamben, o termo "dispositivo" deriva do latim "*dispositio*", que, como já mostramos a propósito das análises de *O reino e a glória*, é uma tradução do grego "*oikonomía*". Herda, desse modo, toda problemática da semântica teológica: "o termo dispositivo nomeia aquilo no qual e por meio do qual se realiza uma pura atividade de governo sem nenhum fundamento no ser" (p. 19).

Segundo uma definição à qual também nos referimos no capítulo anterior, Agamben generaliza a noção de dispositivo até fazê-la coincidir com qualquer mecanismo que seja capaz de governar a vida (p. 22).

A partir dessas considerações, Agamben propõe uma classificação geral dos seres em duas classes: os seres viventes e os dispositivos. A função dos dispositivos é, precisamente, a de capturar o vivente, dando lugar, por meio dessa captura, aos processos de subjetivação e de dessubjetivação. Nesse sentido, afirma, "não seria errado definir a fase extrema do desenvolvimento capitalista que estamos vivendo como uma gigantesca acumulação e proliferação de dispositivos" (p. 23). A respeito desse processo, não se trata nem de suprimir os dispositivos nem de imaginar-se ingenuamente um bom uso, mas de *profaná-los*.

Potência, inoperosidade

Em *A potência do pensamento* (2005a, p. 286), encontramo-nos com um desses parágrafos nos quais, raramente e em poucas linhas, um filósofo indica a direção geral de seu pensamento:

> Todavia, temos que medir todas as consequências dessa figura da potência que, dando-se a si mesma, mantém-se e cresce no ato. Ela nos obriga a repensar desde o início não só a relação entre a potência e o ato, entre o possível e o real, mas também a considerar de outro modo, novo, na estética, o estatuto do ato de criação e da obra, e, na política, o problema da conservação do poder constituinte no poder constituído. Porém também há que pôr em discussão toda a compreensão do vivente, se é verdade que a vida deve ser pensada como uma potência que necessariamente excede suas formas e suas realizações.

Essa *figura da potência* delineia-se a partir de Aristóteles. Agamben retoma, por isso, uma passagem do *De anima* (417-421 e ss) em que se distinguem um sentido genérico e outro mais específico da potência. De acordo com o primeiro, pode-se dizer de uma criança que tem a potência, a capacidade, de construir uma casa. Para fazer uma casa, no entanto, deverá passar previamente pela aprendizagem da arquitetura. No entanto, de quem já cumpriu esse requisito, do arquiteto, e no momento em que não está construindo, mas por exemplo comendo ou dormindo, também se pode dizer que tem a potência de construir uma casa. Porém aqui "potência" se diz segundo seu sentido específico. De fato, se bem *em potência* pode construir uma casa, a criança não pode *em potência* não a construir. O arquiteto, ao contrário, tem *em potência* tanto a capacidade de construí-la como a de não o fazer. Neste último caso, trata-se da capacidade de um não exercício, da disponibilidade de uma *privação*, de uma *potência de não* (p. 276-277).

Mais adiante nesse mesmo texto, Agamben faz referência a outra passagem de Aristóteles, essa vez da *Metafísica* (1046a

29-31), que aborda precisamente a questão da copertinência da potência e da impotência: toda potência é impotência do mesmo e a respeito do mesmo. Impotência não significa aqui ausência de toda potência, mas potência-de-não (p. 281).

> *Se uma potência de não ser pertence originalmente a toda potência, será verdadeiramente potente só aquele que, no momento de passar ao ato, não anule simplesmente a própria potência de não nem a deixe atrás no ato, mas que a faça passar como tal integralmente nele, isto é, que possa não-não passar ao ato* (p. 285).

Se é possível falar de uma arqueologia do sujeito em Aristóteles, sustenta Agamben, ela está contida na problemática da potência, na relação entre potência e impotência. Com o conceito de *héxis* (faculdade, hábito), de fato, Aristóteles explica o modo em que uma atividade é separada de si mesma e atribuída a um sujeito. Desse modo, como *héxis*, o homem possui a capacidade, por exemplo, de sentir o *pensar*. Trata-se, precisamente, de uma capacidade ou de uma potência de sentir ou de pensar, que o homem possui ainda que não esteja sentindo ou pensando em ato. Nesse sentido, ter uma faculdade é ter, em sentido técnico, uma privação e não simplesmente uma ausência. De fato, quando não sente ou quando não pensa, o homem não tem algo que poderia ter, a respeito de qual está em potência (p. 275-276). Por isso, sustenta Agamben:

> Na potência, a sensação é constitutivamente anestesia; o pensamento, não pensamento; a obra, inoperosidade. [...] podemos dizer, então, que o homem é o vivente que existe de modo eminente na dimensão da potência, do poder e do poder não. [...] o homem é o animal *que pode a própria impotência* (p. 281-282).

Ainda que publicada recentemente em 2005, "A potência do pensamento" é originalmente uma conferência pronunciada em Lisboa em 1987. Apenas dois anos mais tarde, em 1989,

Agamben publica, junto com Gilles Deleuze, um trabalho dedicado à figura de Bartleby, o escrevente de Melville.[44] A frase que Bartleby repete obstinadamente, *I would prefer not to* (preferiria não) é para Agamben (2006a, p. 62) a fórmula da potência. Em torno da figura de Bartleby, Agamben retoma e aprofunda a relação potência-impotência, vinculando-a às noções de entendimento, de vontade e de contingência.

Em uma passagem da *Metafísica* (1074b, 15-35), segundo assinala Agamben, para fazer frente às aporias que levantam um pensamento que nem pensa algo nem pensa nada, o entendimento divino, Aristóteles introduz a ideia de um pensamento que se pensa a si mesmo. Em sua forma mais excelente, o pensamento não pode pensar algo determinado; pois, nesse caso, estaria subordinado ao que está pensando e, assim, não seria o mais excelso. Porém tampouco pode não pensar nada; porque, segundo a expressão de Aristóteles, estaria como adormecido, limitando-se a não pensar. Tampouco nesse caso seria o mais venerável. A solução que o Estagirita propõe é a de um pensamento que se pensa a si mesmo, de uma potência de pensar que pensa em ato sua própria potência. Assim, Aristóteles introduz uma ideia que representa "um ponto médio entre o ato e a potência" (AGAMBEN, 2006a, p. 56) e resolve o problema da mente divina.

Porém, a tese de que toda potência é ao mesmo tempo potência e impotência não só levanta um problema a respeito do entendimento de Deus, também a respeito de sua vontade. Para resolvê-lo, observa Agamben, os teólogos medievais valeram-se da distinção entre uma *potentia absoluta* (potência absoluta) e uma *potentia ordinata* (potência ordenada). Absolutamente, Deus pode fazer qualquer coisa, porém ordenadamente, ao contrário,

---

[44] O texto intitula-se *Bartleby: a fórmula da criação*. Apareceu primeiro em francês, editado por Flammarion (Paris), e logo em italiano em 1993, editado por Quolibet (Macerata).

só pode fazer o que se acorda com sua vontade. Assim, por exemplo, Deus poderia mentir, porém não quis fazê-lo.

Para Agamben, a fórmula de Bartleby busca romper com essa supremacia da vontade sobre a potência que se estabelece mediante a noção de *potentia ordinata*.

> [...] Bartleby só pode sem querer, pode só de *potentia absoluta*. Porém, não por isso sua potência carece de efeito nem permanece inativa por um defeito de vontade. Ao contrário, ela excede à vontade por todas as partes (tanto a sua como a dos outros). Voltando à graciosa ocorrência de Karl Valentin ("ter vontade, isto é o que queria, porém não sentia que podia"), dele se poderia dizer que logrou poder (e não poder) sem querê-lo absolutamente. Por isso, a irredutibilidade de seu "preferiria não". Não é que não *queira* copiar ou que *queira* não abandonar o escritório, somente, prefere não fazê-lo. A fórmula pontualmente repetida destrói toda possibilidade de construir uma relação entre poder e querer, entre *potentia absoluta* e *potentia ordinata*. Ela é a fórmula da potência (p. 61-62).

Em "A potência do pensamento", também em relação com a tese segundo a qual toda potência é, ao mesmo tempo, potência e impotência, Agamben ocupa-se de uma das propriedades que a filosofia atribui à vontade, a liberdade. Na tese sobre a potência, segundo Agamben, encontra seu fundamento o problema moderno da liberdade. Ela é, de fato, poder de fazer e de não fazer. Em Aristóteles, no entanto, o problema da potência não tem nada que ver com a liberdade. Uma *héxis*, que é o modo em que a potência está no vivente, não é, para Aristóteles, algo que por sua vez se pode ter. De outro modo, ir-se-ia até o infinito: ter um ter e, logo, ter o ter de um ter... Por isso, sustenta Agamben (2005a, p. 282-283), é impossível para os gregos conceber um sujeito em termos modernos.

No entanto, tornando ao trabalho sobre Bartleby, Agamben retoma, a propósito do poder e não poder, as categorias da modalidade. Cita a respeito um esquema dos *Elementos de direito natural* de Leibniz, no qual cada uma das categorias da modalidade são interpretadas em termos de poder: possível/poder, impossível/não poder, necessário/não poder não, contingente/poder não. "Um ser que pode ser e, a um tempo, não ser, chama-se contingente na filosofia primeira. O experimento que Bartleby realiza é um experimento de *contingentia absoluta*" (2006a, p 70).

Estreitamente relacionada com a noção de potência-de-não, encontramos em Agamben outra categoria fundamental de seu pensamento: inoperosidade. Em *Homo sacer I*, no qual o conceito de inoperosidade é apresentado como a tradução do *desoeuvrement* kojèviano, é apresentado nesses termos: "O único modo coerente de entender a inoperosidade seria pensá-la como um modo de existência genérica da potência, que não se esgota (como a ação individual ou a coletiva, entendida como a soma das ações individuais) em um *transitus de potentia ad actum* [trânsito da potência ao ato]" (1995, p. 71).

Em outro dos textos contidos em *A potência do pensamento*, "A obra do homem", Agamben ocupa-se extensamente dessa categoria. Começa com uma nova referência a Aristóteles, essa vez, a uma passagem da *Ética a Nicômaco* (1097b 22), em que o filósofo se pergunta se existe, como sucede no caso do escultor ou do artesão, uma obra que seja própria do homem enquanto homem ou se, ao contrário, o homem nasceu sem obra (*árgos*). Mais adiante (1098a 7-18), Aristóteles definirá a obra do homem como uma *determinada vida*, a que é *em ato* segundo o *lógos*. Aristóteles chega a essa definição, porque distinguiu na vida, a vida sensitiva, a animal e a racional. Só esta última, a vida segundo o *lógos* é própria do homem; a segunda é comum aos animais, e a primeira a estes e às plantas. Por outro lado, essa obra do homem define seu bem supremo, a felicidade, que é o objeto da política. Essa é, segundo Agamben (2005a, p. 370), a herança que deixou Aristóteles para a política ocidental: 1) a política é política da operosidade, não da inoperosidade, do ato e não da potência; 2) essa obra, essa determinada vida, define-se por meio da exclusão do simples fato de viver, da vida nua.

No entanto, assinala Agamben, duas leituras do texto aristotélico são possíveis. A que, recolhendo essa herança, dominou a política ocidental, levando-a a conceber-se como a assunção coletiva de uma tarefa histórica por parte de um povo ou de uma nação. A partir do final da Primeira Guerra Mundial, de fato, pareceria que não há mais tarefas assinaláveis fora da vida biológica. Nessa perspectiva, "a 'obra' do vivente segundo o *lógos* é a assunção e a cura daquela vida nutritiva e sensitiva, sobre cuja exclusão a política aristotélica havia definido o *érgon toû anthrópou* [a obra do homem]" (p. 371-372). A outra leitura, a que podemos encontrar, segundo Agamben, no comentário de Averróis à *República* de Platão ou na *Monarquia* de Dante, sublinha, à diferença da anterior, o momento da *potência*. Assim, Dante, tendo presente que a atividade racional por si só não basta para definir a *obra do homem*, posto que a comparte, para este, com os brutos e as criaturas celestes, completa a definição aristotélica da *obra do homem*. Sua especificidade consiste em que "o pensamento humano está constitutivamente exposto a sua própria ausência e inoperosidade, a saber, nos termos da tradição aristotélica, é *noûs dýnatos, intellectus possibilis* [entendimento possível]" (p. 375). Por esta razão, porque o entendimento humano está sempre *em potência*, para não estar *em ato* só acidentalmente requer uma *multidão*. De fato, a perfeição da potência humana, assinala Agamben, na tradição averroísta na qual se move aqui Dante, está essencialmente ligada à espécie humana, só acidentalmente ao indivíduo. A *multidão* é a forma genérica da existência da potência, uma existência *sub actu*, próxima ao ato, que não é simplesmente ociosa nem só operosa. Nessa perspectiva, sustenta Agamben:

> No momento devem ficar em suspenso quais outras consequências pode extrair o pensamento da consciência de sua própria inoperosidade essencial e se, em geral, é possível hoje uma política que esteja à altura de ausência de obra do homem, sem cair simplesmente na assunção de uma tarefa biopolítica. Será necessário deixar de lado a ênfase no trabalho e na produção ou tratar de pensar a multidão como figura, se não da inação, ao menos de um obrar que, em todo ato, realize seu próprio *shabbat* e em toda obra seja capaz de expor a própria inoperosidade e a própria potência (p. 376).

Para além dessa precaução momentânea do autor acerca de quais outras consequências extrair da essencial inoperosidade do homem, algumas breves indicações de *Meios sem fim* resultam particularmente esclarecedoras a respeito. Retomando a problemática de *Homo sacer I*, Agamben (1996b, p. 14-15) sustenta que por *forma-de-vida* há que entender uma vida na qual não é possível isolar uma vida nua, uma vida que não se decompõe em fatos, mas que é sempre e sobretudo possibilidade e potência.

Por isso, contrapondo-os à soberania estatal que separa a vida nua de sua forma, Agamben afirma:

> A intelectualidade e o pensamento não são uma forma de vida junto às outras nas quais se articula a vida e a produção social, mas a potência unitária que constitui em forma-de-vida as múltiplas formas de vida. [...] O pensamento é forma-de-vida, vida inseparável de sua forma, e onde se mostra a intimidade dessa vida inseparável, na materialidade dos processos corpóreos não menos que na teoria, aí e só aí há pensamento (p. 19).

Como examinamos no capítulo anterior, em *O reino e a glória* Agamben faz da inoperosidade a substância política do Ocidente. Que o eixo da política que vem seja a inoperosidade ou, segundo outra expressão do autor, que ela seja o paradigma da política que vem é um conceito que encontramos pela primeira vez, em relação com outro do que nos ocuparemos seguidamente, messianismo, nas páginas finais de *A comunidade que vem* (1990) (cf. AGAMBEN, 2001b, p. 92).

Messianismo, resto

Os temas kojèvianos da pós-história e do fim da história aparecem frequentemente nos trabalhos de Agamben. Durante seis anos, de 1933 a 1939, na École Pratique des Hautes Études (Paris), Alexandre Kojève havia lido e comentado a *Fenomenologia do espírito* de Hegel ante um grupo seleto de alunos, entre os quais se encontrava Georges Bataille. Interpretando o capítulo oitavo da *Fenomenologia* dedicado ao saber absoluto, Kojève levanta sua tese sobre o fim da história, sobre a pós-história. A concepção hegeliana do tempo, segundo Kojève, implica que o tempo e o homem propriamente dito chegam a seu fim quando a luta, a negatividade que deu origem à história com a aparição das figuras do amo e do escravo, faz surgir o Estado universal e homogêneo, tanto o amo como o escravo convertem-se em cidadãos e a filosofia chega a ser sabedoria. Para Kojève, o fim da história não é um acontecimento futuro, já teve lugar. Na batalha de Jena, outubro de 1806, a humanidade alcançou o ponto final de sua evolução e ingressou na pós-história.

Em 1947, publicaram-se as lições do seminário, editadas por Raymond Queneau, com o título *Introduction à la lecture de Hegel*. Em duas notas de pé de página, uma da primeira edição e outra agregada na segunda, Kojève (1976, p. 434 e ss) descreve os possíveis cenários pós-históricos, a saber, a forma que toma a humanidade ao final da história.

Antes de tudo, assinala, não se trata nem de uma catástrofe natural nem de uma catástrofe biológica; o homem como animal que está em acordo com a Natureza permanece biologicamente vivo. O que desaparece é o homem "propriamente dito", o homem do erro e da ação negadora. Os homens convertem-se, segundo uma expressão de Kojève, em *monos sábios*, em animais pós-históricos da espécie *Homo sapiens*.

Tornado animal, o homem já não busca ser feliz (*hereux*), limita-se a estar satisfeito (a *se contenter*). "Os animais da espécie *Homo sapiens* reagirão por reflexos condicionados aos sinais sonoros ou mímicas e seus chamados 'discursos' serão semelhantes à pretendida 'linguagem' das abelhas. O que desaparecerá, então, não é somente a Filosofia ou a busca da sabedoria discursiva, mas também a sabedoria mesma. Porque não haverá mais, nos animais pós-históricos, conhecimento [discursivo] do Mundo e de si" (p. 436).

Em um primeiro momento, Kojève identifica o modo de vida do homem na *pós-história* com o *American way of life* (não uma vida feliz, mas satisfeita); porém uma recente viagem ao Japão, segundo afirma, o fez mudar de parecer. A situação do homem pós-histórico estaria representada pelo esnobismo japonês: comportamentos completamente formalizados, porém desprovidos de conteúdo histórico (dialético). O último parágrafo dessa famosa nota nos esclarece o sentido de suas afirmações. De fato, para ser humano o homem, ainda que desapareça toda atividade negadora, deve poder opor, de algum modo, o Sujeito ao objeto. No esnobismo, o homem pode separar a forma de seus conteúdos, não para transformar esses conteúdos (o que daria lugar a uma tarefa histórica), mas para opor essa forma pura a si mesmo e aos outros.

A discussão com Bataille – e não só sua recente viagem ao Japão, como sugere Kojève – foi sem dúvida determinante na troca do cenário pós-histórico. O conceito de esnobismo, de fato, é uma maneira de dar emprego à negatividade humana na pós-história; quer dizer, um modo de responder às objeções de Bataille.

Agamben ocupa-se da polêmica entre eles, em *A linguagem e a morte*, em um *excursus* situado entre a quinta e a sexta jornada. E, para isso, remete a uma carta inédita de 8 de abril de 1952 de Kojève a Bataille, segundo Agamben (1982, p. 66), cujo tema é, precisamente, a noção de negatividade sem emprego.[45] A partir dessa carta, a tese kojèviana do fim da história aparece vinculada a três problemáticas que serão amplamente retomadas em outros trabalhos: a animalidade, sua relação com a Ereignis heideggeriana e a inoperosidade.

Da animalização pós-histórica, Agamben ocupou-se em *O aberto: o homem e o animal* (2002b, p. 12-20). Nesse trabalho, Agamben começa descrevendo uma miniatura pertencente a uma Bíblia hebraica do século XIII, conservada na Biblioteca Ambrosiana de Milão. Trata-se de uma representação pictórica da visão do profeta Ezequiel. Uma parte dela é dedicada ao banquete messiânico dos justos no último dia. Ali aparecem cinco justos ante a mesa do banquete escatológico e dos "sonadores" (músicos), um à direita e o outro à esquerda. Todas essas figuras, as dos justos e as dos "sonadores", têm cabeças animais. "Por que [pergunta-se Agamben] os representantes da humanidade consumada estão figurados com cabeças de animais?" (p. 10). Para responder essa pergunta, Agamben toma em consideração as respostas de Bataille e de Kojève: o acéfalo e o esnobismo. Para Bataille, ao final da história subsiste uma "negatividade sem emprego"; como se a história tivesse uma espécie de epílogo em que a negatividade subsistiria sob a forma do erotismo, do riso e da alegria ante a morte. Enquanto essa foi a primeira reação de Bataille ante a interpretação de Kojève; posteriormente, em 1939, ante a inevitabilidade da guerra, Bataille, observa Agamben, denunciará a passividade e a ausência de reações que dominam os homens, uma espécie de desvirilização que converte os homens em ovelhas conscientes. Com um sentido distinto do de Kojève, aqui também, os homens

---

[45] Em realidade, porquanto nos parece, de acordo com a documentação conservada nos Archives Kojève da Bibliothèque Nationale de France, o autor da carta é Bataille e o destinatário é Kojève.

haviam-se convertido efetivamente em animais. Em 1936, na capa do primeiro número de sua revista, *Acéphale*, aparece uma figura humana sem cabeça. O homem evade-se de sua cabeça. Nos números 3 e 4 de *Acéphale*, a mesma figura do primeiro número aparece com uma cabeça taurina. Segundo Agamben, "uma aporia acompanha todo o projeto de Bataille", ela concerne à forma do humano na pós-história: acéfalo ou com cabeça de animal? (p. 13). No entanto, como mencionamos, sobre a forma do humano na pós-história, não só Bataille trocou de posição, também Kojève. Porém, torna a interrogar-se Agamben, qual é a relação entre o esnobismo pós-histórico e a animalidade? Em todo caso, considerando as coisas desde a dialética, Kojève não viu, como Foucault, que na modernidade o homem começa a ocupar-se da própria vida animal. Por isso, sustenta: "Talvez o corpo do animal antropóforo (o corpo do servo) seja o resto irresolvido que o idealismo deixa como herança ao pensamento e às aporias da filosofia, em nosso tempo, coincidem com as aporias desse corpo irredutivelmente estendido e divido entre animalidade e humanidade" (p. 20).

A relação da tese kojèviana com o pensamento de Heidegger e com o messianismo foi objeto de reflexão em várias obras de Agamben. Até o final da primeira parte de *Homo sacer I*, a partir da interpretação da expressão "Diante da lei" no relato de Kafka em que um camponês, situado diante de uma porta aberta, custodiada por um guardião, não é capaz de atravessá-la, Agamben aborda a relação entre *bando* soberano e messianismo.

> [...] a história kafkiana expõe a forma pura da lei, quando ela se afirma com mais força, no ponto em que não prescreve nada, quer dizer, como bando. O camponês está consignado à potência da lei, porque esta não exige nada dele, só lhe impõe a própria abertura. Segundo o esquema da exceção soberana, a lei se aplica desaplicando-se, o tem em seu bando abandonando-o fora de si. A porta aberta, que está destinada só a ele, o inclui excluindo-o e o exclui incluindo-o (p. 57-58).

Agamben (1995, p. 64) interessa-se em duas interpretações do relato de Kafka. Em primeiro lugar, a de Scholem, de uma lei vigente, porém sem significado: uma pura forma de lei que obriga sem prescrever nenhum conteúdo determinado. E logo a de Benjamin, de um messianismo entendido como um estado de exceção efetivo. Enquanto uma lei sem significado tende a coincidir com a vida, no estado de exceção efetivo, o que proclama o Messias, a vida transforma-se inteiramente em lei.

É nesse contexto que Agamben faz referência à tese de Kojève sobre o Estado universal e homogêneo, e acompanha essa referência com algumas observações críticas:

> A tese kojèviana sobre o fim da história e a conseguinte instauração de um Estado universal e homogêneo apresenta muitas analogias com a situação epocal que descrevemos como vigência sem significado (o que explica os modernos intentos de reatualizar Kojève em chave liberal-capitalista). Que é, de fato, um Estado que sobrevive à história, uma soberania estatal que se mantém para além de haver alcançado seu *télos* histórico, senão uma lei que rege sem significar? Pensar um término da história no qual permaneça a forma vazia da soberania é tão impossível como pensar a extinção do Estado sem o término de suas figuras históricas, porque a forma vazia do Estado tende a gerar conteúdos epocais e estes, por sua vez, buscam uma forma estatal que se tornou impossível (é o que está sucedendo na ex-União Soviética e na ex-Iugoslávia) (p. 70).

A mesma referência e observação crítica, ainda que mais desenvolvida, encontramos em *Meios sem fim* (1996b, p. 88):

> Portanto, o pensamento que vem deverá tomar a sério o tema hegel-kojèviano (e marxiano) do fim da história e o tema heideggeriano de ingresso na *Ereignis* como fim da história do ser. A respeito desse problema, hoje o campo está dividido entre quem pensa o fim da história sem o fim do Estado (os teóricos pós-kojèvianos ou pós-modernos do término do

processo histórico da humanidade em um Estado universal e homogêneo) e quem pensa o fim do Estado sem o fim da história (os progressismos de diferente matriz). Ambas as posições mostram-se curtas; porque pensar a extinção do Estado sem o término do *télos* histórico é tão impossível como pensar um término da história em que permaneça a forma vazia da soberania estatal. [...] Só está à altura um pensamento que seja capaz de pensar conjuntamente o fim do Estado e o fim da história, e de mobilizar um contra o outro.

Essas observações expressam, certamente, uma posição crítica a respeito das leituras liberais (dos teóricos pós-kojèvianos e pós-modernos) e progressistas de Kojève, porém, por sua vez, como mostra o texto que citaremos na continuação, Agamben encontra, na relação que se estabelece entre soberania e vida no fim da história, um diagnóstico do devir da política no século XX:

> A partir da segunda guerra mundial é evidente, de fato, que já não há tarefas históricas assinaláveis aos Estados-nações. Não se entende completamente a leitura dos grandes experimentos totalitários do século XX, vistos só como a continuação das últimas tarefas dos Estados-nações do século XIX: o nacionalismo e o imperialismo. O que está em jogo é outra coisa e mais extrema, pois se trata de assumir como tarefa a pura e simples existência fática dos povos, quer dizer, em última análise, sua vida nua. Nessa perspectiva, os totalitarismos de nosso século constituem verdadeiramente a outra cara da ideia hegel-kojèviana de um fim da história: o homem alcançou seu *télos* histórico e só fica a despolitização das sociedades humanas por meio do destaque incondicional do reino da *oikonomía* ou a assunção da própria vida biológica como tarefa política suprema (p. 108).

Por isso, para Agamben, a tarefa do "pensamento que vem" não consiste em deixar de lado a tese do fim da história, mas em pensar conjuntamente o fim da história hegel-kojèviano e o tema heideggeriano da *Ereignis*. Essa exigência é a que o levará a abordar o problema do messianismo. Já em *A linguagem e a morte*, afirmava a respeito:

> Os intérpretes franceses de Hegel (em realidade trata-se de intérpretes russos, o que não surpreende, se se considera a importância da apocalíptica na cultura russa do século XX) partem da convicção de que "a filosofia hegeliana e o sistema só são possíveis se a história terminou, se não há mais porvir e o tempo pudesse se deter" [...]. Porém, como é evidente em Kojève, desse modo, eles terminam reduzindo o messianismo à escatologia, identificando o tempo messiânico com o da pós-história. Que o conceito de *désoeuvrement* [inoperosidade], que é uma boa tradução do *katargeín* paulino, faça sua primeira aparição precisamente em Kojève, para definir a condição do homem histórico, o *voyou désoeuvré* como "*shabat* do homem" [...] depois do fim da história, prova suficientemente que a conexão com o tema do messianismo todavia não foi completamente neutralizada (2000, p. 69).

Como sucede com a pós-história, também o tema do messianismo aparece reiteradas vezes em Agamben. Já mencionamos como, em *Infância e história*, um de seus primeiros livros, o tempo messiânico do qual fala Benjamin é proposto como um dos possíveis remédios para a carência moderna de um adequado conceito da temporalidade. E também a figura de Bartleby, que personifica a potência-de-não, é apresentada como a de um novo messias, que, nesse caso, não vem para redimir o que já foi (como Jesus), mas para salvar o que não foi (AGAMBEN, 2006a, p. 83). Porém é sobretudo em *O tempo que resta* que Agamben aborda a problemática do messianismo em toda sua amplitude.

Como *A linguagem e a morte*, também *O tempo que resta* (2000) origina-se em um seminário. Nesse caso, o propósito de Agamben é restituir à figura de Paulo sua dimensão messiânica por meio de um comentário filosófico das dez primeiras palavras da *Carta aos romanos*. O tema do messianismo percorre todo o livro, das primeiras às últimas páginas. Assinala Agamben (2000, p. 24):

> Nosso seminário não se propõe enfrentar o problema cristológico, mas, mais modestamente e mais filosoficamente, compreender o significado da palavra *christós* [cristo], a saber, "messias". Que significa viver no messias, que é a vida messiânica?.

Ainda que não vamos reconstruir em detalhe todo esse itinerário, não podemos deixar de assinalar que, a nosso modo de ver, nesse trabalho, como em *Homo sacer I*, o pensamento de Agamben encontra uma de suas formulações decisivas.

À pergunta "que é a vida messiânica?", segundo Agamben, Paulo responde com a fórmula "como se não" de 1 Cor. 7, 29-32 (p. 29). Viver no messias, como consequência da chamada-vocação (*klésis*) é, para quem tem mulher, viver *como se não* a tivessem; para quem chora, *como se não* chorassem; para os que estão alegres, *como se não* o estivessem... Com o termo *chrésis* (uso), que tem em Paulo um sentido técnico, o apóstolo explica o sentido do *como se não*. "*Uso* é a definição que dá Paulo da vida messiânica na forma do *como se não*" (p. 31). A vida messiânica, de fato, não é objeto de propriedade, mas só de uso. Trata-se de uma forma de desapropriação que desarticula todas as identidades jurídicas e fáticas (circuncidado/incircuncidado, livre/escravo, homem/mulher). "A vocação messiânica não é um direito nem constitui uma identidade, é uma potência genérica que usamos sem sermos nunca seus titulares" (p. 31).

Em relação à vida messiânica e, mais precisamente, à *klésis* da qual ela deriva, Agamben faz a seguinte observação filológico-filosófica. Dionísio de Halicarnaso (60-7 a.C.) faz derivar o termo latino "*classis*" (classe) do grego *klésis*. A partir daqui, sustenta:

> Vê-se com clareza como a tese benjaminiana, segundo a qual no conceito de "sociedade sem classes" Marx havia

secularizado a ideia de tempo messiânico, é absolutamente pertinente. [...] Como a classe representa a dissolução de todas as distinções sociais e o emergir da fratura entre o indivíduo e sua condição social; assim, a *klésis* messiânica significa o esvaziamento e a aniquilação, na forma do *como se não*, de todas as divisões jurídico-fáticas (p. 35).

No entanto, assinala Agamben, o *como se não* paulino requer que não se confunda o tempo messiânico com o final dos tempos, quer dizer, o messianismo com a escatologia (p. 62). Do ponto de vista de sua representação espacial e quase exclusivamente linear, o tempo escatológico está representado pelo ponto extremo da linha, o momento em que o tempo trespassa a eternidade. O tempo messiânico, ao contrário, sempre segundo essa imagem linear, localiza-se entre o evento messiânico, a ressurreição de Jesus Cristo para Paulo, e sua segunda vinda, a *parusía*. Nesse segmento da linha, o tempo profano (o *chrónos*) contrai-se, segundo a expressão de Paulo, e começa a acabar-se. Por isso, pode-se dizer que o tempo messiânico é o tempo que resta para que o tempo termine ou o tempo que nos falta para terminar o tempo.

Ainda que habitual e, ao menos em certo sentido, inevitável, essa representação linear do tempo em geral e do tempo messiânico em particular é inadequada para o representar. Ela, de fato, não pode dar conta do que, para Paulo, caracteriza propriamente o tempo messiânico, a contração que transforma integralmente o tempo profano. Para resolver essa dificuldade, Agamben percorre a obra do linguista Gustave Guillaume, seu *Temps et verbe* (*Tempo e verbo*, de 1970) e, mais precisamente, a sua noção de tempo operativo (p. 65-67). Se chamamos imagem--tempo à representação linear do tempo, o tempo operativo é o tempo que o pensamento emprega para realizá-la. O tempo operativo é, nesse sentido, um tempo *cronogenético*, um tempo dentro do tempo. Assim, afirma Agamben:

> Enquanto nossa representação do tempo cronológico, como tempo *no qual* estamos, nos separa de nós mesmos,

> transformando-nos de algum modo em espectadores impotentes de nós mesmos [...], o tempo messiânico, enquanto tempo operativo no qual aferramos e realizamos nossa representação do tempo, é o tempo *que* somos nós mesmos, e, por isso, o único tempo real, o único tempo que temos. Precisamente porque está estendida nesse tempo messiânico, a *klésis* messiânica pode ter a forma dele como se não, da incessante revogação de toda vocação (p. 68).

Desse ponto de vista, não há que entender a *parusía* da qual fala Paulo como o regresso do messias ao final dos tempos, mas como a presença messiânica que está junto a cada momento cronológico acompanhando-o. "Por isso, todo instante pode ser, segundo as palavras de Benjamin, a 'pequena porta pela qual entra o messias'" (p. 71).

Na definição do tempo messiânico e da vida messiânica em geral, há um conceito que ocupa um lugar central: resto. Trata-se de um conceito técnico da linguagem profética. O resto que, segundo os profetas, sobreviverá ao evento apocalíptico foi interpretado como a parte de Israel que sobrevive à catástrofe de seu próprio povo ou como todo o povo judeu que sobrevive à catástrofe dos outros povos. Segundo Agamben, para Paulo não se trata nem de uma coisa nem da outra, nem da parte nem do todo, mas da impossibilidade da parte e do todo de coincidirem consigo mesmos.

Como mostramos anteriormente, no exemplo que tomamos de *O tempo que resta* para explicar a noção de arqueologia, Paulo desarticula a oposição judeu/não judeu servindo-se da oposição carne/espírito. Desse modo, produz um resto que impede que cada uma das partes da primeira oposição possa coincidir consigo mesma: há judeus segundo a carne que não o são segundo o espírito e não judeus segundo a carne que são judeus segundo o espírito. Desse modo, nenhuma das partes da primeira oposição pode coincidir consigo mesma.

A noção de resto, sugere Agamben, é uma das heranças mais relevantes que Paulo deixou ao pensamento político atual. Assim o mostra, ao menos, a noção de povo.

> O povo não é nem o todo nem a parte, nem a maioria nem a minoria. Ele é, antes, o que nunca pode coincidir consigo mesmo, nem como todo nem como parte, o que infinitamente resta em toda divisão ou resiste a ela [...] Esse resto é a figura ou a consistência que o povo adquire na instância decisiva, e por isso é o único sujeito político real (p. 58-59).

Uma última observação sobre o conceito de messianismo. Agamben assinala repetidas vezes que a religião, com o conceito de messianismo, busca enfrentar o problema da lei. No caso de Paulo, a relação entre fé e lei é pensada com o verbo *katargéo*. "*Katargéo* é um composto de *argós*, que deriva por sua vez do adjetivo *argós*, que significa 'inoperante, não-em-obra (*a-ergos*), inativo'. O composto significa, então, 'faço inoperante, desativo, suspendo a eficácia' [...]" (p. 91). Por isso, o messianismo não é a destruição da lei, mas sua desativação, seu torná-la inoperante; a lei é, ao mesmo tempo, suspensa e realizada. Nessa perspectiva, observa Agamben, a teoria schmittiana do estado de exceção não fez mais que introduzir na doutrina jurídica um teologúmeno paulino.

Profanação

Se o *pensamento que vem* deve pensar essa figura da potência que é a potência-de-não e a inoperosidade essencial do homem, a *política que vem* será uma política da profanação.

Segundo Agamben, os juristas romanos sabiam perfeitamente o que significa profanar. Consagrar designava a saída das coisas da esfera do direito humano e do uso comum dos homens, para dedicá-las aos deuses. Profanar era a operação inversa, a saber, restituir para o uso comum dos homens o que havia sido separado (consagrado) (AGAMBEN, 2005b, p. 83). O sacrifício era o mecanismo por meio do qual as coisas ultrapassavam o limiar que separava o espaço profano do religioso e ingressavam nele. No caso da profanação, bastava às vezes o mero contato com a vítima para profaná-la. Assim, se se tratava de um animal oferecido aos deuses, era suficiente tocar a vítima, para que se pudesse comê-la.

Assim como o termo "*sacer*" (sagrado) expressa uma ambiguidade essencial, designa tanto o indivíduo consagrado aos deuses como o maldito excluído da comunidade, consagrar e profanar são os dois polos de uma mesma máquina sacrificial.

Ainda que profanar seja restituir ao espaço comum dos homens o que havia sido consagrado aos deuses, é necessário distinguir, sublinha Agamben, entre profanação e secularização.

> A secularização é uma forma de remoção que deixa intactas as forças, que se limita a deslocá-las de um lugar a outro. Assim, a secularização política dos conceitos teológicos (a transcendência de Deus como paradigma do poder soberano) só desloca a monarquia celeste para a monarquia terrena, porém deixa intacto seu poder. A profanação, ao contrário, implica uma neutralização do que se profana. Quando foi profanado, o que era indisponível e separado perde sua aura e é restituído ao uso. Ambas são operações políticas. Porém a primeira vincula-se ao exercício do poder, que é garantido por meio da referência a um modelo sagrado. A segunda desativa os dispositivos do poder e restitui ao uso comum os espaços que ele havia confiscado (AGAMBEN, 2005b, p. 88).

Nessa perspectiva, Agamben retoma uma indicação de Walter Benjamin acerca do capitalismo como religião, como fenômeno religioso, cujo mecanismo sacrificial consiste em separar os homens das coisas e de si mesmos (sua sexualidade, sua linguagem), para converter o separado em mercadoria. Na religião capitalista, o espaço no qual se situa o que foi separado do uso comum dos homens chama-se consumo. Ele é a esfera, ao mesmo tempo, separada e exibida onde as coisas convertem-se em mercadorias.

Retomando aqui uma argumentação do papa João XXII, Agamben define o consumo como a impossibilidade de uso. Consumir, de fato, não é um ato de uso (*usus*), mas de destruição (*abusus*). Por isso, o capitalismo nos põe ante um improfanável. Ao menos à primeira vista, resulta impossível restituir ao uso comum o que foi convertido em mercadoria (p. 96). No entanto, é possível, segundo Agamben, que o improfanável sobre o que se funda a religião capitalista não seja propriamente tal e qual, portanto, possa haver formas eficazes de profanação que criem um novo uso desativando, tornando inoperoso seu velho uso. "A profanação do improfanável é a tarefa política da geração que vem" (p. 106).

Como já assinalamos, às noções de uso e forma-de-vida estará dedicado o próximo volume de *Homo sacer*.

Posfácio
Homo sacer, a continuação (2008-2012): linguagem, regra, ofício

Desde a primeira edição argentina do presente trabalho, em 2008, apareceram vários escritos novos de Giorgio Agamben, em particular relacionados à série *Homo sacer*. Ainda que eles não modifiquem nossa tese interpretativa, expõem, no entanto, alguns desenvolvimentos relevantes a respeito de suas investigações anteriores.

Ao final de 2008, como assinalamos na Introdução, apareceu *O sacramento da linguagem: arqueologia do juramento* (*Il sacramento del linguaggio. Archeologia del guiramento*, Bari, Laterza) como a terceira parte do segundo volume da série, vale dizer, *Homo sacer II, 3*. Em 2011, foi publicado *Altíssima pobreza: regras monásticas e forma de vida* (*Altissima povertà. Regole monastiche e forma di vita*, Neri Pozza, Vicenza). E no início de 2012 *Opus Dei: arqueologia do ofício. Homo sacer II, 5* (*Opus Dei. Archeologia dell'ufficio*, Bollati Boringhieri, Torino).

Desse modo, a série compreende no momento sete volumes, cuja cronologia de publicação não coincide, como sabemos, com sua localização no conjunto:

I: *Homo sacer: o poder soberano e a vida nua* (1995).

II, 1: *Estado de exceção* (2003).

II, 2: *O reino e a glória: para uma genealogia teológica da economia e do governo* (2007).

II, 3: *O sacramento da linguagem: arqueologia do juramento* (2008).

II, 5: *Opus Dei: arqueologia do ofício* (2012).

III: *O que resta de Auschwitz* (1998).

IV, 1: *Altíssima pobreza: regras monásticas e forma de vida* (2011).

Além desses trabalhos, também apareceram outros dois livros de Giorgio Agamben: *Nudez* (*Nudità*, Nottempo, Roma, 2009) e, junto com Monica Ferrando, *A jovem indecidível: mito e mistério de Koré* (*La ragazza indecidibile. Mito e mistero di Kore*, Mondadori, 2010).

Apesar de, como acabamos de dizer, esses trabalhos não modificarem, antes pelo contrário, nossa tese de interpretação da centralidade do conceito de potência no pensamento de Giorgio Agamben, não podíamos deixar de aproveitar a publicação no Brasil desta introdução à obra de Agamben para incorporar alguns dos desenvolvimentos mais recentes. Interessam-nos, sobretudo, a concepção agambeniana da performatividade da linguagem, a relação entre regra e vida, e a genealogia da noção moderna de dever.

1. A performatividade da linguagem e antropogênese

1.1. Se as investigações de Agamben, além de seu cuidadoso trabalho sobre a semântica dos termos, não se reduzem ao campo da filologia, isto se deve, em grande medida, a que elas se inscrevam no marco de uma filosofia da linguagem. Por meio da problemática do fantasma ou da voz, essa filosofia está presente desde seus primeiros trabalhos, como *Estâncias* (1977),

Infância e história (1978) e *A linguagem e a morte* (1982), mas encontra em *O sacramento da linguagem* uma de suas formulações mais articuladas.

Junto à problemática da voz ou, mais precisamente, da passagem da *phoné* (voz) ao *lógos*, que é a versão linguística da passagem do animal ao homem, os outros dois grandes tópicos que haviam ocupado principalmente a reflexão linguística de Agamben eram a relação entre a teoria da linguagem e o funcionamento da lei no dispositivo do *bando* soberano, em *Homo sacer: o poder soberano e a vida nua* e em *Estado de exceção*, e a relação entre subjetividade e linguagem, a propósito da estrutura do testemunho, em *O que resta de Auschwitz*.

No entanto, todos esses temas, o da voz, o das simetrias entre linguagem e *bando* e o da estrutura do testemunho apontam um mesmo lugar: o da relação, no homem, entre linguagem e politicidade. É aqui que se localiza, precisamente, a questão do juramento. *O sacramento da linguagem* é, por isso, uma arqueologia filosófica do juramento, cuja pergunta fundamental é formulada pelo autor nestes termos:

> [...] o que é o juramento, de que se trata; se ele define e põe em questão o homem em si mesmo como animal político (AGAMBEN, 2008, p. 5).

No início da investigação, certa concepção do juramento, sustentada entre outros por Émile Benveniste, é posta em dúvida. Segundo esta, a natureza do juramento radicaria em ser um ato linguístico cuja função é garantir a verdade ou a efetividade de uma proposição significativa, na qual se expressa o que digo que é verdadeiro, no chamado juramento assertivo, ou aquele que prometo cumprir, no juramento promissório.

A tese de Agamben é que, se nos remontamos a esse estádio mais arcaico que Dumézil chama *ultra-história*, o que está em jogo no juramento não é tanto nem fundamentalmente a confiabilidade dos homens, senão

> [...] uma debilidade que concerne à linguagem mesma: à capacidade que têm as palavras de referirem-se às coisas e à que têm os homens de considerarem-se como seres falantes (p. 12).

Junto a esse questionamento da concepção dominante acerca da natureza do juramento, outros dois pressupostos amplamente estendidos também são postos em dúvida. Em primeiro lugar, que, na história dos institutos humanos, deva pensar-se em uma fase religiosa original cujas formas foram mais tarde absorvidas pelo direito. E, em segundo lugar, a ideia de que na explicação histórica da prática do juramento seja necessário supor a existência de uma substância sagrada que os antropólogos identificaram com o *mana*, originalmente descrito por Robert Henry Codrington (p. 19-20).

A intenção de Agamben é, por isso, a de abordar a problemática do juramento a partir de novas bases. Para alcançar esse objetivo, serve-se, como ponto de partida, principalmente de dois textos: uma passagem do *Legum alegoriae* de Filão de Alexandria (204-208) e outra do *De officiis* de Cícero (102-107).

Do primeiro desses textos, Agamben extrai uma série de conclusões:

> 1) O juramento é definido como o fazer-se verdade das palavras nos fatos [...] 2) As palavras de Deus são juramentos. 3) O juramento é o *lógos* de Deus e só Deus jura verdadeiramente. 4) Os homens não juram por Deus, senão por seu nome. 5) Posto que de Deus não sabemos nada, a única definição que podemos dar é que ele é o ser cujos *lógoi* [palavras] são *hórkoi* [juramentos], cuja palavra testemunha com absoluta certeza de si [mesmo]. (p. 29-30)

E quanto ao texto de Cícero, resulta particularmente significativo, por duas razões ao menos. Em primeiro lugar, porque encontramos nele uma definição explícita do juramento cujo núcleo conceitual concerne à natureza da obrigatoriedade deste. Em segundo lugar, porque a descrição ciceroniana do juramento, uma promessa que tem a Deus por testemunha, foi um ponto de apoio tradicional daquelas posições das quais Agamben busca distanciar-se.

De fato, para Agamben, na argumentação de Cícero, a força do juramento não provém da ira divina, que não existe, senão da *fides* (fé, confiança) que está em jogo nele. Violar um juramento é violar a confiança, a correspondência entre palavras e ações, sobre a qual se baseia a cidade e as relações entre os homens (p. 32).

1.2. A partir desse ponto, Agamben detém-se em uma série de institutos que estão estreitamente vinculados com o do juramento: a *fides* da tradição latina, a *pístis* grega, vale dizer, o aspecto objetivo e subjetivo da fé e a confiança; a *sacratio*, a consagração da vida aos deuses; o testemunho divino que acompanha os ritos do juramento; a maldição, que condena o perjúrio; e o nome de Deus habitualmente constitutivo das formas rituais do juramento. Ao cabo desse detalhado percurso, que ocupa grande parte da obra, os resultados são resumidos em três proposições maiores (p. 89-90).

Em primeiro lugar, sustenta Agamben, o juramento, remetendo a uma suposta etapa mágico-religiosa, era concebido como garantia contra o perjúrio. Em suas análises, em vez disso, aparece como uma experiência original, anterior à separação entre religião e direito, que concerne ao caráter performativo da palavra: o juramento identifica-se com Deus mesmo, com sua palavra verdadeira e eficaz. Por isso, em segundo lugar, os juramentos são essencialmente confiáveis. Os deuses são os testemunhos dessa confiabilidade. Em terceiro lugar, o juramento é o sacramento da linguagem: "é a consagração [*sacratio*] do vivente à palavra, por meio da palavra" (p. 30).

Nessa perspectiva, segundo Agamben, o que a filosofia contemporânea concebe como *speech acts*, aqueles atos de fala que revestem um caráter essencialmente performativo, que realizam o que dizem, são "a relíquia na linguagem dessa experiência constitutiva da palavra" (p. 79) que a análise do instituto do juramento trouxe à luz. Essa experiência concerne ao momento mesmo da nominação sobre o qual se funda todo o funcionamento da linguagem na medida em que o que está em jogo nele é o nexo mesmo das palavras com as coisas. Esse nexo, como o mostra a análise do juramento, deve ser pensado segundo o modelo da palavra divina, não em termos denotativos, mas performativos. Por isso, afirma Agamben, todo nome é um juramento e falar é jurar. O funcionamento da linguagem repousa, desse modo, sobre uma *pístis*, uma certeza que não é nem empírica nem lógica:

> O performativo substitui, então, a relação denotativa entre a palavra e o fato por uma relação autorreferencial que, deixando de lado a primeira, se põe a si mesma como o fato decisivo. O modelo da verdade não é o da adequação entre as palavras e as coisas, mas o performativo, no qual a palavra realiza de maneira segura seu significado (p. 76).

À luz dessas considerações, Agamben questiona a maneira habitual na qual os estudos enfrentaram a problemática da hominização, do devir homem do animal. De fato, ela foi abordada em termos fundamentalmente cognitivos. Porém, sustenta, dado que, como o mostra a análise do juramento, o funcionamento da linguagem implica uma *pístis* constitutiva, o conhecimento e a linguagem projetam necessariamente problemas éticos e políticos: falar é um *éthos*, o *homo sapiens* é, ao mesmo tempo, o *homo iustus* (p. 93). Por isso, a célebre definição foucaultiana segundo a qual o homem "é um animal em cuja política está em jogo sua própria vida" e aquela agambeniana segundo a qual é "o vivente em cuja língua está em jogo sua própria vida",

[...] são inseparáveis e dependem constitutivamente uma da outra. No cruzamento entre ambas se situa o juramento, entendido como o operador antropogênico através do qual o vivente, que se descobriu falante, decidiu responder por suas palavras e, entregando-se ao *lógos*, decidiu constituir-se como "o vivente que tem a linguagem". [...] A primeira promessa, a primeira – e, para dizê-lo de algum modo, transcendental – *sacratio* se produz através dessa cisão, na qual o homem, opondo sua língua a suas ações, pode pôr-se em jogo nela e pode comprometer-se com o *logos* (p. 94).

2. *Forma-de-vida*

2.1. Giorgio Agamben é perfeitamente consciente de que a problemática da vida se encontra entre os temas mais relevantes do horizonte filosófico do final do século XX e início do XXI. Tendo em conta os últimos trabalhos que Michel Foucault e Gilles Deleuze destinaram à publicação, esse tema constitui, segundo suas palavras, "uma herança que concerne de maneira inequívoca à filosofia que vem" (AGAMBEN, 2005, p. 377).

Porém não só o último dos textos que Foucault (1994, v. IV, p. 763-776) entregou para ser publicado ("La vie: l'expérience et la science")[46] tem como tema a vida; também o têm seus últimos cursos no Collège de France, onde a noção de vida filosófica é abordada desde a Antiguidade clássica grega até suas projeções na filosofia helenista, de Platão até os cínicos. No último de seus seminários, *Le Courage de la vérité* (2009, p. 161), a respeito da noção de vida e, mais precisamente, da relação entre verdade e vida, os cínicos antigos representam, para Foucault, um momento decisivo na história da subjetividade ocidental. Neles, a vida filosófica, que na prática

---

[46] Como assinalam os editores dessa compilação, é do último texto ao qual Foucault deu seu *imprimatur*. Trata-se de uma variante do "Prefácio" escrito por Foucault para a edição americana da obra de Georges Canguilhem *O normal e o patológico*.

parresiástica toma forma a partir, precisamente, da relação entre verdade e vida, não está mediada por nenhum corpo doutrinal. Na medida em que vida e verdade se superpõem ou, utilizando as categorias de Agamben, entram em uma zona de indiscernibilidade, o cinismo, sustenta Foucault, é "a produção da verdade na forma da vida mesma" (p. 200).

Esse seminário de Foucault, cujo eixo é a *parrésia*, a coragem da verdade, chega até o momento no qual o cristianismo faz sua aparição na cultura ocidental. A partir de então, será introduzido na prática da *parrésia* o princípio de obediência.

Situando-nos nessa perspectiva, o trabalho de Agamben *Altíssima pobreza*, que retoma desse modo o título da célebre *Qaestio octava* de Pedro Olivi (século XIII), pode ser considerado uma investigação que, ainda que nunca apareça citada, continua o trabalho levado a cabo por Foucault em *Le Gouvernement de soi et des autres* e em *Le Courage de la vérité*. Essa continuidade introduz, contudo, dois deslocamentos maiores. Em primeiro lugar, o interesse de Agamben não está centrado na relação entre verdade e vida, mas entre regra e vida. Em segundo lugar, os cínicos já não são o exemplo histórico central da análise, mas o movimento religioso originado por São Francisco de Assis. Para Agamben (2011, p. 9-10), de fato, o movimento franciscano legou ao Ocidente a "tarefa indiferível" de pensar "uma forma-de-vida, vale dizer, uma vida humana completamente subtraída à captura do direito e um uso dos corpos e do mundo que nunca se converte em uma apropriação". Desse modo tomou forma, precisamente, o ideal de uma altíssima pobreza.

Como vemos, essa "tarefa indiferível", da qual se ocupa ele e que até agora constitui o último volume segundo a ordem da série, situa-se no polo oposto à que o autor se propunha em *Homo sacer: o poder soberano e a vida nua*, o primeiro volume da série. Aqui, o eixo da investigação estava constituído pela necessidade de estudar o dispositivo mediante o qual o direito capturava a vida, vale dizer, o dispositivo do *bando* soberano.

Isso não significa, contudo, que a problemática do direito esteja ausente nas investigações cujos resultados o autor expõe em *Altíssima pobreza*. Na medida em que as noções franciscanas de forma-de-vida e de simples uso se situem no contexto de uma *abdicatio juris*, de uma renúncia a todo direito, a relação entre regra e lei será um dos tópicos recorrentes desse trabalho.

Situando-se não na perspectiva da captura da vida nos dispositivos da lei, mas na de uma vida que se subtrai ou, ao menos, busca subtrair-se a todo direito, a noção de forma-de--vida aparecerá então como a categoria inversa e, ao mesmo tempo, simétrica à de *nuda vita* (vida nua), que havia dominado a reflexão biopolítica de Agamben até a publicação de *O reino e a glória*.

2.2. No entanto, para abordar a experiência franciscana e as elaborações teológicas que a acompanharam, Agamben remonta-se aos séculos IV e V, quando, segundo observa, nos deparamos com uma forma particular de literatura (que não pertence à prática eclesiástica habitual), que recebe diversas denominações (vida, regra, regra e vida, preceitos, instituições cenobíticas) e na qual

> [...] tem lugar, de maneira provavelmente muito mais decisiva que nos textos jurídicos, éticos, eclesiásticos ou históricos da mesma época, uma transformação que afeta tanto o direito como a ética e a política e implica uma reformulação radical dos conceitos que articulavam até esse momento a relação entre a ação humana e a norma, a "vida" e a "regra"; sem a qual a racionalidade política e ético-jurídica da Modernidade não seria pensável (p. 14-15).

Trata-se, evidentemente, da literatura que acompanhou, no seio do cristianismo, a formação da experiência da vida religiosa em comum, do cenobitismo; ou, para expressá-lo em outros termos, da literatura na qual essa experiência encontra através de Cassiano, Pacômio, Gregório de Nazianzo, Ambrósio de Milão,

Agostinho de Hipona ou Benito de Núrsia, entre outros, a expressão de seu ideal e a formulação de suas formas organizativas.

Recorrendo a essa literatura, que logo de sua época de ouro, nos séculos IV e V, terá seu renascimento a partir do século XI, Agamben expõe os elementos que definem o monge cristão: *koinós bíos*, *habitus*, *horologium*, *meditatio*.

Segundo assinala, deparamos, em primeiro lugar, com um paradigma de forte conotação política (p. 21-23). A *koinós bíos*, a vida em comum, é sinônimo da ordem que faz possível alcançar uma vida perfeita. Ela não se opõe só à solidão do anacoreta, mas também e sobretudo à anarquia dos sarabaítas, os monges que viviam sem regra nem superior, e ao nomadismo dos clérigos vagantes. O monastério deve ser, nesse sentido, uma comunidade bem governada. Por isso, o termo *habitus* remete, primária e principalmente, ao modo de ser do monge no convento, ao viver segundo a regra. Nesse contexto, observa contudo Agamben, foi que o termo "hábito" terminou adquirindo o sentido de vestimenta, como resultado de um processo de moralização da veste na qual cada prenda deverá ser um signo carregado de significado religioso (p. 26).

O termo "*horologium*" (do qual provém o italiano "*orologio*" e o francês "*horologe*": relógio) faz originalmente referência à distribuição das orações segundo os diferentes momentos do dia, desde o amanhecer até a meia-noite. No convento, o monge deve constituir-se como um *horologium vitae*, um relógio vital. Sua vida é escandida segundo o ritmo da reza acorde à divisão das horas. Nas palavras de Agamben, "o cenóbio é, nesse sentido, sobretudo uma escansão horária integral da existência", na qual oração e trabalho se alternam e, ao mesmo tempo, se superpõem (p. 34).

A literatura monástica serve-se do termo "*meditatio*" para remeter, precisamente, a essa alternância-superposição. Este não tem, observa Agamben, o sentido que tomará na Modernidade o termo "meditação"; designa, antes, a recitação de memória da regra de vida. Desse modo, a *meditatio* é a continuação da leitura pública da regra enquanto o monge, por exemplo, se ocupa dos trabalhos manuais ou se desloca de um lugar a outro.

Através da *koinós bíos*, do *habitus*, do *horologium* e da *meditatio*, o decisivo é que

> [...] a regra entra em uma zona de indiscernibilidade respeito à vida. Uma norma que não se refere a determinados atos particulares ou fatos, mas à inteira existência de um indivíduo, a sua *forma vivendi*, não é facilmente reconhecível como direito; assim como uma vida que se institui em sua integridade na forma de uma regra já não é mais verdadeiramente vida (p. 39).

2.3. Chegamos assim a um ponto particularmente importante da construção teórica de Giorgio Agamben, a relação entre regra e direito, a que estão dedicados, em uma primeira confrontação, os capítulos de *Altíssima pobreza* que se intitulam "Regra e lei" e "Fuga do mundo e constituição".

Acerca da importância dessa questão, devemos ter presente, em primeiro lugar, o que assinalamos mais acima. A diferença do primeiro volume da série *Homo sacer*, a problemática abordada por Agamben nessa primeira parte do quarto volume já não é a relação entre a lei e a vida, mas entre a regra e a vida. O que implica, por um lado, esclarecer em que sentido as regras monásticas não funcionam do mesmo modo que os dispositivos jurídicos e, por outro lado, apesar disso, como se relacionam regra e lei.

Em segundo lugar, observamos que resulta significativo que Agamben, ainda que haja repetidas vezes expressado sua dívida para com Foucault, sobretudo em seus trabalhos mais recentes, não remeta aqui à célebre distinção foucaultiana entre lei e norma e, por isso, não haja abordado a questão das possíveis relações entre regra monástica e norma disciplinar e biopolítica. Ainda que não possamos certamente abordar aqui esse tema, tampouco podemos deixar de assinalar que, ao menos a nosso modo de ver, explorando esse caminho, a concepção biopolítica de ambos autores se veria amplamente enriquecida.

2.4. No entanto, acerca da relação da regra cenobítica com o dispositivo legal, a primeira consideração de Agamben concerne à ambiguidade que encontramos na literatura monástica. De fato, ao mesmo tempo que, às vezes de maneira detalhada, se enumeram penas e se enunciam preceitos, insiste-se em que a atitude do monge a respeito da regra não deve ser como o comportamento que se exige a respeito da lei (p. 42). Que tipo de obrigação é, então, o que gera a regra?

Para responder a essa pergunta, resulta necessário determinar com precisão, em primeiro lugar, o estatuto dessas disposições penais, contidas nas regras monásticas, e que podem chegar até a excomunhão, a completa exclusão da vida em comum. E, para isso, segundo Agamben, não devemos esquecer que a existência de disposições penais não é suficiente para afirmar o caráter jurídico das regras e ademais que, enquanto no sistema jurídico da época as penas tinham uma impressão marcadamente aflitiva, as penas monásticas, ao contrário, cumprem uma função profundamente moral, de correção.

Nesse sentido, e sobretudo através das metáforas que acompanham a enumeração das penas, como a do abade considerado como um médico, as regras monásticas, sustenta Agamben, inscrevem-se não tanto no marco de um dispositivo legal, mas no de uma arte ou de uma técnica. A mesma profissão religiosa do monge é apresentada como a aprendizagem de uma arte. Por isso, "o monastério é talvez o primeiro lugar no qual a vida mesma – e não só as técnicas ascéticas que a conformam e regulam – foi apresentada como uma arte" (p. 47).

A respeito da relação entre regra e preceito, Agamben reconstrói sumariamente a discussão sobre o tema de que se ocuparam os escolásticos entre os séculos XII e XVI, quando deparamos com duas posições extremas: aqueles que, como

Henri de Gand, e mais tarde Suárez na escolástica tardia, sustentam que todas as regras são preceitos e aqueles que, ao contrário, como Humberto de Romanis, sustentam que a obrigatoriedade, seu caráter de preceitos, concerne à regra em sua totalidade, e não às disposições particulares, ou aqueles que sustentam, como Pedro de Aragão, que as regras não são preceitos, mas conselhos (p. 51-52).

Junto à existência de penas e a enumeração de preceitos, a outra problemática que alimentou a discussão acerca da relação entre regra e lei são os chamados votos religiosos: a obediência, a pobreza, a castidade. Eles não se encontram nos primeiros tempos do monasticismo. A obediência desempenha, então, uma função mais ascética, de reproduzir o modelo de Cristo, e de nenhuma maneira jurídica. O processo de juridificação dos votos há que localizá-lo na época carolíngia quando o imperador, a fim de estender seu controle aos monastérios, busca impor a regra beneditina na qual os votos haviam encontrado um desenvolvimento articulado. Esse processo alcançará logo seu ponto mais alto de desenvolvimento com a codificação do direito canônico.

Depois de haver examinado as discussões acerca das penas monacais, da relação entre regra e preceito e do estatuto dos votos religiosos, Agamben conclui que pode tratar-se de um plano em si mesmo anacrônico, entre outras razões, porque, desde a Antiguidade até nossos dias, o conceito do jurídico não permaneceu imutável. Esse anacronismo é evitado, contudo, caso se remeta a discussão ao contexto teológico das relações entre a nova lei e a lei mosaica, na qual, segundo o ensinamento de Paulo, a vida do cristão não pode ser pensada em termos jurídicos, em relação com a lei, mas com a fé (p. 61 e ss).

2.5. Se a ambiguidade e o anacronismo atravessam as discussões acerca do estatuto das regras monásticas a respeito dos conceitos do direito penal ou privado, uma problemática diferente surge a partir das possíveis relações entre regra monástica e direito público. De fato, as regras podem ser vistas como constituições, no sentido jurídico do termo, que fundam as comunidades monacais em sua dimensão política, vale dizer, enquanto ordenadas e governadas.

Essa problemática remete, segundo a análise de Agamben, à doutrina da fuga do mundo elaborada por Filão de Alexandria, na qual o exílio aparece como um princípio de constituição política. Nessa perspectiva, por outro lado, Agamben sublinha a importância do *Pactum* com que ele conclui a regra comum de Frutuoso de Braga (séculos VI-VII); o que constitui, segundo suas palavras, "talvez o primeiro e único exemplo de um contrato social, no qual um grupo de homens se subordina incondicionalmente à autoridade de um *dominus*" (p. 71).

No entanto, nas regras consideradas como constituições, e o sentido político do termo, como no *Pactum* antes mencionado, deparamos com um novo modo de conceber a relação entre a lei e a vida que vai mais além, até deixá-los de lado, dos conceitos de observância e aplicação. De fato, na profissão religiosa, pela qual o monge se submete a uma regra, o que está em questão não é o cumprimento de determinados atos estabelecidos nela, mas esse modo ou forma de viver, esse *habitus* da vontade que constituem o objeto mesmo de sua profissão. Segundo Agamben, como observam Bernardo de Clairvaux e Tomás de Aquino, propriamente falando, é a vida, e não a regra o que se promete. Por isso, é necessário ter em conta que

> [...] a vida comum não é o objeto que a regra deve constituir e governar; ao contrário, [...] é a regra a que parece nascer do "cenóbio" que, para usar a linguagem do direito público moderno, parece situar-se a respeito dela como o poder constituinte a respeito do poder constituído (p. 77-78).

É precisamente nesse ponto em que faz sua aparição o movimento franciscano. Para Agamben, de fato, o processo de indistinção entre regra e vida que se inicia com o aparecimento das constituições monásticas alcança seu mais alto desenvolvimento com a experiência de Francisco de Assis. Já não se trata de obedecer, mas de viver a obediência, "é a vida à qual se aplica à norma, e não a norma à vida" (p. 80). Ou, segundo outra expressão utilizada por Agamben, no sintagma "forma-de-vida" é necessário tomar o genitivo como seu valor subjetivo. Por isso não surpreende que esse sintagma, *forma vitae*, que tardiamente afirma sua presença na literatura monástica, só com os franciscanos se converte em um termo técnico (p. 120). Para São Francisco e seus seguidores, "Não se trata tanto de aplicar uma forma (ou uma norma) à vida, mas de *viver* segundo a forma de uma vida que, no seguimento [de Cristo], se faz dessa mesma forma, coincide com ela" (p. 120).

Porém isso não significa, contudo, que vida e forma-de-vida, por um lado, regra, pelo outro, se identifiquem até converter-se em meros sinônimos. Além da zona de indiscernibilidade que se instaura entre ambos os polos, na literatura franciscana, subsiste uma tensão entre vida evangélica e regra monástica. A forma de vida mantém, a respeito da regra monástica e da doutrina da fé, sua própria especificidade. O que assistimos, segundo Agamben, é mais a uma tensão, a uma dialética entre regra e vida que neutraliza cada um desses termos transformando-o em forma-de-vida. O paradigma da vida é, em Cristo, a vida mesma que, desse modo, se transforma em regra. Por isso, assinala Agamben, na literatura monástica o termo latino *"regula"* (regra) é assimilado mais à regra gramatical que à regra jurídica (p. 132).

2.6. Como vimos, a respeito das regras dos primeiros séculos do cenobitismo se considerava a questão de sua relação com o direito, vale dizer, a questão de saber, em última análise, que tipo de obrigação vinculavam os monges com suas constituições. O giro introduzido pelo movimento franciscano, no qual, como acabamos de expor, regra e vida entram em uma zona de maior indiscernibilidade, até resolver sua dialética na ideia de uma forma-de-vida, volta a considerar, agora de um ângulo diferente, a problemática relação com o âmbito jurídico. Essa questão foi, por um lado, um dos eixos do conflito histórico entre o movimento franciscano e a cúria romana. Porém, por outro lado, para além dos episódios históricos que balizaram esse conflito, pela renúncia a todo direito, tanto de propriedade como de uso, essa questão expressa um dos elementos que definem a forma-de-vida dos seguidores de Francisco. Em relação ao direito, de fato, os franciscanos apresentam-se como irmãos *menores, alieni iuris*.

Por isso, Agamben sustenta: "Se chamamos 'forma-de-vida' a essa vida intangível pelo direito, podemos dizer, então, que o sintagma *forma vitae* expressa a intenção mais própria do franciscanismo" (p. 137).

Como já observamos, a noção de *forma-de-vida* situa-se, então, nas antípodas da noção de *vida nua* que havia dominado a análise do primeiro volume da série, *Homo sacer: o poder soberano e a vida nua*. Enquanto essa última remete à vida animal, a *zoé*, na medida em que é capturada pelo dispositivo de exclusão--inclusiva do *bando* soberano; a forma-de-vida é aquela que se situa por fora desse dispositivo.

Junto a essa renúncia ao direito, particularmente ao de propriedade, que converte os franciscanos tecnicamente em *menores* ou *pupilos*, o outro elemento que define o ideal da *altíssima pobreza*, a forma-de-vida franciscana, é seu conceito de *uso*.

Novamente em áspera polêmica com a cúria romana, os teóricos franciscanos, como William de Ockham, distinguem entre o direito de uso e a *licentia* de uso. Normalmente, vale dizer, exceto que se trate de um caso de extrema necessidade, posto que renunciaram a todo direito, não possuem tampouco o de usar das coisas; mas só um *licentia*. Trata-se, segundo outras das expressões utilizadas no âmbito dessa discussão, de um *simples uso*, de um *uso de fato* daquelas coisas que são necessárias para a subsistência humana e que os outros lhes cedem. Porém esse simples uso não está em relação com nenhuma das formas em que algo se possa possuir: a propriedade, a possessão ou o usufruto. Em casos de necessidade extrema, ao contrário, os franciscanos se dão o direito de usar as coisas, segundo uma doutrina que funde suas raízes no direito romano; porém, nesses casos, não é um direito positivo, mas só natural. Por isso, segundo as palavras de Agamben, "o uso [o simples uso] e o estado de necessidade são os dois extremos que definem a forma de vida franciscana" (p. 143). Essa vida mantém então com o direito, do qual abdicaram completamente, uma relação só tangencial: a relação com o direito positivo, com sua noção de *simples* uso e *licentia* de uso, e com o direito natural no caso de extrema necessidade.

Se bem que os franciscanos, como assinala, não formularam nenhuma noção específica de uso, Agamben se interessa de maneira particular pela distinção entre propriedade e uso, elaborada para responder aos argumentos da bula *Ad conditorem canonum* do papa João XXII. Em núcleo conceitual dessa bula sustentava, a respeito dos bens de uso, que posto que o uso implica, ao serem consumidos, sua destruição, então, é impossível separar a propriedade do uso. Contra essa argumentação, os teóricos franciscanos sustentarão a primazia e a prioridade do uso respeito ao domínio (p. 161). Entre esses teóricos, a atenção de Agamben concentra-se na *Quaestio octava* de Pedro Olivi, *de altissima paupertatis* (sobre a altíssima pobreza) (p. 165).

Aqui, a propósito da questão do uso, Pedro Olivi elabora, de acordo com a análise de Agamben, uma ontologia do direito em paralelo com uma ontologia dos signos, de marcado corte existencialista e na qual

> A esfera da práxis humana, com seus direitos e seus signos, é real e eficaz; porém não produz nada de essencial nem gera nenhuma essência nova além de seus próprios

efeitos. A ontologia que está aqui em questão é, por isso, puramente operativa e efeitual. O conflito com o direito ou, melhor, o intento de desativá-lo e torná-lo inoperoso através do uso, situa-se no mesmo plano puramente existencial no qual também atua a operatividade do direito e da liturgia. A forma de vida é aquela puramente existencial que deve ser liberada das assinaturas do direito e da liturgia (p. 167).

2.7. No entanto, *Altíssima pobreza* conclui com o reconhecimento de uma insuficiência e um obstáculo. No que concerne a este último, como já se nos advertia também ao início da investigação, trata-se da liturgia da Igreja e da ontologia implícita na noção de ofício, que estão, na práxis eclesiástica, essencialmente entrelaçadas com a dimensão do direito (p. 8-9, 148, 178). A respeito da primeira, ao menos no juízo de Agamben, os dispositivos franciscanos da forma-de-vida e do simples uso, que buscam precisamente subtrair-se à ordem jurídica, não lograram finalmente seu acometimento.

Por isso, a tarefa indiferível de pensar uma vida inseparável de sua forma, uma forma-de-vida, requer, como trabalho preliminar, uma arqueologia do ofício. Essa arqueologia constitui, de fato, o tema de *Opus Dei*, o tomo II, 5 da série *Homo sacer*.

3. *Officium* e *efetuabilidade*: uma genealogia da noção de dever

3.1. Ao início desse trabalho, Agamben (2012, p. 7) observa que a expressão *"opus Dei"*, obra de Deus, era utilizada para referir-se ao que se chama, de maneira habitual só a partir do século XX, liturgia, vale dizer, o exercício da função sacerdotal e cultual da Igreja. Desse ponto de vista, o tema desse volume II, 5 da série se superpõe ao abordado no volume II, 2, *O reino e a glória* (2007). O ângulo de análise, contudo, se deslocou. A liturgia já não é abordada na perspectiva da glória que deve render-se a Deus, na qual desempenham uma função fundamental os anjos (aos quais está dedicada uma parte considerável da obra de 2007); mas do ponto de vista do ministério sacerdotal. Porém não se trata simplesmente de um percurso pelos textos teológicos, muitos deles já quase esquecidos; mas de trazer à luz as raízes de uma ontologia dessa efetuabilidade que domina a política e a ética da Modernidade. Agamben, de fato, expressa nestes termos a tese central de sua arqueologia do ofício:

> Operatividade e *efetuabilidade* [*effettualità*] definem, nesse sentido, o paradigma ontológico que, no curso de um processo secular, substituiu o paradigma da filosofia clássica. Em última análise – esta é a tese que a investigação quer propor para refletir –, tanto do ser como do fazer, nós não temos hoje nenhuma outra representação senão a *efetuabilidade*. Real é o que é efetivo [...] (p. 9).

3.2. Os começos dessa ontologia da *efetuabilidade* que determinam o ser e o fazer da Modernidade tem de rastreá-los, segundo Agamben, em primeiro lugar, no paradoxo que domina a liturgia cristã. Nela convivem, sem que nunca se elimine a tensão entre eles, um paradigma do mistério e outro do ministério. De acordo com o primeiro, cujo texto de referência é a *Carta aos hebreus*, o centro e essência da liturgia é o sacrifício redentor de Cristo, em si mesmo irrepetível. De acordo com o segundo, que encontra uma de suas primeiras formulações articuladas na *Epístola aos coríntios* de Clemente Romano, contudo, esse sacrifício se repete ritualmente na celebração dos sacramentos que definem a práxis sacerdotal da Igreja (p. 29). A problemática planejada pela liturgia cristã concerne à compreensão do modo no qual o mistério de Cristo pôde converter-se no ministério dos sacerdotes. Por isso, sustenta Agamben:

> O que define a liturgia cristã é, precisamente, o intento aporético, porém sempre reiterado, de identificar e de articular conjuntamente, no ato litúrgico, entendido como *opus Dei*, mistério e ministério; de fazer coincidir, então, a liturgia como ato soteriológico eficaz e a liturgia como serviço comunitário dos clérigos, o *opus operatum* e o *opus operantis Ecclesiae* (p. 32).

Agamben presta particular importância a essa distinção teológica entre *opus operatum*, a obra levada a cabo por Deus, e *opus operantis*, a atividade sacerdotal dos ministros da Igreja. Através dela, segundo a expressão do autor, "se esvazia de sua substância pessoal a ação do sacerdote" (p. 38), que se converte, desse modo, em uma causa só instrumental que não atua em virtude de sua própria forma. Por isso, a eficácia dos sacramentos, o *opus operatum*, não depende das condições morais ou psicológicas dos ministros, mas da ação mesma de Deus. Além de dignidade ou indignidade de quem quer que os celebrem, os sacramentos são eficazes.

Porém não se trata simplesmente de eficácia em um sentido estrito, antes de *efetuabilidade*. O termo latino *"effectus"* recebe desse modo um sentido técnico, que pode resumir-se, remetendo a um texto de Leão Magno, nestes termos:

> [...] *effectus* não designa simplesmente a *Wirkung*, os efeitos de graça produzidos pelo rito sacramental, mas também e sobretudo a *Wirklichtkeit*, a realidade em sua plenitude efeitual (p. 53).

Não nos encontramos aqui, insiste repetidas vezes Agamben, diante de um mero deslocamento semântico na história conceitual do termo "efeito", mas de um momento decisivo na história da ontologia. Enquanto na concepção clássica, de fato, o ser, como substância e acidente, é ser independentemente de seus efeitos, o ser da *efetuabilidade* é inseparável de seus *efeitos*. A história conceitual da liturgia nos põe, desse modo, ante uma transformação decisiva da concepção ocidental da realidade:

[...] nos autores cristãos, se vai progressivamente elaborando um paradigma ontológico no qual os caracteres decisivos do ser não são mais a *enérgeia* [potência] e a *entelēchia* [ato], mas a *efetuabilidade* e o efeito. Nessa perspectiva, se deve considerar a aparição nos Padres, em meados do século III, dos termos *efficacia* e *efficientia*, estreitamente ligados com *effectus* e usados em um sentido técnico para traduzir (ou trair) o grego *enérgeia*. [...] A nova dimensão ontológica que substitui a *enérgia* aristotélica é a coisa e a operação, consideradas inseparavelmente em sua *efetuabilidade* e em sua função (p. 59-60).

Para referir-se a essa dimensão *efeitual* do ser, os Padres da Igreja, como Santo Ambrósio ou Santo Agostinho, assinala Agamben, serviram-se dos termos: *operatorium* (operador), *operatoria virtus* (virtude operatória), *operatoria potentia* (potência operadora) (p. 64-65). Com eles, o acento se desloca do ser considerado como capaz de produzir um efeito à operação mesma considerada como ser. Ser e operatividade se tornam, desse modo, sinônimos.

Partindo dessas análises acerca da liturgia cristã e da elaboração teológica que a sustenta e explicita, Agamben dirige seu olhar até alguns momentos-chave da história da filosofia ocidental antiga e contemporânea. Nesse percurso sumário, dois autores recebem uma particular atenção: Plotino e Heidegger. Para Agamben, o processo de transformação que conduz da ontologia clássica à moderna começa com Plotino, que concebe a ontologia como um processo hipostático. No que concerne ao pensamento de Heidegger, foi possível a ontologia da efetuabilidade, que assegurou a passagem da verdade à certeza e fez possível o domínio técnico do mundo. Nesse sentido, Agamben sublinha que a essência metafísica da técnica não se deve entender em termos de produção causal e tampouco simplesmente de produção, mas em termos de governo e *oikonomía*, como "gestão dos homens e das coisas" (p. 76).

3.3. "*Officium*" (ofício, função) é o termo latino utilizado tradicionalmente para referir-se à práxis sacramental da Igreja. Nesse sentido, Agamben remete ao tratado de Santo Ambrósio *De officiis ministrorum* (*Acerca das funções dos ministros*), que tinha como modelo o célebre *De officiis* de Cícero (p. 82). No entanto, observa Agamben, a estratégia de Ambrósio era deslocar o conceito de ofício da esfera profana à cristã convertendo-o não só na tradução do grego "*katéchon*", como fez Cícero, mas também de "*leitourgía*" (p. 93).

No entanto, embora tenha sido traduzido por "dever", em particular a partir do século XVII, o sentido do termo "*officium*" não é primariamente jurídico ou moral; faz referência, antes, ao que faz com que uma pessoa se comporte de maneira coerente de acordo com a função que desempenha: "como prostituta, se é uma prostituta; como delinquente, se é delinquente; porém também como cônsul, se é um cônsul; e, mais tarde, como bispo, se é um bispo" (p. 87). Trata-se, então, mais que de um dever jurídico ou moral, de uma condição ou de um estado do qual se segue uma determinada maneira de comportar-se. Remetendo ao livro I do *De officiis* de Cícero, Agamben se expressa nestes termos sobre o *officium*:

> [...] é o que faz a vida governável, aquilo através do qual a vida dos homens é "instituída" e "formada". O decisivo é que, desse modo, a atenção do político e do jurista se desloque do cumprimento de determinados atos ao "uso da vida" em sua totalidade, que o *officium* tenda a identificar-se com a "instituição da vida" como tal, com as condições e o *status* que definem a existência mesma dos homens em sociedade (p. 90).

3.4. No entanto, a partir do deslocamento semântico levado a cabo por Santo Ambrósio, o termo "ofício" será utilizado nos textos teológicos com um sentido amplo para referir-se à liturgia em geral e com outro mais restringido para falar especificamente do ministério do sacerdote. O conceito ciceroniano, retomado por Ambrósio, serviu então para articular a tensão antes mencionada entre mistério e ministério: efeito divino que a ação de Deus produz na celebração dos sacramentos e a ação instrumental do sacerdote. Desse modo, sustenta Agamben, no conceito de ofício, ontologia e práxis se tornam indiscerníveis, posto que "o *effectus* divino está determinado pelo ministério humano e este pelo efeito divino", "*o ser do sacerdote define sua práxis e esta, por sua vez, define o ser* [do sacerdote]" (p. 97).

No mesmo sentido, porém dessa vez em relação a uma passagem do *De lingua latina* de Varrão, em que se trata da função dos magistrados, Agamben faz notar como, na concepção romana do *officium*, faz sua aparição uma forma do fazer, o *gerere*, intermediária entre os clássicos conceitos aristotélicos de *poíesis* e *praxis*, que foram traduzidos do latim, respectivamente, como *facere* e *agere*.

De fato, de acordo com as análises feitas por Agamben em sua obra de 1970, *O homem sem conteúdo*, Aristóteles distinguia entre o gênero de ações cujo efeito ou fim é exterior à ação que os produz, a *poíesis*, e as ações cuja finalidade é a ação mesma, a *práxis*. O *gerere*, ao contrário, não é nem *facere* nem *agere*, mas antes o fato de assumir e sustentar uma determinada carga pública ou função: "a ação coincide com a efetuação de uma função que ela mesma define" (p. 99).

Desse ponto de vista, o maior legado do paradigma do ofício à ontologia ocidental foi, segundo Agamben, a transformação do ser em dever ser ou a circularidade entre ser e dever-ser. No paradigma do ofício, de fato, o ser (do sacerdote, do funcionário, do ministro) prescreve determinadas ações (a celebração dos sacramentos, a gestão, o governo) como dever-ser; porém são essas ações as que, reciprocamente, definem o ser daquele a respeito do qual se apresentam como dever-ser.

3.5. Chegados a esse ponto, no quarto e último capítulo de *Opus Dei*, intitulado "As duas ontologias", Agamben esboça algumas das linhas diretrizes de uma genealogia do dever, vale dizer, da ideia de uma ação que tem de suceder por obediência à lei. O fundo dessa genealogia é a tese, que empresta seu nome ao capítulo, segundo a qual existem no Ocidente duas ontologias: uma do dever-ser, do mando, própria do âmbito religioso e jurídico, que se expressa em imperativo e em termos performativos; e outra do ser, própria da ordem filosófica e científica, que se serve, ao contrário, do indicativo (p. 137-138). Agamben se interessa sobretudo pela primeira dessas ontologias e, mais precisamente, em mostrar como a teoria aristotélica da virtude chegou a converter-se, de maneira eminente, em Kant e em seus discípulos, como Kelsen no que concerne à teoria do direito, em uma teoria do dever-ser. A noção escolástica de *officium* é o eixo dessa transformação. Desse modo, vale a pena sublinhá-lo, o kantismo não é apresentado como uma ruptura a respeito da escolástica, mas como uma continuação.

No que concerne à teoria aristotélica do hábito, Agamben faz notar, por um lado, que a noção de hábito (*héxis*) se localiza como uma figura intermediária entre a potência e o ato ou, melhor, a noção de hábito aparece para explicar a passagem da primeira à segunda. Ela remete, de fato, a uma determinada capacidade de poder ou saber: como a técnica ou a ciência. Segundo essa teoria, possuir, por exemplo, o hábito do saber matemático é possuir uma determinada capacidade específica (a de, por exemplo, realizar cálculos aritméticos), porém esse possuir é, ao mesmo tempo, uma possessão, tanto a respeito do poder passar ao ato como do poder não passar ao ato. Possui, por isso, a diferença de quem não sabe matemática, tanto a capacidade de realizar esses cálculos como a de não fazê-lo. Em outros termos, de acordo com quanto expusemos na tese central desse trabalho, podemos ser tanto *operosos* como *inoperosos*.

Nesse ponto se situa o que Agamben denomina a aporia da teoria aristotélica da virtude. Essa noção, de fato, aparece para explicar a passagem da potência genérica ao ato, porém por si só não basta para dar conta disso. Um hábito, por definição, pode permanecer na forma da inoperosidade. A célebre figura de Melville, Bartleby, é personificação dessa possibilidade.

Com a escolástica, a noção de *officium* veio a entrelaçar-se com a teoria da virtude para resolver, precisamente, essa aporia. Entre as numerosas observações de Agamben acerca da história dessa imbricação, duas nos interessam particularmente: as que concernem a Tomás de Aquino, que definirá a virtude como um hábito operativo, e a Francisco Suárez, que descreverá em termos de respeito, *reverentia*, a relação legal do homem relativamente a Deus.

Quanto a Tomás, Agamben se detém em duas noções: religião e devoção. A primeira, segundo suas palavras, constitui "o lugar tópico no qual virtude e oficio entram em um umbral de indeterminação" (p. 118). A religião, de fato, é uma virtude e um dever ou, melhor, "uma virtude cujo único objeto é um *debitum*" (p. 119). Nesse contexto, a *devotio*, devoção, que aparece imediatamente depois da religião na *seconda secundae* da Suma Teológica, é concebida como a *prompta voluntas*, a celeridade, no cumprir com os atos cultuais de dever-virtude da religião.

Um passo mais adiante, na imbricação entre dever e virtude, encontramos a noção de *reverentia* em Suárez. Ela não coincide com a de obediência, que concerne ao conteúdo concreto da norma. A *reverentia*, ao contrário, remete ao respeito da lei independentemente de seu conteúdo. Esse respeito se apresenta, ademais, como um dever infinito. Por isso, na virtude da religião, em razão da excelência de seu ser, o homem deve a Deus *reverentia*.

No entanto, nas noções tomistas de religião e devoção e na noção suareziana de *reverentia*, Agamben identifica um dos maiores legados da tradição escolástica à política e à ética da Modernidade através de pensadores como Christian Thomasius e Samuel Pufendorf, e sobretudo Kant. Por isso, sustenta à maneira de resumo:

> Se toda a tradição teológica que examinamos, de Ambrósio a Suárez, tende, em última análise, a alcançar uma zona de indiferença entre virtude e ofício, a ética kantiana, com seu "dever de virtude" [*Tugendpflicht*], é a realização acabada desse projeto. [...] O "dever de virtude", nesse sentido, não é outra coisa que a definição da vida devota que Kant havia assimilado através de sua educação pietista (p. 129).
>
> Crendo assegurar desse modo a possibilidade da metafísica e fundar, ao mesmo tempo, uma ética nem jurídica nem religiosa, ele [Kant], por um lado, acolheu, sem se dar conta, a herança da tradição teológico-litúrgica do *officium* e da operatividade e, por outro lado, abandonou de maneira permanente a ontologia clássica (p. 140).

4. Ao modo de balanço

Como vemos, a partir do percurso por esses três trabalhos recentes de Giorgio Agamben, as problemáticas abertas por suas anteriores investigações encontram aqui, ao mesmo tempo, pontos de condensação conceitual e novos desenvolvimentos. Ao modo de balanço, interessa-nos sublinhar alguns deles em relação à noção de juramento, de forma-de-vida e de *officium*.

No que concerne ao juramento, resulta claro, a partir de quanto já expusemos, que essa noção se localiza em lugar central do pensamento de Agamben. Por um lado, vem a enfrentar uma questão recorrente em seus trabalhos precedentes, isto é, a da hominização concebida como passagem da voz ao *lógos*. Em *O sacramento da linguagem* esse devir homem do animal é enfocado, como vimos, primariamente em termos performativos. Parafraseando Nietzsche, poderíamos dizer que o homem é, para Agamben, o animal capaz de jurar. Por outro lado, essa performatividade, já não concerne só ou principalmente ao processo de subjetivação, o *éthos* do eu, poderíamos dizer (como sucedia com a noção de testemunho), mas na mesma medida e cooriginalmente ao *éthos* do homem em sua dimensão política, vale dizer, ao *éthos* sobre o qual se baseia a cidade.

A respeito da noção de forma-de-vida, ela se localiza, como assinalamos, no polo oposto à noção de vida nua. Enquanto essa é a vida capturada nos dispositivos do *bando* soberano e explica, então, o modo no qual o direito está em relação com a vida, a forma-de-vida é essa vida, inseparável de sua forma, que se constitui como tal a partir de uma *abdicatio juris*, a renúncia a todo direito.

No entanto, enquanto a relação da forma-de-vida com a vida nua fica desse modo claramente estabelecida, não podemos dizer o mesmo a respeito da relação com a noção de inoperosidade que, em *O reino e a glória*, apresentada como a verdadeira substância política do Ocidente, havia deslocado do centro da análise à noção, precisamente, de vida nua. Abre-se aqui todo um canteiro de trabalho para o autor e também para seus leitores.

A genealogia do *officium*, função-dever, e sua correspondente ontologia da efetuabilidade, pode – e talvez deva – ser tomada, contudo, como um sólido ponto de partida para enfrentar o trabalho que esse novo canteiro aberto propõe ao pensamento. Entre a potência e o ato, assinalava Agamben, a noção de *ufficium* projetava um terceiro termo, o *gerere*. Ao contrário da inoperosidade, o *gerere* remete a um ser ou, melhor, a um dever-ser no qual a ação coincide necessariamente com a efetuação.

Se a forma-de-vida se localiza no outro polo a respeito da vida nua, o *ufficium* e suas projeções na política e na ética da Modernidade, como a noção de dever de virtude, localizam-se, ao contrário, do mesmo lado. Na vida nua, como no *ufficium* ou no dever de virtude, de fato, o que está em questão é, de novo, o modo em que a lei está em relação com a vida. No caso da vida nua, mediante o dispositivo da exclusão-inclusiva; no caso do *ufficium*, através dos dispositivos do governo e da administração dos homens.

Por isso, para além da experiência franciscana, pensar uma vida inseparável de sua forma, uma forma-de-vida, segue sendo a tarefa indiferível do pensamento que vem.

REFERÊNCIAS

Nota: ademais das edições de Agamben que utilizamos e as traduções espanholas existentes, incluímos uma breve bibliografia sobre o autor, a modo de sugestões de leitura e tendo em conta os trabalhos mais recentes.

Obras de Giorgio Agamben

Nota: citamos, em primeiro lugar a edição que utilizamos. Quando não se trata da primeira edição, incluímos também os dados desta.

Altissima povertà. Regole monastiche e forma di vita. Vicenza: Neri Pozza, 2011.

Archeologia di un'archeologia. In: MELANDRI, Enzo. *Il circolo e la linea.* Macerata: Quodlibet, 2004. p. XI-XXXV.

Bartleby o della contingenza. In: DELEUZE, Gilles; AGAMBEN, Giorgio. *Bartleby, la formula della creazione.* 5. ed. Macerata: Quodlibet, 2006a. (1. ed. italiana: Macerata: Quodlibet, 1993. Tradução espanhola de José Luis Pardo. *Preferiría no hacerlo. Bartleby o el escribiente.* Valencia: Pre-Textos, 2001.)

Categorie italiane. Studi di poetica. Torino: Bollati Boringhieri, 1996a.

Che cos'è il contemporaneo? Roma: Nottetempo, 2008a.

Che cosa è un dispositivo? Roma: Nottetempo, 2006b.

Homo sacer. Il potere sovrano e la nuda vita. Torino: Einaudi, 1995. (Tradução espanhola de Antonio Gimeno Cuspinera. *Homo sacer: el poder soberano y la nuda vida I.* Valencia: Pre-Textos, 1998.)

Idea della prosa. Macerata: Quodlibet, 2002a. (Primera edición italiana: Milano: Feltrinelli, 1985. Tradução espanhola de Laura Silvani. *Idea de la prosa.* Barcelona: Península, 1989.)

Il linguaggio e la morte. Torino: Einaudi, 1982. (Tradução espanhola de Tomás Segovia. *El lenguaje y la muerte: un seminario sobre el lugar de la negatividad.* Valencia: Pre-Textos, 2003.)

Il regno e la gloria. Per una genealogia teologica dell'economia e del governo. Homo sacer, II, 2. Vicenza: Neri Pozza, 2007a.

Il sacramento del linguaggio. Archeologia del giuramento. Bari: Laterza, 2008.

Il tempo che resta. Un commento alla "Lettera ai Romani". Torino: Bollati Boringhieri, 2000. (Tradução espanhola de Antonio Piñeiro. *El tiempo que resta: Comentario a la carta a los Romanos.* Madrid: Trotta, 2006.)

Infanzia e storia. Distruzione dell'esperienza e origine della storia. 2. ed. Torino: Einaudi, 2001a. (1. ed. italiana: Torino: Einaudi, 1978. Tradução espanhola de Silvio Mattoni. *Infancia e historia. Destrucción de la experiencia y origen de la historia.* Buenos Aires: Adriana Hidalgo, 2003.)

Introduzione. In: COCCIA, Emanuele. *La trasparenza delle immagini.* Milano: Mondadori, 2006c. p. 5-35.

L'amico. Roma: Nottetempo, 2007b.

L'aperto. L'uomo e l'animale. Torino: Bollati Boringhieri, 2002b. (Tradução espanhola de Flavia Costa e Edgardo Castro. *Lo abierto: el hombre y el animal.* Filosofía e historia. Buenos Aires: Adriana Hidalgo, 2006.)

L'uomo senza contenuto. 2. ed. Macerata: Quodlibet, 1994. (1. ed. italiana: Milano: Rizzoli, 1970. Tradução espanhola de Alicia Viana Catalán. *El hombre sin contenido.* Barcelona: Altera, 2005.)

La comunità che viene. Torino: Bollati Boringhieri, 2001b. (1. ed. italiana: Torino: Einaudi, 1990. Tradução espanhola de José Luis Villacañas, Claudio Lo Rocca e Ester Quirós. *La comunidad que viene.* Valencia: Pre-Textos, 2006.)

La potenza del pensiero. Saggi e conferenze. Vicenza: Neri Pozza, 2005a. (Tradução espanhola de Flavia Costa e Edgardo Castro. *La potencia del pensamiento.* Ensayos y conferencias. Buenos Aires: Adriana Hidalgo, 2006.)

La razagga indecidibile. Mito e mistero di Kore. Milano: Mondadori Electa, 2010.

Mezzi senza fine. Note sulla politica. Torino: Bollati Boringhieri, 1996b. (Tradução espanhola de Antonio Gimeno Cuspinera. *Medios sin fin: notas sobre la política.* Valencia: Pre-Textos, 2001.)

Ninfe. Torino: Bollati Boringhieri, 2007c.

Nudità. Roma: Nottetempo, 2009.

Opus Dei. Archeologia dell'ufficio. Torino: Bollati Boringhieri, 2012.

Profanazioni. Roma: Nottetempo, 2005b. (Tradução espanhola de Flavia Costa y Edgardo Castro. *Profanaciones.* Buenos Aires: Adriana Hidalgo, 2005.)

Quel che resta di Auschwitz. L'archivio e il testimone. Homo sacer III. Torino: Bollati Boringhieri, 1998. (Tradução espanhola de Antonio Gimeno Cuspinera. *Lo que queda de Auschwitz: el archivo y el testimonio, homo sacer III.* Valencia: Pre-Textos, 2002.)

Signatura rerum. Sul metodo. Torino: Bollati Boringhieri, 2008b.

Stanze. La parola e il fantasma nella cultura occidentale. Torino: Einaudi, 1977. (Tradução espanhola de Tomás Segovia. *Estancias. La palabra y el fantasma en la cultura occidental.* Valencia: Pre-Textos, 1995.)

Stato di eccezione. Homo sacer II, 1. Torino: Bollati Boringhieri, 2003. (Tradução espanhola de Flavia Costa e Ivana Costa. *Estado de excepción.* Buenos Aires: Adriana Hidalgo, 2004.)

Obras sobre Giorgio Agamben

BOURGEAULT, Jean-François; ASSELIN, Guillaume. *La littérature en puissance autour de Giorgio Agamben*. Montréal: VLB, 2006.

CALARCO, Matthew; DE CAROLI, Steven. *Giorgio Agamben: sovereignty and life*. Stanford, Calif: Stanford University Press, 2007.

ALFONSO, Galindo Hervás. *Política y mesianismo: Giorgio Agamben*. Biblioteca Saavedra Fajardo de pensamiento político, 2. Madrid: Biblioteca Nueva, 2005.

GEULEN, Eva. *Giorgio Agamben zur Einführung*. Hamburg: Junius, 2005.

GEULEN, Eva; KAUFFMANN, Kai; MEIN, Georg. *Hannah Arendt und Giorgio Agamben: Parallelen, Perspektiven, Kontroversen*. München: Wilhelm Fink, 2008.

MILLS, Catherine. *The Philosophy of Agamben*. Continental European philosophy, 11. Montréal: McGill-Queen's University Press, 2008.

MURRAY, Alex; HERON, Nicholas; CLEMENS, Justin. *The Work of Giorgio Agamben*. Edinburgh: Edinburgh University Press, 2008.

NORRIS, Andrew. *Politics, Metaphysics, and Death: Essays on Giorgio Agamben's Homo sacer*. Durham: Duke University Press, 2005.

ROSS, Alison. The Agamben Effect. *The South Atlantic quarterly*, v. 107, n. 1. Durham, NC: Duke University Press, 2008.

Outras obras citadas

BENJAMIN, Walter. *Escritos sobre mito e linguagem*. Organização, apresentação e notas de Jeanne Marie Gagnebin; tradução de Susana Kampff-Lages e Ernani Chaves. São Paulo: Duas Cidades; Ed. 34, 2011.

FOUCAULT, Michel. *Dits et écrits*. Paris: Gallimard, 1994. 4 v.

FOUCAULT, Michel. *Historie de la folie à l'âge classique*. Paris: Gallimard, 1972.

FOUCAULT, Michel. *Le Courage de la vérité. Le Gouvernement de soi et des autres II. Cours au Collège de France 1983-1984*. Paris: Gallimard-Seuil, 2009.

FOUCAULT, Michel. *Le Gouvernement de soi et des autres. Cours au Collège de France 1982-1983*. Paris: Gallimard-Seuil, 2008.

HEIDEGGER, Martin. *Question IV*. Paris: Gallimard, 1976.

JANICAUD, Dominique. *Heidegger en France*. Paris: Hachette, 2005. v. 1.

KOJÈVE, Alexandre. *Introduction à la lecture de Hegel*. Paris: Gallimard, 1976.

Coleção FILÔ

Gilson Iannini*

A filosofia nasce de um gesto. Um gesto, em primeiro lugar, de afastamento em relação a certa figura do saber, a que os gregos denominavam *sophia*. Ela nasce, a cada vez, da recusa de um saber caracterizado por uma espécie de acesso privilegiado a uma verdade revelada, imediata, íntima, mas de todo modo destinada a alguns poucos. Contra esse tipo de apropriação e de privatização do saber e da verdade, opõe-se a *philia*: amizade, mas também, por extensão, amor, paixão, desejo. Em uma palavra: Filô.

Pois o filósofo é, antes de tudo, um *amante* do saber, e não propriamente um sábio. À sua espreita, o risco sempre iminente é justamente o de se esquecer daquele gesto. Quantas vezes essa *philia* se diluiu no tecnicismo de uma disciplina meramente acadêmica e, até certo ponto, inofensiva? Por isso, aquele gesto precisa ser refeito a cada vez que o pensamento se lança numa

---

* Professor-adjunto no Departamento de Filosofia da UFOP, graduado em Psicologia e mestre em Filosofia pela UFMG e doutor em Filosofia pela USP; na Universidade Paris VIII, obteve o título de "Master en Psychanalyse: concepts et clinique". É coordenador do programa de mestrado em Estética e Filosofia da Arte da UFOP e da Coleção FILÔ.

nova aventura, a cada novo lance de dados. Na verdade, cada filosofia precisa constantemente renovar, à sua maneira, o gesto de distanciamento de si chamado *philia*.

A coleção FILÔ aposta nessa filosofia inquieta, que interroga o presente e suas certezas, que sabe que as fronteiras da filosofia são muitas vezes permeáveis, quando não incertas. Pois a história da filosofia pode ser vista como a história da delimitação recíproca do domínio da racionalidade filosófica em relação a outros campos, como a poesia e a literatura, a prática política e os modos de subjetivação, a lógica e a ciência, as artes e as humanidades.

A coleção aposta também na publicação de autores e textos que se arriscam a pensar os desafios da atualidade. Isso porque é preciso manter a verve que anima o esforço de pensar filosoficamente o presente e seus desafios. Nesse sentido, a inauguração da série Agamben, dirigida por Cláudio Oliveira, é concretização desse projeto. Pois Agamben é o pensador que, na atualidade, melhor traduz em ato tais apostas.

Série FILÔ Agamben

*Cláudio Oliveira**

Embora tenha começado a publicar no início dos anos 1970, o pensamento de Giorgio Agamben já não se enquadra mais nas divisões que marcaram a filosofia do século XX. Nele encontramos tradições muito diversas que se mantiveram separadas no século passado, o que nos faz crer que seu pensamento seja uma das primeiras formulações filosóficas do século XXI. Heidegger, Benjamin, Aby Warburg, Foucault e tantos outros autores que definiram correntes diversas de pensamento durante o século XX são apenas elementos de uma rede intrincada de referências que o próprio Agamben vai construindo para montar seu próprio pensamento. Sua obra é contemporânea de autores (como Alain Badiou, Slavoj Žižek ou Peter Sloterdijk) que, como ele, tendo começado a publicar ainda no século passado, dão mostra, no entanto, de estarem mais interessados no que o

---

*Coordenador da série Agamben, é graduado, mestre e doutor em Filosofia pela UFRJ e professor associado do Departamento de Filosofia da Universidade Federal Fluminense, onde ensina desde 1994. Atua nas áreas de Filosofia Antiga e Contemporânea, e Filosofia e Psicanálise. Organizou *Filosofia, Psicanálise e Sociedade* (Ed. Azougue) e publicou, pela Autêntica, uma tradução do *Íon* de Platão.

pensamento tem a dizer neste início do século XXI, para além das diferenças, divisões e equívocos que marcaram o anterior.

Uma das primeiras impressões que a obra de Agamben nos provoca é uma clara sensibilidade para a questão da escrita filosófica. O caráter eminentemente poético de vários de seus livros e ensaios é constitutivo da questão, por ele colocada em seus primeiros livros (sobretudo em *Estâncias*, publicado no final da década de 1970), sobre a separação entre poesia e filosofia, que ele entende como um dos acontecimentos mais traumáticos do pensamento ocidental. Um filósofo amigo de poetas, Agamben tenta escrever uma filosofia amiga da poesia, o que deu o tom de suas principais obras até o início da década de 1990. A tetralogia *Homo Sacer*, que tem início com a publicação de *O poder soberano e a vida nua*, na Itália, em 1995, e que segue até hoje (após a publicação, até agora, de oito livros, divididos em quatro volumes), foi entendida por muitos como uma mudança de rota, em direção à discussão política. O que é um erro e uma incompreensão. Desde o primeiro livro, *O homem sem conteúdo*, a discussão com a arte em geral e com a literatura e a poesia em particular é sempre situada dentro de uma discussão que é política e na qual o que está em jogo, em última instância, é o destino do mundo ocidental e, agora também, planetário.

Aqui vale ressaltar que essa discussão política também demarca uma novidade em relação àquelas desenvolvidas nos séculos XIX e XX. Como seus contemporâneos, Agamben coloca o tema da política em novos termos, mesmo que para tanto tenha que fazer, inspirando-se no método de Foucault, uma verdadeira arqueologia de campos do saber até então não devidamente explorados, como a teologia e o direito. Esta é, aliás, outra marca forte do pensamento de Agamben: a multiplicidade de campos do saber que são acionados em seu pensamento. Direito, teologia, linguística, gramática histórica, antropologia, sociologia, ciência política, iconografia e psicanálise vêm se juntar à filosofia e à literatura, como às outras artes em geral, dentre elas o cinema, para dar conta de questões contemporâneas que o filósofo italiano entende encontrar em todos esses campos do saber.

Ao dar início a uma série dedicada a Agamben, a Autêntica Editora acredita estar contribuindo para tornar o público brasileiro contemporâneo dessas discussões, seguindo, nisso, o esforço de outras editoras nacionais que publicaram outras obras do filósofo italiano anteriormente. A extensão da obra de Agamben, no entanto, faz com que vários de seus livros permaneçam inéditos no Brasil. Mas, com seu esforço atual de publicar livros de vários períodos diferentes da obra de Giorgio Agamben, a Autêntica pretende diminuir essa lacuna e contribuir para que os estudos em torno dos trabalhos do filósofo se expandam no país, atingindo um público ampliado, interessado nas questões filosóficas contemporâneas.

Este livro foi composto com tipografia Bembo e impresso
em papel Polén Bold 70 g/m² na Gráfica Rede.